WISHBOOKS MODERN FANTASY STORY

세상S 장편소설

뜨겁게 던져라

뜨겁게 던져라 9

세상S 장편소설

초판 1쇄 찍은 날 | 2018년 7월 16일
초판 1쇄 펴낸 날 | 2018년 7월 23일

지은이 | 세상S
펴낸이 | 예경원

기획 | 위시북스
편집책임 | 이규재
편집 | 이즈플러스

펴낸곳 | 예원북스
등록번호 | 제396-2012-000132호
등록일자 | 2012. 7. 25
KFN | 제1-287호

주소 | 경기도 고양시 일산동구 호수로 646-24 위너스21 II 빌딩 206A호 (우)10401
전화 | 031-819-9431 팩스 | 031-817-9432
E-mail | yewonbooks@naver.com

ISBN 979-11-89348-38-0 04810
　　　979-11-6098-591-7 (set)

WISHBOOKS MODERN FANTASY STORY

세상S 장편소설

뜨겁게 던져라

9 완결

- 레전드 -

Wish
Books

뜨겁게
던져라

CONTENTS

45장
월드시리즈

1

챔피언십 시리즈 6차전에서 승리를 거두며 자이언츠가 4승 2패로 내셔널리그 우승을 차지했다.

마지막 타자를 삼진으로 잡는 순간 더그아웃에 있던 모든 선수가 그라운드로 뛰쳐나갔다.

어깨에 아이싱을 하고 있던 강동원도 박수를 치며 기쁨을 만끽했다. 반면 컵스의 선수들은 씁쓸한 표정으로 장비를 챙겨 더그아웃 뒤쪽으로 사라져야 했다.

자이언츠는 홈구장에 찾아온 팬들을 향해 인사와 함께 손을 흔들어 주었다. 관중들은 그런 선수들을 향해 함성을 지르며 박수를 쳐 주었다.

이후 선수들은 클럽 하우스에 마련된 샴페인으로 또 한 번

온몸을 적셨다. 아직 월드시리즈가 남아 있지만 챔피언십 시리즈 우승은 그 자체만으로도 의미가 컸다.

올해 내셔널리그 15개 구단 중 자이언츠가 최고의 자리에 올랐다는 이야기였다.

"강! 가아앙!"

"이 자식! 죽어봐라!"

오늘의 주인공인 강동원은 동료들의 샴페인 테러의 집중 타깃이 됐다.

다른 때 같으면 찝찝하다고 질겁했을 강동원도 팀 동료들과 샴페인을 뿌려대며 춤을 췄고, 파티를 즐겼다.

그렇게 자이언츠가 대망의 월드시리즈에 진출한 것을 자축했다.

2

메이저리그 각 언론사들은 이번 챔피언십 시리즈에 대해 대대적인 기사를 올렸다. 메이저리그 홈페이지에도 자이언츠가 월드시리즈에 진출했다는 기사가 빠르게 올라가 있었다.

메이저리그 내셔널리그 챔피언십 시리즈에서 자이언츠가 컵스를 4 대 2로 꺾고 메이저리그 월드시리즈에 진출했다. 자이언츠는 포스트시즌의 사나이 메디슨 범가드너와 제니 쿠에토 그리고 혜성처럼 등장한 슈퍼 루키 강동원을 앞세워 챔피언십 시리즈를 승리로 이끌었다.

반면, 디펜딩 챔피언 컵스는 베테랑 존 럭키를 앞세웠지만 타선이 침묵을 이어가면서 챔피언십 시리즈에서 아쉽게 패하고 말았다…….

한편 아메리칸리그는 아직 월드시리즈에 오를 팀이 결정되지 않은 상황이었다.

아메리칸리그 챔피언십 시리즈가 현재 5차전이 끝난 가운데 레인저스가 레드삭스를 상대로 3승 2패로 앞서가고 있었다.

하지만 레드삭스의 우세를 점치기란 쉽지 않았다. 6차전과 7차전이 보스턴에서 치러질 예정이었기 때문이다.

자이언츠 선수들은 챔피언십 시리즈에 이어 이번에도 느긋하게 상대를 기다렸다.

올해 올스타전에서 내셔널리그가 이겼기 때문에 월드시리즈 7경기 중 4경기가 자이언츠 파크에서 치러졌다.

특히나 시리즈의 향방을 점칠 수 있는 1, 2차전을 홈에서 치르는 만큼 자이언츠 선수들은 하나같이 여유로운 모습이었다.

같은 시각, 자이언츠 팬들은 슈퍼 루키 강동원에 대한 찬사를 쏟아내느라 정신이 없었다.

ㄴ자이언츠여! 지구 반대편에서 날아온 슈퍼 루키를 찬양하라!

ㄴ이왕 이렇게 된 거 강동원을 앞세워 자이언츠가 월드시리즈 우승하길 바란다.

ㄴ승리의 요정! 강동원! 자이언츠의 프랜차이즈 스타로 우뚝 서라!

ㄴ강동원! 자이언츠 명예 시민권 자동 발급이오.

ㄴ난, 딴 거 필요 없어. 그냥 자인언츠가 월드시리즈 우승했으면 좋겠다.

ㄴ당연히 우승은 우리 자이언츠겠지. 우린 원투펀치가 있는 게 아니고, 원, 투, 쓰리 펀치를 보유하고 있으니까!

ㄴ이참에 강동원 장기 계약으로 고고고!

ㄴ레인저스나 레드삭스나 누가 올라오더라도 범가드너와 강동원이 있다면 이길 수 있어!

국내 반응도 만만치 않았다.

ㄴ와, 진짜 대박. 소름 돋았음.

ㄴ강동원이 6차전을 잡아낼지 몰랐어. 이건 진짜야!

ㄴ강동원이 미국 가서 폭망할 거라고 떠든 놈들 누구냐? 진짜 나와봐라. 면상 좀 보자.

ㄴ난 그 자식이 제일 웃겨. 자이언츠가 강동원 안 잡아서 다행이라던 놈.

ㄴ까놓고 말해서 부산 자이언츠가 강동원을 잡았어 봐. 지금쯤 코리안 시리즈 우승을 두 번은 했을 거다.

ㄴ이건 진짜 반박 불가. 강동원 메이저리그에서 하는 거봐라. 메이저리그에서 저 정도면 국내에선 리그 씹어먹었을거다.

ㄴ부산 자이언츠 팬으로서 정말 부럽다. 강동원을 데리고 있는 메이저리그 자이언츠가!

ㄴ야, 강동원 1차 지명은 다이노스가 했거든?

ㄴ맞아, 부산 자이언츠 새끼들. 돈 아낀답시고 강동원 지명 안 해놓고 왜 이제 와서 지들 선수인 것처럼 지랄들이야?

ㄴ내 말이. 강동원 지명권은 다이노스에게 있거든요? 제발 부탁이니 부산 자이언츠 쓰레기들하고 엮지 말아 줄래요?

ㄴ제발! 좀 진정들 해. 고작 그것 잘했다고 이 난리들이야.

ㄴ맞아, 그날 컨디션이 좋았나 보네.

ㄴ분탕 종자들 또 납셨네. 컨디션이 좋아? 하하. 니들이 메이저리그를 알기나 하냐?

ㄴ국위선양하고 있는데 어떻게 그런 말을 늘어놓을 수가 있지?

ㄴ저런 새끼들은 대가리에 뭐가 들었는지 궁금해.

기사마다 강동원을 응원하는 댓글이 대부분이었다. 간혹 개념 없이 비난하는 사람들도 있긴 했지만, 강동원은 피식 웃고 넘겨 버렸다. 자신이 나서지 않더라도 다른 팬들이 알아서 정리를 해주었기 때문이다.

하지만 칭찬 일색이던 분위기는 시간이 갈수록 미묘하게 변했다.

[강동원의 메이저리그 성공 가능성은?]
[WAR로 본 강동원.]
[강동원에 대한 개인적인 의견.]
[강동원은 과연 성공한 것일까?]

강동원이 잘하냐 못하느냐의 논쟁이 끝나자 강동원이 얼

마나 잘하느냐의 논쟁이 시작된 것이다.

"하하, 대단들 하다, 진짜."

자신과 관련된 글들을 읽으며 강동원은 혀를 내둘렀다. 종종 드는 생각이지만 야구 좀 봤다는 한국 사람치고 분석가 아니고 평론가 아닌 사람이 없었다. 모두 야구 전문가에, 감독이었다.

"안 까이려면 더 잘해야겠어."

강동원이 피식 웃었다. 국내 야구팬들의 눈높이를 맞추기 위해서라도 이 정도에서 만족해서는 안 될 것 같다는 생각이 들었다.

한편, 자이언츠는 6차전에서 승리를 거두며 사흘의 추가 휴식을 확보했다.

원래 7차전까지 간다고 가정하고 내셔널리그 챔피언에게는 월드시리즈 직전 이틀의 휴식일이 보장되었다.

하지만 6차전에서 시리즈가 끝나 버리는 바람에 하루를 더 쉴 수가 있었다.

생각보다 긴 휴식일이 주어진 만큼 자이언츠는 충분히 재정비를 할 수 있었다.

브루스 보체 감독을 비롯한 코칭스태프들은 아메리칸리그 챔피언십 시리즈를 함께 보며 월드시리즈 전략을 짰다.

선수들도 자발적으로 자이언츠 파크에 나와 컨디션을 조절했다.

강동원도 다른 선수들과 함께 간단히 몸을 푼 뒤 해가 지기 전에 집으로 돌아왔다.

강동원은 집으로 오자마자 곧바로 샤워를 하고 옷을 갈아

입었다. 거울 앞에 선 강동원은 자신의 모습을 바라보며 고민을 하였다.

"이 정도면 되려나?"

거울 속 강동원은 깔끔한 슈트 차림이었다.

머리는 젤로 살짝 포인트만 주었다. 검정색 슈트 안에는 흰 와이셔츠를 입고 단추는 두 개쯤 푼 상태로 한껏 멋을 부렸다.

"자식, 누구인지 몰라도 상당히 잘생겼는데."

강동원은 거울 속 자신의 모습을 보며 히죽 웃었다. 자이언츠 유니폼만 입다 보니 정장 차림이 어색했지만 계속 보니 그럭저럭 괜찮은 느낌이 들었다.

"이 정도면 대충 왔단 소리는 안 듣겠지?"

마지막으로 머리 정리를 마친 뒤 강동원이 집을 나섰다.

강동원은 오늘 저녁 식사 초대를 받았다. 그 초대자는 바로 메디슨 범가드너였다.

"아차차. 선물, 선물."

엘리베이터 앞까지 갔던 강동원이 다시 몸을 돌려 방으로 돌아왔다. 그리고 탁자 위에 올려놓은 와인을 들었다.

"으음……."

강동원은 혹시나 하는 마음에 와인의 상표를 확인했다. 제법 비싼 돈을 주고 산 건데 도통 뭐가 뭔지 알 수가 없었다.

그렇게 약 2분여 동안 라벨을 살피던 강동원이 이내 고개를 흔들어 댔다.

"아아, 뭔 말인지 모르겠네. 알아서 줬겠지."

강동원은 와인을 챙겨서 서둘러 집을 나섰다. 잠깐 사이에

밖은 이미 어둑어둑해지고 있었다.

강동원이 시계를 확인했다.

"젠장, 이러다 늦겠는데."

강동원이 차에 올라타고 시동을 걸었다. 후반기가 시작될 무렵, 구단에서 강동원을 위해 특별히 마련해 준 자동차였다.

"그럼 한번 가 보실까?"

오랜만에 운전대를 잡아보는 것이었지만 강동원은 능숙하게 시동을 걸고 가속 페달을 밟았다. 그렇게 강동원을 태운 붉은색 스포츠 세단은 붉은 노을이 비추는 골목을 따라 거침없이 내달렸다.

그렇게 약 30여 분을 내달리자 뜬금없이 넓은 농장이 펼쳐졌다. 제대로 가고 있는지 확인하고 싶었지만 주변에는 불빛이 거의 없었다. 오로지 자동차의 헤드라이트 하나에 의존한 체 비포장 길을 달려야 했다.

"젠장, 잘못 들어온 건 아니겠지?"

강동원은 미심쩍은 얼굴로 내비게이션만 바라봤다. 다행스러운 건 내비게이션이 쉬지 않고 길 안내를 하고 있다는 점이었다.

그렇게 다시 10여 분을 이동하자 저 멀리 불빛이 보였다.

"오, 찾았다!"

자연스럽게 강동원의 얼굴이 환해졌다.

잠시 후, 강동원은 제법 큰 저택에 도착을 했다. 먼저 주차가 되어 있는 차들 옆쪽으로 차를 가져다 댄 뒤 조수석에 있는 와인을 챙겨서 내렸다.

강동원은 제법 큰 저택을 바라보며 감탄했다.

"우와, 집 크다. 그런데 취향도 독특하네. 돈도 잘 버는데 왜 시골에다가 집을 샀지?"

강동원이 이해할 수 없다며 고개를 갸웃거렸다. 메디슨 범가드너 정도면 샌프란시스코의 가장 비싼 동네 한복판에 큼지막한 집을 짓고 살아도 아무 문제 없을 것 같았다.

하지만 메디슨 범가드너가 이런 외진 곳에 집을 구한 이유는 간단했다.

메디슨 범가드너가 말 타는 것을 무척이나 좋아했기 때문이다. 그래서 메디슨 범가드너는 아예 농장이 딸린 집을 구입해 오프 시즌 때마다 신나게 말을 타고 다녔다.

다행인 것은 메디슨 범가드너의 부인도 메디슨 범가드너와 취향이 비슷했다.

메디슨 범가드너는 발렌타인 데이 선물로 아내에게 소를 주었다고 한다. 그 말도 안 되는 선물을 부인이 아무렇지도 않게 받아준 걸로 봐서는 그야말로 천생연분인 것 같았다.

다시 한번 저택을 둘러본 뒤 강동원이 현관 쪽으로 걸음을 옮겼다.

그때였다.

"헤이, 강!"

저만치서 자신을 부르는 목소리가 들렸다.

"응?"

강동원이 고개를 돌렸다. 저만치 자신이 타고 온 스포츠 세단보다도 멋진 스포츠카가 한 대 다가왔다.

그리고 잠시 후. 스포츠카에서 강동원만큼이나 멋을 부린 사내가 내렸다.

"포지!"

강동원이 씩 웃으며 손을 흔들었다. 비스트 포지도 웃는 얼굴로 강동원에게 다가왔다.

"일찍 왔네."

"아니, 저도 방금 왔어요."

"그런데 그건 뭐야?"

비스트 포지가 강동원 손에 들린 것을 보고 눈을 반짝였다.

"아, 이거요? 와인이에요. 집에 초대를 받았는데 빈손으로 가는 것이 아니라고 해서요."

"그거야 그렇지……. 그런데 강, 너 와인을 좀 아는 거야?"

"하하. 그럴 리가요. 점원이 골라준 걸 가져왔는데요."

"그래? 잠깐만. 어디 보자."

비스트 포지가 손을 뻗어 와인의 라벨을 살폈다. 밖이 어두워서 잘 보이지 않자 현관 등 밑에 와인을 가져다 대는 정성까지 보였다.

그렇게 한참 동안 라벨을 바라보던 비스트 포지의 얼굴이 딱딱하게 굳어졌다. 자연스럽게 강동원의 표정도 어두워졌다.

"왜요? 문제라도 있어요?"

"흠……. 강, 이거 어디서 샀어?"

"호텔 앞에 있는 백화점에서 산 건데요."

"정말? 그 앞에 이름 모를 잡화상에서 산 거 아니고?"

"그럴 리가요. 영수증도 있는데."

"그런데 이걸 어쩌나."

"왜 그래요?"

"이거 싸구려야."

"뭐라고요? 진짜요?"

강동원이 화들짝 놀랐다. 설마하니 비싼 돈을 주고 산 와인이 엉터리일 줄은 몰랐다는 표정이었다. 그러자 비스트 포지가 느닷없이 웃음을 터뜨렸다.

"푸하하핫!"

"……?"

"미안, 미안! 강, 네가 이렇게 쉽게 속아 넘어갈 줄은 몰랐어."

"속아…… 넘어가다니요? 그럼 이거?"

"그래, 맞아. 이거 진짜 좋은 와인이야. 생각했던 것보다 훨씬 제대로 된 걸 골라와서 놀랐다고."

"정말이에요?"

"그래! 참고로 이 와인, 메디슨의 와이프가 가장 좋아하는 와인이야."

"뭐예요, 깜짝 놀랐잖아요."

강동원이 안도의 한숨을 내쉬었다.

월드시리즈 우승을 위해 메디슨 범가드너가 따로 마련한 자리인데 싸구려 와인을 가져왔으니, 얼마나 실례일지 잠깐 상상한 것만으로도 식은땀이 날 정도였다.

그런데 이런 식으로 자신을 놀리다니. 경기장에서는 더없이 믿음직스럽던 비스트 포지가 얄밉게 느껴졌다.

"포지!"

"미안, 미안! 네가 너무 순진해서 한번 놀려봤어. 그런데 정말 잘 속네."

"쳇! 두고 봐요. 나중에 내가 몇 배로 복수해 줄 테니까."

"하핫, 알았어. 내가 잘못했어. 그만 화 풀고 어서 들어가

자. 메디슨이 기다리고 있을 거야."

"쳇, 알았어요."

비스트 포지가 앞장서서 걸어갔다. 강동원은 손에 든 와인을 다시 한번 확인하고는 뒤를 따라갔다.

띵동!

초인종을 누르자 잠시 후 메디슨 범가드너가 나타났다.

"어서 와!"

메디슨 범가드너가 환한 얼굴로 두 사람을 맞이했다.

"어서 들어와."

"실례합니다."

이미 두어 번 와본 적이 있다는 비스트 포지를 따라 강동원이 집 안으로 들어갔다. 현관을 지나자 넓은 거실이 보였다. 그리고 메디슨 범가드너의 부인인 도리 메디슨이 활짝 웃으며 나타났다.

메디슨 범가드너에게는 실례일지 모르지만 도리 메디슨의 첫인상은 예상과 전혀 달랐다. 메디슨 범가드너만큼이나 늘씬한 스타일일 줄 알았는데 전반적으로 통통한 느낌이었다.

게다가 도리 메디슨은 서양인치고 키가 작았다. 메디슨 범가드너 옆에 서자 꼭 고목나무에 붙은 매미처럼 느껴질 정도였다.

그러나 도리 메디슨의 입가에 걸린 미소는 가끔씩 보여주던 메디슨 범가드너의 짓궂은 미소를 꼭 닮아 있었다.

"어서 와요, 강. 나도 강이라고 부르면 되죠?"

"반가워요, 부인. 편하게 부르세요."

"좋아요, 강. 나도 도리라고 불러줘요."

"네. 알았어요, 도리."

강동원과 인사를 나눈 뒤 도리 메디슨이 비스트 포지와 반갑게 포옹을 나누었다.

"하이, 도리."

"오오, 포지."

포옹을 하고 떨어지기가 무섭게 비스트 포지가 곧바로 농담을 던졌다.

"도리, 그동안 살이 더 찐 것 같아."

"남편의 사랑을 먹고 무럭무럭 찌고 있어서 그래."

"으윽, 누가 닭살 부부 아니라고 할까 봐."

"후후!"

비스트 포지와 도리 메디슨의 거리낌 없는 대화를 들으며 강동원은 그저 멀뚱멀뚱 서 있을 뿐이었다. 그때 도리가 강동원 품에 있는 와인을 발견하고 눈을 크게 떴다.

"어? 그거 와인이에요?"

"아, 네. 저녁 식사 초대해 주셔서 감사합니다."

"선물로 가져온 거죠?"

"네, 맘에 드실지……."

강동원은 와인을 건네며 살짝 긴장했다. 도리 메디슨은 와인을 확인하더니 이내 어린아이처럼 환하게 웃었다.

"우와, 이거 우리 부부가 가장 좋아하는 와인이에요."

"아, 그래요? 다행이네요."

한발 물러서 있던 메디슨 범가드너가 불쑥 손을 내밀어 도리 메디슨의 손에서 와인을 낚아챘다. 그러고는 라벨을 꼼꼼히 확인하더니 도리 메디슨만큼이나 환한 미소를 지어 보였다.

"음, 그러네. 강이 잘 골라왔는걸? 그런데 강, 내가 이 와인을 좋아한다고 말했던가?"

"아, 아뇨. 누가 추천을 해주어서……."

"그래? 아무튼 잘 사 왔어. 고마워."

"여기서 이러지 말고 어서 부엌으로 가요. 음식 식겠어요."

도리 메디슨의 말에 메디슨 범가드너가 곧바로 움직였다.

"이런 내 정신 좀 보게. 손님을 세워놓고. 어서 이리들 와."

강동원은 메디슨 범가드너를 따라 부엌으로 향했다. 식탁 위에는 도리 메디슨이 준비한 푸짐한 요리들이 가득 차려져 있었다.

"어서 앉아요."

"네."

강동원은 비스트 포지의 옆자리에 앉았다. 맞은편에는 메디슨 범가드너와 도리 메디슨이 자리했다.

먼저 메디슨 범가드너가 강동원이 가져온 와인을 따서 따라주었다.

잔이 다 차고 메디슨 범가드너가 와인 잔을 들며 외쳤다.

"월드시리즈 우승을 위하여!"

"위하여!"

강동원은 은은한 와인 향을 맡은 뒤 조심스럽게 입안에 한 모금 머금었다. 비싼 와인이라서일까. 와인을 즐기지 않는 강동원의 입가에도 절로 만족스러운 미소가 번졌다.

뒤이어 강동원은 자신의 앞에 놓인 커다란 스테이크를 썰어 한입에 가져갔다.

불판에 구운 스테이크는 소금으로만 간을 본 듯 고소하면서도 육즙이 살아 있었다. 그 안에서는 느껴지는 풍미에 이 것이 진정한 미국식 스테이크라며 속으로 흥분을 감추지 못 했다.

그러자 도리 메디슨이 강동원의 눈치를 살피며 물었다.

"맛이 어때요? 입에 맞아요?"

"아, 네. 정말 맛있습니다. 요리를 진짜로 잘하시네요."

강동원이 환한 얼굴로 스테이크를 다시 썰어 한입에 넣었 다. 그 모습을 보며 도리 메디슨도 긴장했던 얼굴이 풀어졌다.

"강의 입에 맞지 않으면 어쩌나 걱정했는데 다행이에요."

도리 메디슨이 만족스러운 얼굴로 메디슨 범가드너를 바 라봤다. 그러자 메디슨 범가드너가 강동원과 비스트 포지가 앞에 앉아 있다는 걸 잊은 듯 자연스럽게 도리 메디슨의 어 깨를 감싸 안았다.

"거봐, 좋아할 거라 했잖아. 당신 요리는 그 어디에 내놓 아도 손색이 없단 말이야."

"당신이나 그렇죠."

"아니야, 진짜라니까."

"피이."

"그럼 비스트한테 물어볼까? 이봐, 비스트. 솔직히 말해 봐. 도리의 요리 어때?"

"도리, 당신의 요리는 최고야! 내가 보장해."

비스트 포지마저 지원사격을 해주자 도리 메디슨은 얼굴 이 붉어졌다.

그렇게 메디슨 범가드너 부부와 강동원, 비스트 포지는 시 간 가는 줄 모르고 즐겁게 저녁을 즐겼다. 그리고 저녁을 다

먹은 후에는 티타임까지 함께했다.

"으음…… 향 좋은데요?"

"맛은 더 좋을걸?"

"그럼요. 누가 타 준 커피인데요."

"역시 강은 커피를 마실 줄 안다니까."

메디슨 범가드너가 직접 내린 커피 향을 맡으며 강동원이 씩 웃었다.

더그아웃에서 가끔 짓궂게 굴긴 했지만 메디슨 범가드너는 제법 과묵한 에이스로 통했다. 어린 나이에도 불구하고 자이언츠의 선수들로부터 존경을 받을 수 있는 이유 중에는 메디슨 범가드너의 진지함이 포함되어 있었다.

하지만 집 안에서 남편으로서의 메디슨 범가드너는 선수로서의 메디슨 범가드너와 달랐다. 다정다감하고 가정적이었다.

메디슨 범가드너가 건네 준 커피 역시 마찬가지였다. 메디슨 범가드너가 만든 것이라고는 믿기 어려울 만큼 풍미가 좋았다.

"흠……. 좋다."

강동원은 메디슨 범가드너표 커피의 매력에 푹 빠져들었다. 그런 강동원을 도리 메디슨이 빤히 바라보았다.

그러자 옆에 있던 메디슨 범가드너가 도리 메디슨을 툭 쳤다.

"여보, 날 두고 다른 남자를 뚫어져라 바라보는 건 용서할 수가 없어."

"자기도 참. 그런데 강은 보면 볼수록 매력적인 것 같아요."

"뭐? 나보다 더?"

"그럴 리가요. 하지만 만약 내가 당신과 결혼하지 않았다면 강에게 데이트를 신청했을지도 모르겠어요."

뜬금없는 도리 메디슨의 고백에 강동원이 움찔 놀라며 커피 잔을 내려놓았다. 그러자 비스트 포지가 또 시작이라며 웃어댔다.

"너무 놀라지 말아요. 그냥 강이 매력적이어서 한 말이에요."

"아, 네. 감사합니다."

"그런데 강, 여자 친구 있어요?"

"없다니까. 내가 알아."

갑자기 메디슨 범가드너가 불쑥 튀어나왔다.

"당신이 왜 대답해요. 난 강에게 물었다고요."

도리 메디슨이 메디슨 범가드너의 손등을 살짝 꼬집었다. 그러고는 다시 강동원에게 시선을 맞추었다.

"강, 여자 친구 있어요?"

"아, 아뇨. 아직 없습니다."

강동원 멋쩍게 웃었다. 그러자 도리 메디슨이 잘됐다며 환하게 웃었다.

"그럼 내가 여자 소개시켜 줄까요?"

"여, 여자요?"

"그래요. 그렇지 않아도 내 여동생들이 지난번 강의 투구를 보고 강에게 반해 버렸거든요. 어때요? 생각 있어요?"

갑작스러운 소개팅 제안에 강동원이 당황한 듯 눈을 끔뻑거렸다. 설마하니 메디슨 범가드너가 초대한 식사 자리에서 이런 이야기들이 오갈 줄은 전혀 예상하지 못한 것이다.

"아, 아니에요."

강동원은 멋쩍게 웃으며 정중하게 사양했다. 다른 걸 떠나 도리 메디슨은 강동원의 이상형과 다소 거리가 있었다.

그러자 메디슨 범가드너가 의미심장한 웃음을 지었다.

"너 다시 한번 물어본다. 정말 괜찮아?"

"무, 무슨 말씀입니까?"

"큭큭큭."

옆에 있던 비스트 포지마저 웃음을 흘렸다. 강동원은 알 수 없는 두 사람의 웃음에 어리둥절한 표정을 지었다.

"참고로 말하자면 우리 와이프 여동생은 미인 대회 출신이야. 내 사랑 도리만큼이나 몸매도 환상이지. 나중에 후회하지 마라."

'잉? 미인 대회 출신?'

강동원이 속으로 깜짝 놀랐다. 강동원이 시선이 곧바로 옆에 앉은 비스트 포지에게 향했다.

비스트 포지도 미소를 지으며 살짝 고개를 끄덕여 보였다. 자연스럽게 강동원도 마음이 흔들렸다.

"그래요? 그런데 그런 분이 왜 아직 혼자……."

"그 애가 원래 우리 자기를 좋아했거든요. 그래서 우리 자기만 한 남자가 아니면 만나지 않겠다고 선언했지 뭐예요. 그런데 강을 보더니 관심을 보이더라고요."

"아, 그래요?"

"강은 어때요? 내 여동생, 한번 만나볼 생각 있어요?"

도리 메디슨이 재차 물었다. 잠시 고심하던 강동원도 이내 고개를 끄덕였다. 미인대회 출신이라는 말에 혹하기도 했지만 도리 메디슨이 저렇게 권할 정도면 한 번쯤은 만나 봐야 할 것 같았다.

그러자 도리 메디슨이 곧장 자리에서 일어났다.

"기다려 봐요. 근처에 놀러와 있다고 했거든요."

"네? 지, 지금이요?"

"호호, 강. 그렇다고 너무 기대하지는 마요."

도리 메디슨은 곧바로 전화를 걸었다. 그로부터 30분 후 초인종 소리가 들렸다.

"어? 왔나 보네."

그 순간부터 강동원의 심장이 요란스럽게 쿵쾅거리기 시작했다.

잠시 후, 도리 메디슨이 두 명의 젊은 여성들을 데리고 들어왔다. 강동원은 빨라진 심장을 애써 누르며 그녀들을 바라보았다. 메디슨 범가드너가 호언장담한 것처럼 두 사람 모두 절로 눈이 갈 만큼 매력적이었다.

"이자벨, 낸시. 인사해. 이쪽이 바로 너희들이 그토록 보고 싶어 했던 강이야."

그 말에 강동원은 냉큼 자리에서 일어났다.

"아, 안녕하세요."

강동원은 잔뜩 붉어진 얼굴로 인사했다. 두 여자는 싱긋 웃으며 인상했다.

"안녕하세요, 이사벨이에요."

"전, 낸시예요."

"강동원입니다. 반갑습니다."

"네, 정말 반가워요."

그렇게 인사를 나누고 이사벨과 낸시도 티타임에 합류했다.

"강, 지난번에 경기 잘 봤어요."

"저도 봤어요. 마운드 위에서 공을 던지는 강의 모습, 너무 섹시했어요."

이사벨과 낸시는 노골적으로 강동원에게 추파를 던졌다. 덕분에 강동원은 시선을 어디에 둬야 할지 몰랐다. 이런 적은 처음이다 보니 이사벨과 낸시와 눈도 제대로 마주치지 못했다.

"크흐흐. 이봐, 강. 너무 부끄러워하는 거 아니야? 숙녀들이 보고 있는데 그래도 제대로 시선은 맞춰줘야 할 것 아니야."

"포지, 자꾸 놀리지 마요."

"놀리긴 누가 놀려. 그럼 계속 그렇게 있을 거야? 상대를 제대로 봐야 이야기를 나누지."

"그, 그건……."

비스트 포지의 리드는 그라운드 밖에서도 효과가 있었다.

'그래, 포지 말이 맞아. 계속 이러고 있는 건 너무 바보 같다고.'

강동원이 용기를 내며 얼굴을 들었다. 그러자 자신을 향해 환하게 미소 짓는 이사벨과 낸시가 눈에 들어왔다. 가족 내력인 듯 이사벨과 낸시의 미소는 도리 메디슨의 미소처럼 환했다. 게다가 외모까지 뒷받침되니 마치 그 미소에 홀려 버릴 것만 같았다.

강동원은 자신도 모르게 헤 하고 입을 벌렸다.

그런 강동원을 바라보며 메디슨 범가드너가 짓궂게 웃었다.

"어때? 내 처제들? 둘 다 예쁘지?"

"아, 네에. 정말 예쁘네요."

강동원이 고마움이 가득한 눈으로 메디슨 범가드너를 바라봤다.

하지만 메디슨 범가드너가 아무런 조건 없이 강동원에게 처제들을 소개시켜 줄 리 없었다.

"좋아! 이렇게 하자! 월드시리즈에서 한 경기 이길 때마다 우리 처제들 전화번호를 알려주지."

"네?"

강동원이 당황한 듯 메디슨 범가드너를 쳐다봤다.

"어려운 일도 아니잖아!"

"그, 그게 무슨 말이에요."

강동원이 당황하며 소리쳤다. 이사벨과 낸시도 말도 안 된다며 펄쩍 뛰었다.

"형부! 그게 뭐예요! 그런 법이 어디 있어요?"

"맞아요. 우리가 왜 그래야 하는데요?"

"됐어, 낸시 직접 알려주면 되잖아."

"그래, 그러자. 형부! 우린 강을 보려고 여기까지 온 거라고요."

그러나 메디슨 범가드너는 눈 하나 까딱하지 않았다.

"처제들, 그렇게 나오면 재미없어. 내 뜻에 따라주지 않으면 강에게 다른 여자를 소개시켜 줘 버릴 거라고."

"칫, 형부 너무해요."

"치사해요."

"치사해도 어쩔 수 없어. 우리 예쁜 처제들을 그리 쉽게 내어줄 수 있나. 안 그래?"

메디슨 범가드너가 비스트 포지를 보았다.

"맞아, 당연하지."

메디슨 범가드너가 다시 강동원을 보았다.

"그렇다는군. 강, 네 생각은 어때? 괜찮은 제안 아니야?"

메디슨 범가드너의 입가를 타고 짓궂은 웃음이 번졌다.

"알겠습니다. 까짓것 하죠."

강동원이 이내 고개를 끄덕였다. 그렇지 않아도 자이언츠의 우승을 위해 헌신할 생각이었는데 메디슨 범가드너가 새로운 동기까지 부여해 줬으니 이번 월드시리즈에서 기필코 승리를 챙겨야 할 것 같았다.

"크흐. 좋아, 마음에 들어. 역시 강이야. 그럼 월드시리즈를 위해 다 같이 건배 한번 할까?"

"좋지!"

메디슨 범가드너의 주도 속에 티 파티는 와인 파티로 변했다.

볼이 발그레해질 때까지 와인을 즐기며 강동원은 묘한 상상에 빠져들었다. 이사벨이나 낸시가 들으면 화를 내겠지만 가능하다면 이번 월드시리즈에서 2승을 거두고 싶어졌다.

🎵

7차전까지 가는 접전 끝에 아메리칸리그 챔피언십 시리즈가 끝났다.

아메리칸리그의 챔피언 자리는 레드삭스가 차지했다. 이로써 월드시리즈는 내셔널리그의 자이언츠와 아메리칸리그의 레드삭스가 맞붙게 되었다.

레인저스에게 홈 3연전을 전부 내주며 고전하긴 했지만 레드삭스의 월드시리즈 진출은 어느 정도 예정된 결과였다.

애당초 챔피언십 시리즈의 주도권은 레드삭스가 쥐고 있었다. 보스턴에서 열린 1, 2차전에서 압승을 거두면서 언론에서는 시리즈 스윕이 나올지도 모른다는 예상을 쏟아내기도 했다.

그런데 텍사스로 돌아온 레인저스가 3, 4, 5차전을 내리 이기며 챔피언십 시리즈의 향방이 미궁에 빠져 버렸다.

시리즈 스코어가 2승 3패로 밀려버린 레드삭스는 패색이 짙어졌다.

그러나 6차전을 잡으며 시리즈 스코어를 원점으로 돌린 뒤 7차전까지 잡아내면서 기어코 아메리칸리그 챔피언십 우승을 차지했다.

챔피언십 시리즈 MVP는 7차전의 영웅인 너클볼러 스티브 라이트에게 돌아갔다.

스티브 라이트가 140㎞대 초반의 패스트볼과 너클볼, 두 개의 구종만으로 레인저스 강타선을 철저하게 잠재우지 못했다면 레드삭스의 역전 우승은 불가능했을 터였다.

공교롭게도 스티브 라이트는 선발 순서상 3차전에서 강동원과 맞붙을 가능성이 높았다. 레드삭스는 자이언츠와 달리 4선발 체제를 사용하고 있지만 월드시리즈 초반에는 선발 로테이션이 서로 맞물릴 수밖에 없었다.

월드시리즈를 앞두고 메이저리그 전문가들은 수많은 전망을 늘어놓았다.

대부분의 전문가는 레드삭스가 타격에 있어서 자이언츠보다 우위에 있다고 판단했다.

올 시즌 초 데이브 오티스가 은퇴하면서 전문가들은 레드삭스의 팀 홈런 수가 감소할 거라 예상했다. 아울러 중심 타선도 헐거워지면서 예년의 공격력을 보여주지는 못할 것이라고 내다봤다.

하지만 오타니 쇼헤와 함께 아메리칸리그 신인왕 경쟁 중인 마이크 포시가 중심 타선을 뒷받침해 주면서 레인저스는 레드삭스를 제치고 아메리칸리그 전체 팀 홈런 1위를 달성했다.

30홈런 타자만 무려 4명에 이르렀다. 20홈런 타자는 6명이었다. 주전 선수 전원이 두 자릿수 홈런을 기록하고 있었다.

이런 막강한 타선만 놓고 보자면 레드삭스의 압승이 예상될 수밖에 없었다.

그에 비해 자이언츠는 30홈런 이상을 친 타자가 단 한 명도 없었다. 20홈런 이상을 친 타자도 비스트 포지와 헌터 페이스, 단 두 명뿐이었다. 아르헨 파건과 브래드 벨트, 브래드 크로포트가 10개 이상의 홈런을 때려내며 분전하긴 했지만 타선의 중량감만큼은 레드삭스를 따라 갈 수가 없었다.

팀 홈런만큼이나 팀 타율도 레드삭스가 앞섰다. 근소한 차이이긴 하지만 레드삭스의 올 시즌 팀 타율은 0.269로 아메리칸리그 전체 4위였다.

반면 자이언츠는 0.261에 그쳤다. 고작 8리 차이라고 생각할지 모르겠지만 단기전의 특성상 간과할 수만은 없는 부분임은 분명했다.

자이언츠 입장에서는 타격의 열세를 마운드로 극복하는

수밖에 없었다. 하지만 전문가들은 마운드 역시 레드삭스가 자이언츠에 밀리지 않는다고 봤다.

"메디슨 범가드너와 제니 쿠에토, 강동원이 버티고 있는 자이언츠가 조금 우세하다는 느낌은 분명 있습니다. 하지만 불펜진까지 전부를 놓고 보자면 거의 백중세나 다름이 없습니다."

"제 생각도 같습니다. 게다가 자이언츠 투수들과 레드삭스 투수들은 서로 상대해야 할 타선이 다릅니다. 그것까지 감안하면 레드삭스 마운드가 자이언츠보다 약하다고 보기 어려울 것 같습니다."

"굳이 불펜과 선발을 나눠 볼 필요가 있을까요? 레드삭스에는 사이영상 듀오가 건재합니다. 메디슨 범가드너가 올 시즌 사이영상급 활약을 펼쳤고 강동원의 신인상 수상이 유력하다지만 레드삭스 선발진의 무게감도 결코 무시할 수 없습니다.

"저 역시 그 이야기를 하고 싶었습니다. 타선 지원까지 감안하자면 레드삭스 선발진이 자이언츠보다 나을지도 모릅니다."

일부 전문가는 레드삭스의 원투펀치이자 사이영상 듀오인 릭 호셀로와 데이브 프라이스가 후반기 들어 살짝 부진한 게 변수라고 지적하기도 했다.

실제로 릭 호셀로와 데이브 프라이스의 컨디션은 포스트시즌에 접어든 이후에도 썩 좋아지지 않고 있었다.

그나마 3선발 스티브 라이트와 4선발 에두아르 로드리게스가 활약해 주지 않았다면 레드삭스의 월드시리즈 진출은 힘들었을지도 몰랐다.

"그래도 저는 선발진만큼은 자이언츠의 손을 들어주고 싶습니다."

"제 생각도 같습니다. 확실히 자이언츠는 선발진의 편차가 거의 느껴지지 않으니까요."

자이언츠의 우세를 점친 전문가들은 자이언츠의 최대 강점으로 안정적인 선발 로테이션을 들었다.

포스트시즌 들어 더욱 막강한 구위를 뿜내는 자이언츠의 3인 로테이션 체제가 월드시리즈에서도 먹혀든다면 자이언츠의 월드시리즈 우승도 충분히 가능해 보였다.

전문가들은 양대 리그의 신인상 후보들의 활약이 가장 중요하다고 말을 했다. 레드삭스 타격을 주도하고 있는 마이크 포시와 자이언츠 선발 로테이션에 합류한 강동원, 이 둘을 이번 월드시리즈 최대 변수로 꼽은 것이다.

또한 전문가들은 샌프란시스코에서 열리는 1, 2차전 결과에 따라 경기가 장기전으로 흐를 수 있다고 전망했다.

"두고 보라지. 자이언츠가 반드시 우승할 테니까."

다소 불리한 여론을 살피며 강동원은 주먹을 움켜쥐었다. 그리고 자신이 등판할 3차전에 대비해 컨디션 조절에 집중했다.

그럴 일은 없겠지만 만에 하나라도 홈에서 열리는 1, 2차전을 모두 내줄 경우 3차전은 기필코 잡아내야만 했다.

그렇게 하루의 이동일 겸 휴식일이 지났다. 그리고 자이언츠 파크에서 월드시리즈 1차전이 열렸다.

4

샌프란시스코에서 열리는 경기는 경기 시작 4시간 전부터 매표소 앞에 사람들이 길게 늘어섰다. 인터넷 예매는 시작하자마자 10분 만에 다 팔리고 말았다. 그만큼 자이언츠 팬들은 자이언츠의 월드시리즈 우승을 간절히 바라고 있었다.

"누가 이길까?"

"그야 당연히 자이언츠지."

"다 필요 없어. 메디슨이 이길 거라고!"

"그럼! 메디슨이 누구야? 포스트시즌의 사나이 아냐?"

1차전은 당초 예고한 대로 양 팀 에이스 투수들 간의 맞대결이었다.

하지만 경기장에 모인 자이언츠 팬들은 한목소리로 승리를 확신했다. 올 시즌 사이영상 유력 후보이자 지난 포스트시즌에서 보여준 메디슨 범가드너의 경기력이라면 1차전을 꼭 잡아줄 거라 굳게 믿는 것이다.

물론 레드삭스의 에이스 릭 호셀로도 결코 만만치는 않았다. 2016년 아메리칸리그 사이영상을 수상했으며 올 시즌도 33경기에 나와서 16승 9패 3.15의 평균 자책점을 기록하고 있었다.

작년에 비하면 확실히 저조한 성적이었지만 릭 호셀로는 200이닝 이상을 소화해 주면서 레드삭스 마운드를 든든히 지켜주었다.

전문가들은 릭 호셀로가 경기 초반만 버텨준다면 투수전이 될 가능성이 높다고 전망했다. 릭 호셀로가 시즌 평균 자책점만큼만 던져 주더라도 타선에서 앞서는 레드삭스가 1차전을 가져갈 가능성이 높다고 분석했다.

그러나 막상 경기가 시작되자 자이언츠가 먼저 승기를 잡았다.

자이언츠 홈 팬들의 열광적인 응원을 등에 업은 자이언츠 타자들이 먼저 선취점을 뽑아낸 것이다.

타자들이 분전하자 메디슨 범가드너도 한결 가벼운 마음으로 마운드에 올랐다. 그리고 8이닝 동안 3피안타 1실점만 내주며 월드시리즈 1차전을 승리로 이끌었다.

27타자를 상대하는 동안 잡아낸 삼진은 무려 11개. 홈런을 하나 허용한 게 옥에 티이긴 했지만 자이언츠의 에이스로서 진면목을 보여주었다.

메디슨 범가드너와 맞대결을 펼쳤던 레드삭스의 에이스 릭 호셀로도 호투를 펼쳤다. 7이닝 동안 5개의 안타만 내주고 2실점 했지만 삼진 9개를 잡아내며 메디슨 범가드너와의 기싸움에서 밀리지 않았다.

하지만 레드삭스 타자들이 추가 득점에 실패하면서 경기는 2 대 1, 한 점 차 자이언츠의 승리로 끝이 났다.

자이언츠가 한 걸음 앞서가는 가운데 자이언츠 파크에서 2차전이 열렸다. 자이언츠와 레드삭스가 서로 예고했던 대로 제니 쿠에토와 데이브 프라이스의 맞대결이 펼쳐졌다.

경기 전 자이언츠 브루스 보체 감독은 원정에서 2연승을 거두고 보스턴으로 넘어가겠다고 밝혔다.

반면 존 헤럴 감독은 월드시리즈는 이제부터 시작이라며 2차전을 잡은 뒤 홈에서 시리즈를 끝내겠다고 큰 소리를 쳤다.

-2차전을 누가 잡느냐가 중요합니다.

-그렇습니다. 자이언츠가 2차전을 잡아낸다면 원정 3연전을 전부 내준다 하더라도 다시 홈으로 돌아올 수 있습니다. 반면 레드삭스가 이긴다면 홈 시리즈 결과에 따라 월드시리즈를 유리하게 끌고 갈 수 있을 겁니다.

중계진이 긴장된 목소리로 말했다. 그 말을 듣기라도 한 듯 제니 쿠에토와 데이브 프라이스는 1차전 못지않은 명품 투수전을 만들어냈다.

제니 쿠에토는 7이닝 동안 6피안타 3실점 삼진 7개를 기록하며 2선발로서 제 몫을 다해냈다.

이에 맞서 데이브 프라이스도 7이닝 5피안타 3실점 삼진 6개로 호투를 펼쳤다.

8회 이후 불펜 싸움이 펼쳐지면서 제니 쿠에토와 데이브 프라이스의 맞대결은 무승부로 끝이 났다.

하지만 경기 결과는 자이언츠의 승리로 끝났다. 자이언츠 타자들이 8회 말에 마운드에 올라온 레드삭스 불펜 투수 로이 로스를 공략해 두 점을 더 뽑아낸 것이다.

레드삭스가 9회 초 자이언츠의 마무리 산티아 카시아를 공략해 한 점을 따라붙었지만, 더 이상의 추가점수는 나오지 않았다.

최종 스코어 5 대 4.

자이언츠가 홈 2연전을 전부 쓸어 담고 월드시리즈의 승기를 잡아냈다.

2연패를 당한 레드삭스의 팀 분위기는 그야말로 찬물을

끼얹은 듯 싸늘했다. 메디슨 범가드너가 등판하는 1차전은 몰라도 데이브 프라이스를 내세운 2차전만큼은 확실히 잡아낼 거라 여겼던 터라 충격이 더 컸다.

"괜찮아. 아직 끝난 게 아니라고!"

존 메이든 감독은 선수들을 독려했다. 2연패를 하긴 했지만 아직 5경기나 남아 있었다. 그리고 3, 4, 5차전을 홈에서 치르는 만큼 반전의 여지는 충분하다고 확신했다.

2차전이 끝나고 강동원은 보스턴으로 가는 전세기에 탑승했다.

메이저리그의 각 구단은 모두 전세기를 보유하고 있었다.

전세기가 선수 전용 비행기인 만큼 전 좌석이 퍼스트 클래스로 되어 있었다.

보스턴으로 가는 비행기 안에서 자이언츠 선수들은 하나같이 들떠 있었다. 이제 남은 경기에서 2승만 올리면 당당히 월드시리즈 챔피언이 되기 때문이었다.

하지만 바로 내일, 레드삭스 원정 경기에 선발로 나가야 하는 강동원은 다른 선수들처럼 속 편하게 웃을 수가 없었다. 이 좋은 분위기를 계속 이어가야 한다는 부담감이 상당히 크게 느껴진 탓이었다.

그런 강동원에게 언제나 힘이 되어주는 사람이 있었다.

바로 비스트 포지였다.

"강, 표정이 왜 그래? 어디 안 좋은 건 아니지?"

비스트 포지가 슬그머니 강동원 옆에 와서 앉았다. 그는 언제나 그랬듯 강동원의 기분을 풀어주기 위해 노력했다.

"왜 그래? 긴장돼서 그래?"

"첫 월드시리즈잖아요. 봐줘요."

"하하, 그렇지. 누구나 첫 월드시리즈는 긴장하게 마련이야. 하지만 강, 걱정하지 마. 넌 잘할 수 있어."

"진짜 잘할 수 있을까요?"

"그럼! 난 널 믿어. 그러니까 너도 날 믿어. 날 믿는 만큼 내 말도 믿고 내 리드도 믿어 달라고. 그럼 절대로 맞지 않게 해줄 테니까."

"후우……. 좋아요."

"자, 그럼 너도 좀 어울리라고. 다들 은근히 네 눈치를 보고 있으니까?"

"그래요? 그러면 큰일인데."

"그렇지? 선수들도 기분이 좋아야 내일 경기에서 널 승리 투수로 만들어줄 거 아냐. 안 그래?"

"그렇죠."

강동원이 애써 웃으며 고개를 끄덕였다. 그리고 동료들과 어울리며 마음의 부담을 털어내려 노력했다.

"강! 걱정하지 마. 내가 내일 기필코 홈런을 때려줄 테니까."

"믿지 마, 강. 저 녀석 너클볼은 전혀 못 때린다고."

"너 이 자식, 그런 비밀을 함부로 털어내다니! 두고 보자!"

"강, 이 바보들을 믿을 필요 없어. 뒤는 우리가 막아줄 테니까 레드삭스 타자들을 전부 짓밟으라고. 알았지?"

동료들도 앞다투어 강동원을 독려해 주었다.

"다들 고마워요."

강동원의 입가를 타고 안도의 미소가 번졌다. 그렇게 비행기는 넓은 대륙을 가로질러 보스턴에 도착했다.

자이언츠가 승기를 잡긴 했지만 전문가들은 아직 월드시리즈를 단정 짓기 어렵다고 말했다.

"레드삭스의 홈 승률은 상상 그 이상입니다."

"거의 모든 선수가 홈에서 더 좋은 성적을 내고 있습니다. 게다가 레드삭스 홈 관중들은 열성적입니다. 그들이 쏟아내는 에너지가 선수들에게 전달된다면 충분히 반전 드라마를 쓸 수 있을 거라고 생각합니다."

레드삭스가 올 시즌 홈에서 올린 승률이 무려 7할이 넘었다. 57승 24패를 기록할 정도로 홈에서 강했다.

게다가 레인저스와의 챔피언십 시리즈에서도 홈에서 열린 경기를 모두 다 쓸어 담았다. 클리블랜드 원정 3경기(3, 4, 5차전)를 전부 내어주고도 홈에서 치러진 4경기(1, 2, 5, 7차전)를 전부 가져오면서 월드시리즈에 진출한 것이다.

그렇다 보니 원정 1, 2차전에서 패배한 게 생각보다 크게 느껴지지 않았다. 레드삭스가 지금까지의 기세대로 홈 3연전을 쓸어 담는다면 월드시리즈의 분위기는 다시 레드삭스 쪽으로 기울 게 뻔했다.

전문가들은 홈에서 강세를 보이는 레드삭스가 2승 1패만 거두어도 월드 시리즈는 7차전까지 이어질 가능성이 높다고 예상했다. 그 예상 때문인지 야구팬들은 일찌감치 월드시리즈 7차전 티켓 예매 전쟁에 돌입했다.

3차전을 치르기 전 레드삭스 존 헤럴 감독은 자신만만한 얼굴로 인터뷰에 응했다.

"1, 2차전을 전부 내줬습니다. 아쉬움이 클 것 같은데요."

"아쉽긴 하지만 이미 끝난 경기입니다. 승패에 연연하지 않겠습니다."

"3차전은 홈에서 열리는데요. 어떤 각오로 임할 생각인 가요?"

"올 시즌 우리는 항상 어려운 경기를 해왔습니다. 그리고 그 어려움 속에서 승리했고, 점점 강해졌죠. 이번에도 마찬 가지입니다. 우리는 이길 것이고 우승 트로피를 들어 올릴 겁니다."

"우승을 하게 된다면 자이언츠 파크에서 우승 트로피를 들 어 올려야 하는데요."

"그 점이 가장 아쉽습니다. 하지만 그렇다고 우승 트로피 를 자이언츠에 양보할 생각은 추호도 없습니다."

"오늘 자이언츠의 선발은 슈퍼 루키 강동원입니다. 강동 원의 챔피언십 시리즈 경기를 혹시 보셨나요? 그날 강동원 은 최고의 공을 던졌습니다."

"아, 그 경기라면 보긴 했습니다. 하지만 글쎄요. 그렇게 까지 대단하다는 느낌은 받지 못했습니다."

"강동원을 상대하기에 앞서 준비해 둔 전략 같은 게 있 나요?"

"하하, 글쎄요. 별명이 슈퍼 루키죠? 제 생각에 그것은 어 디까지나 내셔널리그에서 통용되는 별명인 것 같습니다. 아, 그렇다고 내셔널리그를 무시하는 소리는 아니니까 오해가 없었으면 좋겠네요."

"강동원이 과대평가됐다고 생각하시는 건가요?"

"그것까지는 대답하기 곤란하네요. 다만 아메리칸리그와 내셔널리그는 다르다는 걸 오늘 경기를 통해 똑똑히 보여줄 생각입니다."

"알겠습니다. 레드삭스 더그아웃 분위기는 어떤가요?"

"평소와 마찬가지입니다. 선수 중 누구도 앞선 2경기를 머릿속에 담아두지 않았습니다. 다들 리그 우승을 향해 달려갈 때와 크게 달라 보이지 않습니다."

"그 분위기로 홈 3연전을 쓸어 담겠다는 생각이시군요?"

"그렇습니다."

시리즈 스코어에서 2 대 0으로 뒤지고 있음에도 레드삭스의 존 헤럴 감독의 말투는 거의 확신에 가득 차 있었다. 모르는 사람이 봤다면 야구 모자를 쓴 예언가가 월드시리즈 결과를 예언하고 있다고 착각할 정도였다.

각 언론사에서 조사한 전문가들의 의견도 존 헤럴 감독의 자신감과 크게 다르지 않았다. 홈 첫 경기고 상대 투수가 루키 강동원인 만큼 3차전은 레드삭스가 가져갈 가능성이 높다고 내다봤다.

하지만 자이언츠 선수들은 언론이 뭐라고 떠들건 눈 하나 까딱하지 않았다. 그만큼 강동원에 대한 믿음은 확고하기만 했다.

브루스 보체 감독도 언론에서 떠드는 것처럼 강동원이 오늘 경기에서 쉽게 무너질 거라고 생각하진 않았다. 다만 경우에 따라서는 불펜 싸움이 될지도 모르겠다고 걱정했다.

"역시 만만치가 않다니까."

브루스 보체 감독이 레드삭스의 선발 투수 스티브 라이트의 자료를 살피며 고개를 흔들어 댔다. 스티브 라이트는 현존하는 최고의 너클볼러였다. 그리고 스티브 라이트의 너클볼은 메이저리그 대표 마구 중 하나였다.

　메이저리그에서도 너클볼을 구사하는 투수는 많았다. 하지만 너클볼만 던지는 투수들은 손에 꼽힐 정도였다.

　스티브 라이트는 전체 투구 수의 90퍼센트 이상을 너클볼로 해결했다. 나머지 10퍼센트는 느린 포심 패스트볼로 채워 넣었다. 포심 패스트볼 혹은 너클볼. 구종이 두 가지인 만큼 상대하기 편하다고 생각할지 모르겠지만 스티브 라이트의 너클볼은 변화무쌍했다. 오랫동안 호흡을 맞춘 포수조차 제대로 포구하는 비율이 70퍼센트에 불과할 정도로 무브먼트가 좋았다.

　하지만 애석하게도 자이언츠 타자들은 너클볼에 익숙하지 않았다. 적어도 타자들의 눈에 너클볼이 들어오려면 타순이 한 바퀴, 아니, 두 바퀴 정도는 돌아야 할 것 같았다.

　브루스 보체 감독은 시선을 돌려 벤치에 앉아 있는 강동원을 바라봤다. 원정 경기에 대한 부담감 때문일까. 강동원은 잔뜩 긴장한 얼굴로 앉아 있었다.

　"후우……!"

　강동원은 최대한 길게 숨을 고르며 긴장을 떨쳐 내려 노력했다. 하지만 그 모습이 브루스 보체 감독의 눈에는 더욱 불안하게만 보였다.

　"강."

강동원은 자신을 부르는 소리에 고개를 들었다. 저만치서 브루스 보체 감독이 미소 띤 얼굴로 다가왔다.

"부르셨어요?"

"아, 특별히 볼일이 있는 건 아니니까 앉아 있으라고. 그나저나 많이 긴장되나?"

"아니라고 하면 거짓말이겠죠? 솔직히 많이 긴장됩니다."

강동원이 선선히 고개를 주억거렸다. 챔피언십 시리즈를 끝마치고 난 뒤 더는 두려울 게 없을 것 같았는데 월드시리즈의 부담감은 상상 이상이었다.

야구 선수로서 평생 치러야 할 수많은 경기 중 한 경기라고 치부하기가 어려울 정도였다.

"하긴 그렇겠지."

브루스 보체 감독도 이해한다며 피식 웃었다. 하지만 그렇다고 해서 강동원에게 걸었던 기대를 거둘 생각은 없었다.

"그래도, 강. 잘 이겨낼 거라 믿는다."

브루스 보체 감독이 주먹을 내밀었다.

"노력하겠습니다."

강동원이 씩 웃고는 제 주먹을 브루스 보체 감독의 주먹에 가져다 댔다.

브루스 보체 감독이 마음에 든다며 웃었다. 그러고는 강동원의 어깨를 감싸 안으며 말을 이었다.

"강, 내 말 잘 들어. 스티브 라이트는 아메리칸리그, 아니, 메이저리그 최고의 너클볼 투수야. 우리 타자들이 공을 치기 위해 최선을 다하겠지만 초반에 공략하기는 쉽지 않을 거야. 그러니 타자들이 부진하더라도 절대 흔들리지 마. 알았지?"

"네, 감독님."

"그래, 쉽지 않은 경기가 될 거야. 하지만 부담 갖지 마. 6이닝 3실점 이하로만 버텨줘도 충분하니까. 강이 마운드에서 버텨준다면 타자들도 어떻게 해서든 점수를 뽑아줄 거야."

"네, 알겠습니다."

"그래, 강만 믿을게."

브루스 보체 감독이 고개를 끄덕인 후 자신의 자리로 갔다.

비록 디비전 시리즈부터 챔피언십 시리즈까지 강동원이 잘 던져 주고 있긴 하지만 월드시리즈의 무게감은 달랐다.

조금만 방심해도 와르르 무너지고 마는 게 월드시리즈 마운드였다.

그래서 코칭스태프들도 월드시리즈만큼은 베테랑 투수들에게 기회를 주는 게 좋겠다는 의견을 내놓기도 했다.

하지만 브루스 보체 감독은 고개를 저었다. 루키에게는 험난한 도전일지 모르겠지만 만약 이 무게감을 이겨낸다면 강동원은 한 단계 더 성장할 수 있었다.

브루스 보체 감독은 강동원이 오늘 경기 최고의 투구를 통해 보다 높은 레벨의 투수로 발돋움하리라 굳게 믿었다. 강동원도 브루스 보체 감독의 독려에 마음을 다 잡았다.

⚾

레드삭스의 홈경기인 만큼 1회 초 공격은 자이언츠부터 시작되었다.

"어디 슬슬 시작해 보실까?"

레드삭스의 서발 투수인 스티브 라이트는 초반부터 너클 볼로 타자들을 유린했다.

자이언츠의 1번 타자 다나드 스팬은 연달아 날아들어 온 너클볼에 헤매다가 3구를 건드려 유격수 땅볼 아웃이 되었다.

2번 타자 아르헨 파건도 마찬가지. 초구에 날아든 너클볼에 한참 동안 고개를 흔들어 대더니 2구를 쳐서 2루수 플라이 아웃으로 물러났다.

"너클볼의 움직임이 상당한데?"

타격감이 좋은 3번 타자 비스트 포지는 전략을 바꿨다. 너클볼은 철저하게 버리고 오직 패스트볼에만 집중했다.

그 결과 5구째 몸 쪽으로 들어오는 포심 패스트볼을 잡아당겨 좌익수 앞에 떨어지는 안타를 때려낼 수 있었다.

"후우……. 이번에도 너클볼이 들어왔다면 당할 뻔했어."

1루에 진출한 비스트 포지는 여유롭게 장비를 벗은 후 1루 코치에게 건네주었다.

그사이 4번 타자 헌터 페이스가 타석에 들어섰다.

헌터 페이스 또한 너클볼이 아닌 패스트볼을 노렸다. 너클볼보다는 포심 패스트볼을 공략하는 게 더 쉽다고 판단했다.

그런 헌터 페이스를 향해 노련한 스티브 라이트가 초구부터 포심 패스트볼을 던졌다.

따악!

초구는 흘려보낼 생각을 했던 헌터 페이스가 다급히 방망이를 내돌렸다. 하지만 공은 뻗어가지 못하고 중견수에 잡히면서 세 번째 아웃 카운트가 만들어졌다.

-스티브 라이트, 비스트 포지에게 안타를 맞았지만 헌터 페이스를 중견수 플라이로 잡아냅니다.

　-어쩌면 오늘 등판하는 투수 중 가장 느린 공을 던지는 투수일 텐데요. 마운드 위에서의 여유는 100mile의 공을 던지는 투수 못지않습니다.

　-너클볼은 쉽게 때려내기 어려운 공이니까요. 게다가 스티브 라이트는 경기당 너클볼만 150구 이상을 던질 수 있습니다.

　-그 정도면 매 경기 완투가 가능한 숫자인데요. 자이언츠 타자들, 보다 공격적으로 스티브 라이트의 너클볼에 대처해야 할 것 같습니다.

　"후우……."

　마운드를 내려가는 스티브 라이트의 뒷모습을 바라보며 강동원이 길게 숨을 내쉬었다. 그리고 글러브를 챙겨 들고 마운드를 향해 발을 움직였다.

　그때 브루스 보체 감독의 격려의 목소리가 들려왔다.

　"강! 맘껏 던지고 와."

　"네, 감독님."

　강동원이 씩 웃으며 마운드에 올랐다. 뒤이어 일단 마운드부터 골랐다. 다저스의 홈구장인 페어웨이 파크 마운드는 자이언츠 파크 마운드와 느낌이 달랐다.

　그 미묘한 느낌 때문에 투구 밸런스가 흔들릴 수 있는 만큼 강동원은 마운드 정비에 신경을 썼다. 디딤발을 내디딜 위치까지 꼼꼼하게 다진 뒤 10개의 연습구를 던졌다.

그렇게 연습 피칭을 끝낸 후 강동원은 마운드를 내려가 크게 심호흡을 했다.

"할 수 있다. 할 수 있어."

쿵쾅거리는 심장을 다잡은 뒤 강동원이 다시 마운드에 올라섰다. 타석에는 레드삭스의 1번 타자 더스트 페드로이아가 타석에 들어서 있었다.

강동원은 천천히 투구판을 밟은 뒤 비스트 포지의 사인을 기다렸다. 그러자 기다렸다는 듯이 비스트 포지가 손가락을 움직였다.

'바깥쪽 포심 패스트볼이라.'

사인을 확인한 강동원이 단단히 고개를 끄덕였다. 그리고 월드시리즈 첫 공을 내던졌다.

후앗!

강동원의 손끝에서 빠져나간 공이 거의 일직선으로 날아가 비스트 포지의 미트에 꽂혔다.

퍼엉!

운동장 가득 울려 퍼진 미트 소리에 레드삭스 관중들의 표정이 굳어졌다. 전광판에는 무려 99mile/h(≒159.3㎞/h)의 구속이 찍혀 있었다.

"스트라이크!"

심판이 망설이지 않고 오른팔을 들어 올렸다.

"좋았어, 강."

첫 공을 받은 비스트 포지의 입가에도 슬며시 미소가 번졌다.

"젠장할."

잠시 타석에서 벗어난 더스트 페드로이아가 입술을 깨물었다. 제법 빠른 공을 던진다는 이야기는 들었지만 강동원의 초구는 생각 이상으로 빨랐다. 어찌나 순식간에 지나가는지 감히 방망이를 내돌릴 수가 없었다.

'타이밍을 조금 더 빨리 가져가야겠어.'

잠시 장갑을 고친 뒤 더스트 페드로이아가 다시 타석에 들어섰다. 그러자 비스트 포지가 곧바로 두 번째 사인을 보냈다.

'슬라이더.'

강동원이 자세를 잡고 곧바로 공을 던졌다.

후앗!

손끝을 빠져나간 공이 정확하게 바깥쪽을 파고들었다.

그 순간 더스트 페드로이아가 방망이를 내돌렸다.

따악!

방망이 끝에 걸린 타구가 그대로 백네트 쪽으로 사라져 버렸다.

"크으으!"

패스트볼 타이밍에 방망이를 내돌렸던 더스트 페드로이아의 얼굴이 와락 일그러졌다.

강동원이 던지는 공 중 가장 형편없다고 알려진 게 바로 슬라이더였다.

하지만 100mile/h(≒160.9㎞/h)에 가까운 포심 패스트볼 뒤에 날아드니 그 움직임을 따라갈 수가 없었다.

'쉽지 않겠어.'

더스트 페드로이아가 고개를 흔들었다. 그사이 비스트 포지와 3구째 사인을 주고받은 강동원이 다시 바깥쪽으로 공을 내던졌다.

'어딜!'

더스트 페드로이아의 방망이가 다시 움직였다. 그러나 공은 또다시 방망이 끝부분에 걸리면서 파울이 되었다.

볼카운트는 투 스트라이크 노 볼.

투수에게 절대적으로 유리한 상황에서 강동원은 4구째 사인을 기다렸다.

비스트 포지가 손가락을 빠르게 움직였다. 그리고 몸 쪽으로 붙어 앉았다.

가볍게 고개를 끄덕인 뒤 강동원은 비스트 포지의 미트를 향해 힘껏 공을 던졌다.

후앗!

마치 포심 패스트볼 같은 공이 얼굴 쪽으로 날아들었다. 그것을 하이 패스트볼이라고 판단한 더스트 페드로이아는 혹시라도 방망이가 빠져나가지 않도록 아예 몸을 틀어버렸다.

그런데 잘 날아들던 공이 마지막 순간 뚝 떨어지더니 홈 플레이트 위를 스쳐 지나가 버렸다.

"뭐, 뭐야?"

당황한 더스트 페드로이아가 고개를 돌렸다. 그 순간.

"스트라이크 아웃!"

구심이 기다렸다는 듯이 오른팔을 내돌렸다.

"뭐라고요? 이게 스트라이크라고요?"

구심의 삼진 콜에 더스트 페드로이아가 당혹스럽다는 표정을 지었다. 분명 자신의 눈높이로 공이 날아왔다. 그런데 스트라이크라니. 이해가 되지 않았다.

"공이 높았다고요!"

더스트 페드로이아가 구심에게 따지듯 물었다. 하지만 구심은 고개를 흔들었다.

"정확하게 몸 쪽으로 들어오는 공이었다."

"말도 안 돼!"

"커브였어."

"뭐라고요?"

"방금 그 공, 커브였다고."

"허……!"

순간 더스트 페드로이아가 헛웃음을 내뱉었다. 강동원의 커브가 주 무기라는 것쯤은 알고 있었다.

하지만 조금 전 공은 그야말로 말도 안 되는 궤적을 그리며 날아왔다.

"젠장할!"

더스트 페드로이아가 입술을 깨물며 몸을 돌렸다. 그사이 2번 타자 잰더 보가트가 다가왔다.

"뭐야? 뭐에 당한 거야?"

"몰라, 구심은 커브라는데."

"커브? 아까 그게 커브였다고?"

잰더 보가트가 긴장한 얼굴로 타석에 들어섰다. 그런 잰더 보가트를 바라보며 비스트 포지가 피식 웃었다. 그러고는 곧바로 사인을 보냈다.

강동원은 비스트 포지의 사인대로 초구 포심 패스트볼을 몸 쪽에 꽂아 넣었다.

따악!

잰더 보가트의 방망이가 곧바로 돌아갔다. 하지만 스윙이 늦으면서 공은 손잡이 부분에 걸리고 말았다.

"생각보다 더 빠른데?"

잰더 보가트가 고개를 돌려 전광판을 바라봤다. 전광판에는 이번에도 99mile/h(≒159.3㎞/h)이라는 숫자가 찍혀 있었다.

"99mile/h이라. 저 녀석, 정말 루키 맞는 거야?"

공의 구속에 다소 놀란 잰더 보가트는 타석을 벗어나 몇 번 방망이를 휘둘렀다.

'패스트볼만 들어온다면 어떻게든 해보겠는데…… 그 빌어먹을 커브가 문제야. 그래도 일단은 패스트볼을 노리자.'

잰더 보가트는 머릿속을 정리하고 다시 타석에 들어섰다. 그는 방망이로 홈 플레이트를 몇 번 두드리고는 타격 자세를 취했다.

그사이 비스트 포지가 부지런히 손가락을 움직였다.

'바깥쪽 체인지업.'

사인을 확인한 강동원이 고개를 끄덕인 후 자세를 잡았다. 그리고 체인지업 그립을 말아 쥔 후 비스트 포지의 미트를 향해 힘껏 던졌다.

후앗!

공은 강동원의 바람대로 날아갔다. 그러자 잰더 보가트가 망설이지 않고 방망이를 내돌렸다.

따악!

방망이 밑부분에 걸린 타구가 2루 방향으로 데굴데굴 굴러갔다. 그와 동시에 잰더 보가트의 얼굴이 와락 일그러졌다.

"젠장할!"

잰더 보가트는 1루를 향해 열심히 내달렸다. 하지만 2루수 조 패인이 가볍게 타구를 처리하며 두 번째 아웃 카운트의 주인공이 되고 말았다.

　　순식간에 투 아웃이 된 상황에서 레드삭스의 3번 타자 재키 브랜디가 들어섰다. 재키 브랜디는 좌타석에 자리를 잡은 뒤 강동원을 매섭게 쳐다보았다.

　　잠시 재키 브랜디와 시선을 마주쳤던 강동원이 피식 웃고는 비스트 포지를 바라봤다. 중심 타자가 타석에 들어서서일까. 비스트 포지가 조금 신중하게 손가락을 움직였다.

46장
슈퍼 루키

1

비스트 포지의 초구 사인은 역시 바깥쪽 포심 패스트볼이
었다.

촤라랏!

투구판을 박차고 나가며 강동원이 힘차게 공을 던졌다.

펑엉!

98mile/h(≒157.7㎞/h)짜리 포심 패스트볼이 여지없이 미트
를 흔들어 놓았다.

"스트라이크!"

구심이 가볍게 오른팔을 들어 올렸다.

"좋았어."

초구 스트라이크를 잡은 강동원이 고개를 끄덕이며 공을

건네받았다. 그리고 오른손에 두둑하게 로진백을 두드린 뒤 다시 마운드에 올라 비스트 포지의 사인을 받았다.

잠시 재키 브랜디를 살피던 비스트 포지가 바깥쪽으로 앉으며 미트를 들어 올렸다.

바깥쪽 커브.

사인을 확인한 강동원이 단단히 고개를 끄덕였다.

후앗!

강동원의 손끝을 빠져나간 공이 빠르게 회전하며 날아갔다. 높은 곳에서 뚝 하고 떨어지는 강동원 특유의 커브가 바깥쪽을 아슬아슬하게 파고들었다.

재키 브랜디는 방망이를 내돌리려다 마지막에 멈추었다. 공이 조금 빠졌다고 판단한 것이다.

하지만 구심은 공이 스트라이크존에 걸치며 들어왔다고 판단했다.

"스트라이크!"

"쳇!"

재키 브랜디가 인상을 찡그리며 타석에서 벗어났다. 그러고는 새삼스러운 눈으로 강동원을 바라봤다.

'역시 커브 하나는 기가 막히군.'

강동원의 커브가 좋다는 건 전략 분석 자료를 통해 이미 확인을 한 뒤였다. 하지만 직접 눈으로 보니 생각보다 더 좋았다.

'투 스트라이크야. 하나쯤은 유인구가 들어오겠지.'

재키 브랜디가 애써 마음을 다잡으며 타석에 들어섰다.

파잉!

예상대로 3구는 바깥쪽으로 빠지는 슬라이더였다. 그리고 4구는.

퍼엉!

포심 패스트볼이 몸 쪽 깊숙이 들어왔다.

재키 브랜디가 엉덩이를 뒤로 쭉 빼며 피했다. 다행히도 구심은 3구에 이어 4구째에도 오른팔을 들지 않았다.

"후, 놀래라."

재키 브랜디는 안도의 한숨을 내쉬었다. 그리고 한결 가벼워진 얼굴로 타석에 들어섰다.

투 스트라이크 노 볼이 투 스트라이크 투 볼로 바뀌어 있었다. 분위기상 분명 자신에게 유리하다고 판단했다.

'쳇, 제법 공을 잘 보는데?'

재키 브랜디가 생각보다 공을 잘 골라내자 비스트 포지도 더 이상의 유인구 승부를 포기했다. 대신 곧바로 승부수를 띄웠다.

'바깥쪽 포심 패스트볼.'

사인을 확인한 강동원은 고개를 끄덕였다. 글러브 안에서 단단히 공을 움켜쥔 뒤 있는 힘껏 마운드를 박차고 나갔다.

후앗!

강동원의 손끝을 빠져나간 공이 곧장 바깥쪽을 파고들었다. 재키 브랜디가 반사적으로 방망이를 내돌려 봤지만

퍼엉!

공은 이미 비스트 포지의 미트 속으로 빨려 들어간 뒤였다.

"스트라이크 아웃!"

구심이 요란스럽게 삼진을 외쳤다. 그사이 재키 브랜디는

깜짝 놀란 얼굴로 전광판을 바라보고 있었다.

전광판에는 100mile/h($\fallingdotseq$160.9㎞/h)이라는 숫자가 선명하게 찍혀 있었다.

"허, 100mile이라니."

상상을 뛰어넘는 강속구에 재키 브랜디가 고개를 절레절레 흔들며 더그아웃으로 몸을 돌렸다.

그사이 강동원은 당당하게 마운드를 걸어 내려왔다. 그러자 야수들이 뛰어오며 강동원에게 한마디씩 했다.

"나이스 볼!"

"잘했어, 강!"

"멋진 공이야."

"오늘도 장난 아닌데?"

야수들의 격려 속에 강동원이 슬쩍 입꼬리를 올렸다. 3번 타자인 재키 브랜디를 삼진으로 잡아낸 것만큼이나 동료들의 칭찬이 기분 좋았다.

더그아웃으로 들어가자 브루스 보체 감독도 환하게 웃으며 반겨주었다.

"잘했어, 강. 그렇게만 던지라고. 알았지?"

브루스 보체 감독이 강동원의 엉덩이를 한 차례 때렸다. 강동원은 히죽 웃으며 자신의 자리로 갔다.

글러브를 옆에 내려놓고 강동원은 생각했다.

'오늘 공을 채는 느낌이 좋은데.'

후반기 들어 구속이 갑작스럽게 빨라졌다지만 경기 초반부터 100mile/h을 던지는 건 오버 페이스인지도 몰랐다.

하지만 강동원은 크게 신경 쓰지 않았다. 그만큼 몸 상태가 가벼웠기 때문이다.

"자, 이번에는 어떤 공을 던지나 볼까?"

가볍게 땀을 닦은 뒤 강동원이 마운드 쪽으로 눈을 돌렸다. 때마침 스티브 라이트도 연습 투구를 마치고 구심의 신호를 기다리고 있었다.

2회 초 자이언츠 공격은 5번 타자 브래드 벨트부터 시작되었다.

브래드 벨트는 타석에 들어서기 전 준비동작을 취했다. 상대가 너클볼러다 보니 큰 거 한 방을 노리는 듯 연습 스윙이 제법 요란스러웠다.

부웅, 붕.

브래드 벨트는 몇 번 방망이를 휘두르고는 고개를 끄덕였다. 이 정도 스윙 스피드라면 그 어떤 공도 담장 밖으로 넘겨 버릴 수 있을 것 같았다.

다시 한번 장비를 점검한 뒤 브래드 벨트가 타석에 들어서고 자세를 잡았다. 그러자 스티브 라이트가 여유를 주지 않고 공을 내던졌다.

후앗!

스티브 라이트의 손끝에서 떠난 공이 홈 플레이트 앞에서 춤을 췄다.

'잡았다!'

브래드 벨트는 호기롭게 방망이를 휘둘렀다. 하지만 정작 방망이는 시원스럽게 허공을 가르고 말았다.

이후에도 브래드 벨트는 스티브 라이트의 너클볼에 전혀 타이밍을 맞추지 못했다. 오히려 큰 스윙 때문에 공도 제대로 맞추지 못했다.

그렇게 볼카운트는 순식간에 투 스트라이크 원 볼로 몰리고 말았다.

"이제 끝내자고."

유리한 볼카운트 속에서 스티브 라이트는 다시 너클볼을 던졌다.

후앗!

손끝을 빠져나온 공이 홈 플레이트 앞에서 크게 흔들렸다.

"크아아아!"

브래드 벨트는 이를 악물며 방망이를 돌렸다. 그 순간 손바닥을 타고 묵직함이 느껴졌다. 하지만 그 느낌은 브래드 벨트가 원했던 느낌과는 상당한 차이가 있었다.

딱!

방망이 끝에 맞은 공이 느리게 유격수 쪽으로 향했다.

"쳇!"

브래드 벨트는 방망이를 집어 던지며 1루로 뛰어갔다. 하지만 그보다 먼저 유격수 잰더 보가트가 공을 잡아 부드러운 동작으로 1루에 던졌다.

"아웃!"

1루심이 주먹을 들어 올렸다. 브래드 벨트는 인상을 쓰며 더그아웃으로 향했다.

스티브 라이트는 공을 건네받고 마운드를 내려갔다.

그사이 자이언츠의 6번 타자 브래드 크로포트가 방망이를 툭툭 치며 타석으로 들어섰다.

브래드 크로포트는 앞선 브래드 벨트와는 달리 방망이를

짧게 잡았다. 스윙 또한 간결하게 나갔다. 장타보다는 공을 맞히는 데 집중하기로 전략을 바꾼 것이다.

하지만 브래드 크로포트 또한 브래드 벨트와 마찬가지로 너클볼에 타이밍을 잡지 못했다. 그만큼 스티브 라이트의 너클볼은 좋았다. 방망이를 짧게 잡아도, 스윙을 간결하게 가져가도 소용이 없었다. 공을 맞추지 못하면 말짱 꽝이었다.

따악!

투 스트라이크 원 볼 상황에서 브래드 크로포트는 4구째 너클볼을 힘껏 잡아당겼다. 하지만 타구를 방망이 중심에 맞추지 못했다.

공이 높이 치솟자 브래드 크로포트는 고개를 숙였다. 그렇게 브래드 크로포트는 중견수 플라이 아웃으로 물러났다.

2사에 주자가 없는 가운데 7번 타자 에두아르 누네스가 방망이를 돌리며 대기 타석을 나섰다. 에두아르 누네스는 타석에 들어서기 전 방망이를 몇 번 돌렸다.

훙! 후웅!

에두아르 누네스의 방망이 소리는 상당히 날카로웠다. 브래드 크로포트와 같이 간결한 스윙으로 너클볼을 공략하기로 마음을 먹은 것이다.

"좋은 공이 들어오면 망설이지 말자."

에두아르 누네스는 초구부터 방망이를 돌렸다.

비록 파울이 되긴 했지만 너클볼에 타이밍을 맞췄다는 사실에 슬쩍 입가를 비틀어 올렸다.

"젠장, 저걸 맞히다니."

반면 스티브 라이트는 입술을 깨물었다. 중심 타자들도 제대로 맞히지 못한 너클볼에 초구부터 손을 댔으니 부담감이 밀려온 것이다.

딱!

따악!

에두아르 누네스는 연거푸 파울을 때려냈다. 자연스럽게 스트라이크존에서 춤을 추던 스티브 라이트의 너클볼이 코너 쪽으로 빠져나가기 시작했다.

그렇게 볼과 파울을 오가며 풀카운트까지 갔다. 에두아르 누네스는 이후에도 두 개의 파울을 더 만들어내며 8구 승부까지 끌고 갔다.

하지만 거기까지였다.

따악!

허를 찌르듯 날아든 포심 패스트볼에 에두아르 누네스가 타이밍을 맞추지 못하면서 유격수 땅볼 아웃으로 물러나고 말았다.

"후우⋯⋯."

스티브 라이트가 길게 숨을 고르며 마운드를 내려갔다. 그런 스티브 라이트를 바라보며 강동원이 자신도 모르게 고개를 주억거렸다.

"확실히 좋은 투수야. 타자들을 농락할 줄 아는 것 같아."

마구에 가까운 너클볼을 자유자재로 구사하면서도 스티브 라이트는 성급하게 승부를 걸지 않았다. 상대에 따라 매번 다른 공략법을 선택했다. 특히나 투 스트라이크 이후의 승부가 인상적이었다.

조금 전 에두아르 누네스를 상대로 스티브 라이트는 연속

4개의 너클볼을 던졌다. 그것도 구속을 조금씩 조절해 가며 에두아르 누네스의 타이밍을 빼앗았다.

그리고 마지막에는 98mile/h(≒157.7㎞/h)같은 89mile/h(≒143.2㎞/h)짜리 포심 패스트볼을 던져서 땅볼을 유도해 냈다.

이 같은 배짱 투구에 중계진도 찬사를 보내주고 있었다.

–오늘 스티브 라이트의 너클볼이 춤을 춥니다.

–그렇죠? 자이언츠 타자들이 전혀 손을 대지 못하고 있어요.

–강이 많은 부담을 느낄지도 모르겠습니다.

–그럴 겁니다. 베테랑 투수도 아니고 루키니까요. 이 분위기를 적응하기가 힘이 들 겁니다.

–그럴수록 자이언츠 타자들이 힘을 내줘야 할 텐데요.

–그렇습니다. 타자들이 강을 도와줄 수 있는 가장 좋은 방법은 스티브 라이트에게서 한 시라도 빨리 선취점을 뽑아내는 것입니다.

–하지만 이런 상태면 좀 힘들지 않을까요?

–그래도 경기 중반이 되면 너클볼이 눈에 익을 테니까요. 그 시점까지는 일단 지켜봐야 할 것 같습니다.

중계진의 호평처럼 스티브 라이트는 2회까지 고작 26개의 공을 던졌다. 이닝당 평균 13개. 너클볼을 제구하기 어렵다고 감안했을 때 상당히 효율적인 피칭을 이어가고 있었다.

그만큼 자이언츠 타자들은 낯선 너클볼러에게 전혀 적응을 하지 못하고 있었다.

하지만 강동원도 지지 않고 힘을 냈다. 브루스 보체 감독의 주문처럼 스티브 라이트의 호투를 신경 쓰지 않으려 노력했다.

"나는 내 방식대로 타자들을 상대하면 돼."

강동원에게는 마구라 불릴 만한 구종이 없었다. 100mile/h에 달하는 포심 패스트볼과 폭포수 커브의 구종 가치가 상당하긴 했지만 야구가 생긴 이래 가장 기본적인 구질로 자리 잡은 포심 패스트볼과 커브를 마구의 범주에 집어넣을 수는 없는 노릇이었다.

하지만 빠른 공과 느린 공을 적절하게 사용하며 타자들의 타이밍을 빼앗는 강동원 특유의 투구 스타일은 레드삭스 타자들에게도 먹혀들고 있었다.

"후우……."

강동원이 마운드에 올라 흙을 골랐다. 그사이 레드삭스 4번 타자 무키 베스가 타석에 들어섰다.

또다시 힘이 좋은 타자가 나타나자 비스트 포지가 신중하게 사인을 보냈다. 그리고 강동원은 비스트 포지의 리드를 믿고 공을 힘껏 던졌다.

퍼엉!

몸 쪽을 파고든 포심 패스트볼이 비스트 포지의 미트를 요란스럽게 흔들었다.

전광판에 찍힌 구속은 또다시 100mile/h.

"와우."

구속을 확인한 무키 베스가 혀를 내둘렀다. 대기 타석에서 봤던 것보다 더 빠르게 공이 홈 플레이트를 지나간 느낌이었다.

무키 베스가 포심 패스트볼에 타이밍을 맞추지 못하자 비스트 포지는 재차 같은 코스로 공을 요구했다.

퍼엉!

99mile/h(≒159.3㎞/h)의 포심 패스트볼이 또다시 비스트 포지의 미트를 뒤흔들었다. 무키 베스는 이번에도 전혀 방망이를 움직이지 못했다.

무키 베스가 타석을 벗어나 고개를 절레절레 흔들었다.

'저 녀석 루키 맞아?'

무키 베스가 살짝 질린 눈으로 강동원을 바라보았다. 하지만 정작 강동원은 무표정한 얼굴로 마운드를 고르고 있었다.

'빌어먹을…….'

무키 베스는 자신을 전혀 의식하지 않는 강동원이 얄미워졌다. 루키라는 녀석이 겁도 없이 몸 쪽으로 사정없이 공을 꽂아 넣을 때부터 짐작은 했지만 강동원에게서는 월드시리즈에 대한 부담감이 눈곱만큼도 느껴지지 않았다.

하지만 강동원이라고 해서 정말로 긴장하지 않은 건 아니었다.

"후우……."

무키 베스에게 들키지 않게 등을 돌려 한숨을 내쉰 뒤 강동원이 로진백을 가볍게 두드렸다. 그러고는 애써 마음을 다잡고 다시 무표정한 얼굴로 타석을 바라보았다.

그 모습을 지켜보던 브루스 보체 감독이 론 워스트 벤치 코치를 바라보며 웃었다.

"방금 봤어?"

"네, 봤습니다."

"대단하지 않아? 마치 월드시리즈를 열 번쯤은 치른 듯한 표정이라고."

브루스 보체 감독은 월드시리즈 무대에서도 담담하게 자신의 공을 던지는 강동원이 더없이 사랑스러웠다. 브루스 보체 감독만큼은 아니지만 론 워스트 코치도 강동원의 호투에 적잖게 감탄하고 있었다.

"브루스, 난 브루스가 강을 선택했을 때 단순히 기회를 주기 위해서라고만 생각했어요. 그래서 월드시리즈 때는 베테랑으로 바꾸는 게 어떻겠냐고 말했고요."

"하하, 그래서? 지금 보니까 생각이 좀 달라졌나 보지?"

"이제는 확실히 알 것 같아요. 왜 강이 아니면 안 되는지를 말이에요."

"그래, 그 정도면 이제 내 뒤를 이어도 되겠어."

"음? 설마 다른 구단에서 스카우트 제의라도 들어온 거예요?"

"그럴 리가. 적어도 강이 은퇴하기 전까지는 자이언츠 감독 자리를 빼앗길 생각이 없는데?"

"허……! 그럼 나더러 몇 살에 감독을 하란 말이에요?"

"크흐흐. 그러니까 오늘을 즐기자고. 우리 함께 메이저리그 최고 우승팀을 만들어 보자니까?"

브루스 보체 감독이 짓궂게 웃었다. 다른 때 같았으면 포스트시즌인 만큼 표정 관리를 하라고 한 소리 했을 론 워스트 코치도 못 말린다며 따라 웃었다.

그 모습이 중계 카메라에 정확하게 걸려들었다.

－브루스 보체 감독, 여유로운 모습입니다.

－강동원 선수가 잘 던져 주고 있으니까요.

－아직 경기 초반이긴 하지만 강동원 선수, 포스트시즌에서 보여주었던 안정적인 투구를 이어가고 있습니다.

－네, 올 시즌 가장 유력한 신인왕 후보다운 피칭입니다.

중계진도 강동원에게 칭찬을 아끼지 않았다. 아메리칸리그에서도 가장 강력하다는 레드삭스 타선을 상대로 초반부터 삼진 퍼레이드를 이어가고 있으니 칭찬을 하지 않을 수가 없는 상황이었다.

그러나 무키 베스는 그런 분위기에 휘둘리지 않으려 애를 썼다.

'잊어버리자. 루키는 루키다! 분명 실투가 들어올 거야.'

무키 베스가 호흡을 고르며 방망이로 스파이크를 툭툭 쳤다. 그리고 다시 타석에 들어섰다.

그사이 비스트 포지와 사인을 주고받은 강동원이 힘껏 공을 던졌다.

후앗!

강동원의 손끝을 빠져나간 공이 바깥쪽으로 날아들었다.

'포심 패스트볼!'

무키 베스가 이번에는 놓치지 않겠다며 방망이를 돌렸다.

그런데 홈 플레이트 앞에서 공이 살짝 꺾이더니 바깥쪽으로 휘어져 나가 버렸다.

'슬라이더!'

무키 베스가 공을 맞히기 위해 안간힘을 썼지만 이미 돌아버린 방망이를 어찌할 수는 없었다.

"스트라이크 아웃!"

구심의 우렁찬 콜과 함께 무키 베스가 헛스윙 삼진을 당했다.

3구 삼진을 당한 무키 베스는 완전히 당했다는 얼굴로 강동원을 쓱 바라보고는 이내 더그아웃으로 몸을 돌렸다.

그런 무키 베스를 대신해 레드삭스의 5번 타자 엔리 라미레즈가 방망이를 돌리며 타석으로 들어섰다.

2년 전까지 다저스에 있던 엔리 라미레즈는 FA 자격을 얻고 레드삭스와 협상을 진행했다. 그리고 5년간 1억 1,000만 달러라는 대형 계약을 맺고 빨간 양말의 일원이 되어 있었다.

잔부상이 많다는 항간의 우려와는 달리 지난 2년간 엔리 라미레즈는 준수한 활약을 펼쳤다. 기대했던 정도는 아니지만 연간 2,200만 달러라는 연봉이 아깝지 않을 정도였다.

비스트 포지도 엔리 라미레즈의 장타력을 의식했는지 초구부터 변화구를 요구했다.

'몸 쪽 커브.'

강동원이 가볍게 고개를 끄덕인 후 자세를 잡았다. 글러브에서 커브 그립을 쥔 후 미트를 향해 힘껏 던졌다.

후앗!

제법 높은 곳에서 형성된 커브가 홈 플레이트 앞에서 뚝 떨어졌다. 그와 함께 엔리 라미레즈의 방망이도 매섭게 돌아갔다.

하지만 공은 엔리 라미레즈의 스윙 궤적을 피해 포수의 미트 속에 파묻혔다.

"스트라이크!"

"젠장할!"

엔리 라미레즈가 질근 입술을 깨물었다. 포심 패스트볼이 들어올 거라 여겼는데 낙차 큰 커브가 날아드니 제대로 타이밍을 맞추지 못했다.

하지만 엔리 라미레즈는 언제 그랬냐는 듯 히죽 웃으며 타석을 벗어났다. 헬멧을 다시 고쳐 쓰고는 타석에 들어섰다.

'하나 유인해 볼까?'

원 스트라이크 상황에서 비스트 포지가 바깥쪽 포심 패스트볼을 요구했다.

후앗!

강동원은 망설이지 않고 비스트 포지의 미트를 향해 정확하게 공을 찔러 넣었다. 그러자 엔리 라미레즈도 망설이지 않고 방망이를 내돌렸다.

딱!

방망이 끝부분에 걸린 공이 높이 치솟으며 1루 방향으로 날아갔다. 그러자 1루수 브래드 벨트가 공을 따라 뛰어갔다.

하지만 공은 마지막 순간에 그물 밖으로 넘어가 버리고 말았다.

"후우……."

하마터면 아웃이 될 뻔한 상황에서 엔리 라미레즈는 속으로 가슴을 쓸어내렸다. 그리고 고개를 몇 번 끄덕이고는 다시 타석에 들어섰다.

투 스트라이크 노 볼로 몰렸지만 타석에 선 엔리 라미레즈는 여전히 여유로워 보였다. 마치 마음만 먹으면 언제라도 강동원의 공을 공략할 수 있다는 것처럼 굴었다.

'역시 엔리 라미레즈라 이건가?'

강동원은 피식 웃으며 로진백을 툭툭 건드렸다. 볼카운트가 유리해진 지금은 초구를 던질 때만큼 엔리 라미레즈가 위협적으로 느껴지지 않았다.

"후우……!"

입김을 불어 손에 묻은 로진 가루를 길게 불어낸 뒤 강동원이 투구판에 발을 올렸다.

그러자 비스트 포지가 기다렸다는 듯이 손가락을 움직였다.

'몸 쪽 포심!'

사인을 확인한 강동원이 고개를 주억거렸다. 자연스럽게 엔리 라미레즈의 눈빛이 매섭게 변했다.

하지만 강동원은 굳이 엔리 라미레즈와 눈을 맞추지 않았다.

사인은 나왔고 비스트 포지는 미트를 들어 올렸다.

지금 강동원이 바라봐야 할 곳은 쓸데없이 도발하는 엔리 라미레즈가 아니라 공을 집어넣어야 할 비스트 포지의 미트였다.

후앗!

강동원이 발을 앞으로 힘차게 내 찼다. 그와 동시에 강동원 손에서 빠져나간 공이 엔리 라미레즈 몸 쪽으로 날카롭게 파고들었다.

'어딜!'

엔리 라미레즈가 눈매를 굳히며 재빨리 방망이를 돌렸다. 빠른 공을 기다리고 있던 엔리 라미레즈에 딱 맞는 공이었다.

하지만 완벽하게 제구가 된 공은 엔리 라미레즈의 방망이 안쪽에 맞고 파울이 되어버렸다.

"쳇!"

엔리 라미레즈가 처음으로 인상을 찡그렸다. 타격 후 손에 전해지는 진동에 충격이 컸던 모양이다.

그러나 엔리 라미레즈는 재빨리 표정을 고쳤다. 마치 아무것도 아니라는 것처럼 타석을 벗어나 몇 번 방망이를 휘두르고는 다시 타석에 들어섰다.

'어디 또 던져 봐라, 애송이!'

엔리 라미레즈의 날선 시선이 다시 강동원에게 날아들었다. 그 순간, 강동원이 곧바로 투구판을 박차고 나왔다.

후앗!

포심 패스트볼을 가장한 바깥쪽 체인지업이었다. 포심 패스트볼을 던지는 투구폼과 똑같은 동작으로 공을 던졌다.

하지만 엔리 라미레즈는 또다시 포심 패스트볼이 날아오는 것이라 생각하고 그 타이밍에 맞춰 방망이를 돌렸다.

그런데 공이 생각보다 홈 플레이트에 늦게 도착했다. 게다가 홈 플레이트 앞에서 살짝 가라앉았다.

엔리 라미레즈는 팔을 쭉 내밀며 어떻게든 공을 맞히려 했다.

따악!

다행히도 공이 방망이 끝에 걸리긴 했지만 완벽하게 타이밍을 빼앗겨서일까. 타구는 2루수 정면으로 굴러가 버렸다.

"내가 잡을게!"

2루수 조 패인이 깔끔하게 타구를 처리하며 두 번째 아웃카운트를 만들었다.

2사, 주자 없는 가운데 6번 타자 마이크 포시가 천천히 타석으로 걸어왔다. 강동원 비스트 포지에게 공을 건네받고 마운드를 내려가 로진백을 들었다. 그것을 툭툭 건드린 후 다시 마운드에 올랐다.

―아, 드디어 기대되는 순간이 왔습니다. 마이크 포시, 아메리칸리그의 유력한 신인왕 후보인데요.

―반면 마운드에는 내셔널리그의 강력한 신인왕 후보인 강동원이 서 있습니다.

―양대 리그 예비 신인왕들 간의 맞대결인데요. 과연 첫 번째 대결의 승자는 누가 될지 지켜봐야겠습니다.

중계진은 흥미로운 대결이 시작됐다며 호들갑을 떨어댔다. 레드삭스 관중들도 마이크 포시를 향해 뜨거운 환호를 쏟아냈다.

"걱정 말라고. 내가 저 녀석을 박살 내 버릴 테니까."

작년 겨울, 짧은 메이저리그 생활을 즐긴 마이크 포시는 올해 강동원과 함께 최고의 루키 시즌을 보내고 있는 선수였다.

좌투좌타 내야수로, 당초 외야로 전업할 거란 이야기와는 달리 레드삭스는 마이크 포시에게 1루 베이스를 맡겼다. 레드삭스의 새로운 프랜차이즈 스타로 키울 요량이었다.

하지만 강동원도 호락호락한 상대는 결코 아니었다. 메이저리그 데뷔 이후 퍼펙트게임을 달성할 정도로 어마어마한 구위를 뽐내고 있었다.

그러나 마이크 포시의 눈에 강동원은 운 좋게 주목을 받는 햇병아리나 마찬가지였다.

"어디 그 잘난 커브를 던져 봐."

마이크 포시가 씩 웃으며 방망이를 움켜 들었다. 그사이 비스트 포지가 손가락을 움직였다.

'초구 바깥쪽 커브.'

비스트 포지는 마이크 포시의 컨디션을 확인할 겸 초구부터 변화구를 요구했다.

강동원은 가볍게 고개를 끄덕인 뒤 빠르게 초구를 내던졌다.

후앗!

큰 포물선을 그리며 날아들던 공이 홈 플레이트 앞쪽에서 뚝 하고 떨어져 내렸다.

하지만 마이크 포시는 방망이를 내밀지 않았다. 공이 생각보다 일찍 떨어졌다는 걸 알아챈 것이다.

'제법 눈썰미가 있는데?'

비스트 포지가 고개를 주억거렸다. 강동원의 커브가 처음일 텐데도 마이크 포시는 마치 몇 번 겪어보기라도 한 것처럼 공을 골라내 버렸다.

'그렇다면 어디.'

비스트 포지는 곧바로 빠른 공으로 전환했다. 코스는 몸쪽. 변화구 대응 능력을 봤으니 이번에는 포심 패스트볼에 얼마나 잘 대응하는지 확인해 보고 싶었다.

강동원은 비스트 포지의 주문대로 2구를 몸 쪽에 정확하게 찔러 넣었다.

퍼엉!

전광판 구속은 98mile/h(≒157.7km/h).

마이크 포시가 방망이를 움찔했지만 내밀지는 못했다. 98mile/h짜리 몸 쪽 패스트볼을 잘못 건드렸다가는 땅볼이나 플라이 아웃이 될 확률이 높다고 판단한 것이다.

원 스트라이크 원 볼 상황에서 비스트 포지가 몸 쪽 높은 곳으로 미트를 가져갔다.

강동원이 자세를 잡고 힘껏 던졌다.

빠른 공이 눈높이로 날아오자 마이크 포시도 더는 참지 못하고 방망이를 움직였다. 하지만.

퍼엉!

공은 생각보다 빨리 홈 플레이트 위를 스쳐 지나가 버렸다.

"젠장할!"

크게 헛스윙을 한 마이크 포시의 얼굴이 와락 일그러졌다. 어찌나 요란스럽게 스윙을 했던지 헬멧까지 바닥에 떨어져 있었다.

마이크 포시는 떨어진 헬멧을 주워 다시 머리에 썼다. 그리고 짜증스러운 눈으로 강동원을 응시했다.

마이크 포시가 생각했던 것보다 공의 움직임은 상당히 좋았다. 하물며 제구력까지 완벽하게 갖추고 있었다.

'쉽지 않겠어.'

마이크 포시는 처음으로 강동원을 인정했다. 하지만 이대로 물러날 생각은 없었다.

'끈질기게 물어주지.'

마이크 포시가 타석에 들어서며 방망이를 강하게 움켜쥐
었다. 그러자 강동원도 사인을 받고 자세를 잡았다. 그대로
왼 다리를 차올리며 힘껏 공을 던졌다.

후앗!

4구는 바깥쪽으로 형성된 커브였다. 생각보다 높게 날아
오자 마이크 포지는 타격을 포기하고 가만히 있었다. 하지만
마지막 순간에 뚝 하고 떨어진 공은 그대로 스트라이크 존을
통과해 버렸다.

"스트라이크 아웃!"

구심의 손이 여지없이 올라갔다. 그러자 마이크 포시가 말
도 안 된다며 구심을 바라보았다.

"이게 왜 스트라이크예요! 높았잖아요!"

"스트라이크존을 걸치고 들어왔어."

"말도 안 돼요. 내 머리 위로 날아왔다고요.

"그럼 내가 잘못 봤을 것 같나?

구심이 매서운 눈으로 마이크 포시를 노려보았다. 마이크
포시가 신인상 후보라곤 하지만 구심의 입장에서는 아직 마
이너리그 물도 빠지지 않은 애송이에 불과했다.

"크윽!"

마이크 포시는 마지못해 타석을 벗어났다. 하지만 더그아
웃을 향하면서도 이해가 되지 않는 듯 고개를 흔들어 댔다.
그사이 비스트 포지와 강동원은 이미 더그아웃으로 들어간
상태였다.

—강동원 선수, 오늘도 신인답지 않은 투구를 이어가고 있습니다.

—2회가 끝난 현재 22개의 공을 던졌고, 삼진 4개를 잡아내며 닥터 K의 면모를 유감없이 발휘하고 있습니다.

—샌프란시스코 언론에서 강동원 선수를 대신해 베테랑들에게 기회를 줘야 한다는 의견이 적지 않았는데요.

—아마 이 경기를 보고 있다면 머쓱할 겁니다. 그리고 경기가 끝나면 역시 강동원이라고 추켜세울지도 모르죠.

—이제 자이언츠 타자들의 차례인데요.

—원정 경기고 선발 투수가 호투를 하는 상황에서 선취점의 중요성은 더 이상 강조할 필요도 없겠죠.

—2차전까진 투수가 타석에 들어섰습니다만 3차전부터는 지명 타자가 그 자리를 대신하게 됩니다.

—그렇기 때문에 이번 3회도 그냥 넘길 수만은 없게 되는 셈이죠.

3회 초 자이언츠는 8번 타자 조 패인부터 타석이 시작됐다.

하위 타선이긴 하지만 조 패인의 타격 컨디션은 상당히 좋았다. 지난 두 경기에서 4개의 안타를 때려내며 상위 타선으로 공격을 연결시키는 역할을 제대로 수행하고 있었다.

"기필코 때려내고야 말겠어."

조 패인은 자신만만한 얼굴로 타석에 들어섰다. 그러나 스티브 라이트는 앞선 두 이닝보다 더욱 흔들리는 너클볼을 내던지며 조 패인을 4구 만에 유격수 땅볼로 처리했다.

본래 투수 타석이던 9번 타순에 배치된 지명 타자는 앤더 수색이었다.

브루스 보체 감독은 조 패인의 타격 컨디션이 좋은 만큼 여차하면 작전을 통해 상위 타선으로 연결 짓기 위해 작전 수행 능력이 좋은 앤더 수색을 선발 출장 시켰다.

하지만 스티브 라이트의 너클볼을 때려내기에 앤더 수색은 너무 젊고 경험이 부족했다. 초구와 2구째 헛방망이질을 하더니 3구를 건드려 좌익수 플라이 아웃이 되고 말았다.

"좋았어."

힘없이 떠오른 타구를 바라보며 스티브 라이트가 가볍게 주먹을 불었다. 하위 타선이라고는 하지만 두 명의 타자를 상대로 7구밖에 던지지 않았다. 그만큼 오늘 스티브 라이트의 컨디션은 좋아 보였다.

그사이 타순이 한 바퀴 돌아 다시 1번 타자 다나드 스팬으로 이어졌다.

다나드 스팬은 방망이를 짧게 잡고 타선에 임했다.

저번 타석에서 너클볼에 헤매다가 3구 만에 유격수 땅볼로 물러났었다.

이번에는 그렇게 허무하게 물러나지 않겠다고 다짐했다.

'신중하게 보자. 신중하게.'

다나드 스팬은 자신을 달래며 공을 찬찬히 확인했다. 너클볼은 역시 너울너울 춤을 췄다. 특히 홈 플레이트 앞에서 요상한 움직임을 보이며 시야를 흐트러뜨렸다.

'스트라이크에 들어오는 것만 치자'

방망이를 휘두르고 싶은 욕심을 참아내며 다나드 스팬은 계속해서 공을 지켜보았다. 그렇게 볼카운트가 투 스트라이

ㅋ 투 볼이 됐다.

"젠장할. 왜 안 치는 거야?"

잠시 고심하던 스티브 라이트는 5구째 너클볼 그립을 쥐었다. 다나드 스팬이 무슨 공을 노리는지는 모르겠지만 자신이 던질 수 있는 최고의 공은 역시나 너클볼뿐이었다.

후앗!

스티브 라이트의 손끝을 빠져나간 공이 홈 플레이트 앞에서 춤을 췄다.

그 순간 다나드 스팬이 짧게 잡은 방망이를 휘둘렀다.

'칠 수 있다! 칠 수 있어!'

하지만 애석하게도 마지막 순간에 공이 뚝 하고 가라앉으면서 다나드 스팬의 방망이는 허공을 가르고 말았다.

"크윽!"

다나드 스팬이 얼굴을 찡그렸다. 무려 다섯 개의 너클볼을 지켜봤는데 이번에도 놓치고 말았다.

그렇게 세 번째 아웃 카운트가 나오면서 공수 교대가 이루어졌다.

"괜찮아. 언젠가는 점수를 뽑아줄 거야."

강동원은 아쉬운 마음을 다잡으며 마운드에 올라갔다. 가볍게 몸을 푼 후 타석에 들어선 레드삭스의 7번 타자 파블로 산도반을 상대했다.

스위치히터인 파블로 산도반은 우투수인 강동원을 상대하기 위해 왼쪽 타석에 들어섰다. 그러자 중계석에서 파블로 산도반의 장타를 조심해야 한다는 이야기가 나왔다.

타석을 꽉 채울 만큼 파블로 산도반은 덩치가 컸다. 그러면서도 번개같이 빠른 스윙을 가지고 있었다. 무엇보다 오른쪽 타석보다 왼쪽 타석에서 더 많은 홈런을 때려냈다.

"하위 타선이긴 하지만 조심해야 해. 메이저리그에 만만한 타자는 없으니까."

강동원은 파블로 산도반의 장타력을 의식하며 공을 던졌다.

초구는 몸 쪽을 낮게 파고드는 포심 패스트볼이었다. 파블로 산도반이 움찔했지만 방망이를 내밀진 않았다.

강동원은 2구 역시 몸 쪽 포심 패스트볼을 던졌다. 이번에도 파블로 산도반은 반응하지 않았다.

투 스트라이크 노 볼 상황에서 비스트 포지는 유인구를 요구했다. 강동원은 3구째 바깥쪽으로 낮게 떨어지는 체인지업을 던졌지만 파블로 산도반은 이번에도 속지 않았다.

투 스트라이크 원 볼 상황에서 파블로 산도반이 방망이를 단단히 움켜쥐었다. 볼카운트가 달라졌으니 자신에게도 기회가 찾아올 거라고 여기는 모양이었다.

하지만 강동원이 내던진 커브가 홈 플레이트 앞쪽에서 뚝 하고 떨어지자 파블로 산도반은 맥없이 헛스윙을 하고 말았다.

"젠장할!"

파블로 산도반이 이를 악물며 더그아웃으로 몸을 돌렸다. 표정을 보아하니 커브를 기다린 모양이었다.

하지만 강동원의 폭포수 커브는 한두 번 보는 것만으로는 제대로 건드리기 어려웠다.

그렇게 첫 타자를 삼진으로 돌려세운 뒤 강동원이 가볍게 호흡을 골랐다. 그사이 8번 타자 포수 센디 리온이 타석에 나왔다.

"빨리 끝내자고."

센디 리온을 상대로 비스트 포지는 포심 패스트볼 위주로 공을 요구했다. 초구와 2구째 바깥쪽을 파고들던 포심 패스트볼이 3구째 몸 쪽으로 파고들자 센디 리온은 방망이를 내돌릴 수밖에 없었고 먹힌 타구는 유격수 정면으로 굴러가고 말았다.

뒤이어 타석에 들어선 9번 타자 좌익수 앤드류 베니테디를 상대로 3구 삼진을 잡아낸 뒤 강동원은 당당히 마운드를 내려왔다.

강동원이 더그아웃으로 돌아오자 브루스 보체 감독이 따뜻하게 맞이했다.

"강! 어디 불편한 곳은 없지?"

"네, 멀쩡합니다."

"좋아, 이렇게만 계속 던져. 원할 때까지 던지게 해줄 테니까."

"알겠습니다, 감독님."

강동원은 자신의 자리로 돌아와 모자와 글러브를 옆에 내려놓고 수건으로 땀을 닦았다. 그 여유로운 모습이 중계 카메라를 통해 포착됐다.

─강동원 선수, 3이닝을 퍼펙트로 막았습니다.

─스티브 라이트도 3이닝 동안 단 한 개의 안타만 내주며 호투를 펼치고 있는데요. 강동원의 투구에 자꾸 시선을 빼앗기고 있습니다.

−일각에서는 베테랑과 루키의 맞대결이라고 평가했는데요. 제가 보기에는 노련한 베테랑 투수 두 명의 맞대결 같습니다.

 −저 역시 같은 생각입니다. 강동원 선수가 이 기세를 이어간다면 오늘 경기 마지막에 자이언츠가 웃게 될지도 모르겠습니다.

 3회가 끝나는 시점까지 두 팀 다 팽팽한 투수전으로 이어지고 있었다. 스티브 라이트의 공이 빠르지는 않지만 변화무쌍한 너클볼에 자이언츠 타자들이 너무 고전을 하고 있었다.

 그러자 지켜보던 브루스 보체 감독이 타자들에게 작전을 내렸다. 박수를 치며 타자들을 주목시킨 후 차근차근 설명했다.

 "좋아, 잘하고 있어. 하지만 이래서는 안 돼. 공이 느리니까 자꾸 어깨에 힘이 들어간다고. 잘 생각해 봐. 대부분의 공이 다 너클볼이야. 조금 더 여유롭게, 간결하게 공략하면 충분히 좋은 타구를 만들어낼 수 있어. 그러니까 침착하라고. 알겠나!"

 브루스 보체 감독의 독려에 타자들이 저마다 고개를 주억거렸다.

 스티브 라이트의 구속이 느리다는 이유로 지나치게 만만하게 여긴 게 사실이었다.

 "간결하게, 간결하게."

 4회 초 선두 타자로 나서는 2번 타자 아르헨 파건이 자신의 방망이와 헬멧을 쓰고 나갔다. 그를 향해 브루스 보체 감독이 다시 한번 잔소리를 늘어놓았다.

"공을 끝까지 보고, 짧게!"

아르헨 파건이 고개를 끄덕이며 타석에 들어섰다. 스스로도 전 타석에서 너무 성급하게 덤벼들었다고 자책하고 있었다.

2구를 건드려 플라이 아웃으로 물러났으니 테이블 세터로서 체면이 서질 않았다. 그래서 브루스 보체 감독의 주문이 없었더라도 두 번째 타석에서만큼은 공을 끝까지 볼 생각이었다.

'낯설긴 하지만 절대 못 칠 공은 아냐.'

아르헨 파건이 방망이를 단단히 움켜 들었다. 그러자 스티브 라이트가 씩 웃더니 투구판을 밟았다.

'일단 스트라이크존 설정을 높게 잡자.'

아르헨 파건은 너클볼이 마지막 순간에 심하게 떨어진다는 걸 주목했다. 그래서 몸 쪽과 가운데에 초점을 두고 바깥쪽으로 나가는 것은 아예 버리기로 마음먹었다.

후앗!

스티브 라이트의 손끝을 빠져나온 공이 바깥쪽으로 아주 느리게 날아들다가 공기의 저항에 의해 마지막 순간 춤을 추더니 툭 하고 떨어졌다.

그러나 아르헨 파건은 꿈쩍도 하지 않았다. 이미 바깥쪽 공은 버리려고 마음을 먹었기 때문이었다.

"버텨보시겠다 이거지?"

스티브 라이트가 씩 웃었다. 그러고는 얼굴 높이로 날아오는 너클볼을 던졌다.

'이거다!'

아르헨 파건은 자신이 기다렸던 공이 날아오자 지체 없이 방망이를 돌렸다. 하지만 너클볼은 생각보다 심하게 요동을 쳤다. 제대로 맞혔다 싶었지만.

딱!

방망이 끝에 걸리고 말았다.

3루 라인을 타고 흐르던 타구가 마지막 순간에 선을 넘었다.

"파울!"

3루심이 두 팔을 벌리며 콜을 했다.

아르헨 파건이 타석을 잠시 벗어나 장갑을 고쳐잡았다.

'까다롭긴 하지만 때릴 만해. 다시 한번 노려보자.'

아르헨 파건은 타석 밖에서 생각을 정리하고 다시 들어섰다.

그런 아르헨 파건의 허를 찌르듯 3구째 포심 패스트볼이 바깥쪽으로 날아왔다.

아르헨 파건은 포심 패스트볼이 날아오자 자신도 모르게 몸이 반응을 했다. 방금 전까지 다짐했던 걸 통째로 잊어버렸다.

하지만 너클볼에 맞춰진 방망이의 스피드는 느려 터진 패스트볼을 따라잡지 못했다.

펑!

"스트라이크!"

"젠장할!"

구심의 콜 소리가 끝나기도 전에 아르헨 파건의 입에서 욕지거리가 터져 나왔다.

타이밍이 맞지 않으면 차라리 걸러 보냈어야 했는데 괜히 덤벼들었다가 타격감만 흐트러지고 말았다.

반면 투 스트라이크를 선점한 스티브 라이트는 느긋하게 움직였다. 스트라이크 하나면 아웃 카운트 하나를 올릴 수 있었다.

"난 너클볼만 던질 줄 아는 게 아니라고, 친구."

아르헨 파건을 바라보며 스티브 라이트가 입가를 비틀어 올렸다.

'정신 차리자. 너클볼, 그것만 노리자.'

아르헨 파건은 자신의 헬멧을 두드리며 타석에 섰다.

투구판에 발을 올린 스티브 라이트는 너클볼 그립을 잡고 힘껏 던졌다.

후앗!

스티브 라이트의 손끝을 빠져나간 공이 거의 한복판으로 날아갔다.

순간 아르헨 파건의 방망이가 움찔했다. 원래라면 방망이가 나갔겠지만 스트라이크존을 높게 잡았기 때문에 이를 악물고 꾹 참아냈다.

예상대로 스트라이크존을 파고들 것처럼 굴던 너클볼이 홈 플레이트 앞에서 뚝 하고 떨어져 내렸다.

'좋았어! 잘 참았어.'

아르헨 파건은 스스로를 칭찬했다. 그러고는 내친김에 5구째 바깥쪽으로 흘러 나가는 너클볼까지 걸러내며 기세를 올렸다.

스티브 라이트가 고개를 갸웃거렸다. 1회에는 방망이가 움직였던 공인데 이번에는 전혀 반응을 하지 않았다.

'공을 끝까지 보고 있어. 벤치에서 작전이라도 나온 건가?'

스티브 라이트는 미간을 찌푸렸다. 하지만 베테랑 투수답게 흔들리진 않았다.

너클볼은 양날의 검이었다. 타자들의 타이밍을 빼앗는 마구 같다가도 지금처럼 잘 골라낸다면 투수를 얼마든지 궁지에 몰아넣을 수 있었다.

이런 상황에서 너클볼러인 스티브 라이트가 할 수 있는 건 하나밖에 없었다.

'어디 칠 테면 쳐 봐라.'

스티브 라이트는 아예 한복판으로 너클볼을 밀어 넣었다. 그러자 아르헨 파건도 그냥 있을 수가 없었다.

'어딜!'

아르헨 파건의 방망이가 돌아갔다. 한복판으로 날아오는 공을 그냥 지켜볼 입장이 아니었다.

딱!

아르헨 파건의 방망이가 날아오는 너클볼을 퍼 올렸다.

그러나 이번에도 방망이 끝에 걸린 타구는 제대로 뻗지 못했다. 그 타구를 중견수 재키 브래디가 여유롭게 처리하면서 첫 번째 아웃 카운트가 만들어졌다.

"제길!"

아르헨 파건이 방망이를 집어 던지며 짜증을 내뱉었다. 마지막 순간 조금만 더 힘을 실었더라도 어쩌면 안타가 되었을지도 몰랐다. 그러나 지난 일을 후회해 봤자 달라지는 건 없었다.

강동원도 아쉽기는 마찬가지였다. 애써 태연한 척 굴었지만 아르헨 파건이 공을 쳤을 때 자리에서 벌떡 일어났다.

그런데 제대로 뻗지 못하고 중견수 아웃이 되자 자신도 모르게 한숨이 나왔다.

"후우……. 들뜨지 말자. 이제 경기 중반이야."

강동원은 애써 마음을 다잡았다. 그러면서 저번 타석에서 처음으로 안타를 친 비스트 포지에게 기대를 걸었다.

"포지라면 또다시 안타를 때려줄지도 몰라."

강동원의 시선이 비스트 포지에게 향했다. 비스트 포지 또한 이번 타석에서 뭔가를 보여줄 심산이었다.

'스티브 라이트가 기가 살았어. 이대로 가다간 경기 후반까지 득점을 올리기 어려울지도 몰라.'

비스트 포지는 방망이를 단단히 움켜쥐었다. 하지만 스티브 라이트는 비스트 포지와 승부를 할 생각이 없었다.

퍼억!

초구가 바깥으로 빠져나갔다. 2구 역시 마찬가지였다. 낮게 떨어지는 볼로 비스트 포지의 방망이를 유도했다. 3구는 패스트볼이 들어왔지만 몸 쪽 높게 날아들었다.

연속으로 3개의 볼이 들어왔다. 그리고 4구째 너클볼이 날아오자 비스트 포지는 과감히 방망이를 돌렸다.

높았지만 때려내지 못할 공은 아니었다. 걸어 나가는 것도 중요하지만 어떻게든 너클볼을 때려낼 수 있다는 걸 보여주고 싶었다.

하지만 방망이 윗부분에 걸린 공은 백네트 쪽으로 넘어가 버렸다.

"젠장할."

비스트 포지는 인상을 찡그렸다. 스티브 라이트가 정면 대결을 피하고 있다는 사실을 확실히 느낀 것이다.

'나와 승부를 하지 않을 생각인 건가?'

비스트 포지가 덤벼보라며 방망이를 끄덕거렸다. 하지만 스티브 라이트는 보란 듯이 바깥쪽으로 빠지는 볼을 던져 비스트 포지를 걸러내 버렸다.

비스트 포지는 방망이를 내려놓고 1루로 유유히 걸어갔다. 딱 봐도 고의사구나 다름이 없었다.

그러나 스티브 라이트는 아무렇지 않은 듯 여유롭게 공을 잡아 양손으로 비볐다.

"저 녀석은 오늘 감이 좋아. 그냥 다음 타자하고 승부하는 게 낫다고."

스티브 라이트는 1루에 나간 비스트 포지를 신경 쓰지 않았다. 비스트 포지가 아니더라도 오늘 자신에게 아웃 카운트를 선사할 타자는 차고 넘쳤다.

비스트 포지에 이어 4번 타자 헌터 페이스가 타석에 나왔다. 1아웃 1루인 상황에서 팀의 4번 타자인 만큼 헌터 페이스도 뭔가 큰 것을 노리고 들어왔다.

"내 앞에서 포지를 걸렀다 이거지?"

헌터 페이스는 방망이를 단단히 잡은 후 타석에 섰다. 스티브 라이트는 1루에 있는 비스트 포지를 힐끔 본 후 한복판으로 너클볼을 던졌다.

후앗!

스티브 라이트의 손끝을 빠져나간 공이 춤을 추며 날아들었다. 그러자 헌터 페이스가 망설이지 않고 방망이를 돌렸다.

따악!

헌터 페이스는 제대로 타이밍을 맞췄다고 생각했지만 방망이에 맞는 순간 공이 살짝 아래로 떨어졌다. 그 결과 방망이 밑부분에 걸린 타구가 유격수 정면으로 힘없이 날아갔다.

유격수 잰더 보가트가 재빨리 타구를 낚아채 2루수에 토스 선행 주자 비스트 포지를 잡아냈다.

헌터 페이스가 미친 듯이 1루를 향해 내달려 봤지만 소용없었다. 송구를 받은 2루수 더스트 페드로이아가 재빨리 1구로 송구를 해버렸기 때문이다.

그렇게 1사 1루의 기회가 순식간에 사라져 버렸다.

"으아아아악!"

헌터 페이스가 머리를 쥐며 괴성을 질렀다. 간만에 찾아온 찬스를 그것도 초구를 때려 허무하게 날려 버렸으니 스스로에게 화가 났다.

반면 스티브 라이트는 공 하나로 두 개의 아웃 카운트를 챙기며 마운드를 내려갔다.

"역시. 저 녀석들, 별거 아니라니까."

더그아웃으로 향하는 스티브 라이트의 입꼬리에 짓궂은 미소가 번졌다. 강동원은 스티브 라이트가 자이언츠 타자들을 가지고 노는 것처럼 보였다.

'제장, 아주 제대로 가지고 노네. 타자들도 너무 휘둘리고 말이야.'

글러브를 집어 들며 강동원이 쓴웃음을 지었다. 에이스도 아니고 하위 선발 투수에게 농락당하고 있다는 게 답답하기만 했다.

'차라리 내가 타석에 서는 게 낫겠어.'

강동원이 아쉬움 마음을 안고 마운드에 올랐다. 그런 감정이 자신도 모르게 투구에 영향을 미쳤다.

4회 말, 레드삭스도 타순이 한 바퀴 돌았다. 그리고 선두 타자로 1번 타자 더스트 페드로이아가 타석에 들어섰다.

홈 플레이트에 바짝 붙어선 더스트 페드로이아를 향해 비스트 포지는 초구에 몸 쪽 포심 패스트볼 사인을 냈다.

강동원은 군말 없이 비스트 포지의 미트를 향해 공을 던졌다.

펑!

"스트라이크."

순식간에 지나간 공이 첫 번째 스트라이크 램프에 불을 밝혔다.

하지만 비스트 포지는 고개를 갸웃거렸다.

'응? 공이 조금 가운데로 몰리는 듯한데.'

미묘하긴 하지만 앞선 이닝보다 공이 가운데로 흐르는 듯한 느낌이 들었다. 그러나 비스트 포지는 크게 신경을 쓰지 않았다. 강동원이 워낙에 제구력이 좋기 때문이었다. 그래서 별말 없이 공을 던져 주었다. 그런데…….

퍼엉!

"볼!"

2구째 포심 패스트 볼이 바깥쪽으로 살짝 빠져나가더니.

후앗!

스트라이크를 잡기 위해 3구 슬라이더 역시 바깥쪽으로

확연히 흘러 나갔다. 그나마 다행히도 더스트 페드로이아가 스트라이크라고 확신을 하고 방망이를 내돌리면서 쓰리 볼이 되어야 할 상황이 원 아웃으로 바뀌었다.

어렵게 첫 번째 아웃 카운트를 잡은 강동원은 마운드를 내려가 숨을 골랐다.

갑자기 투구 밸런스가 흐트러지면서 볼카운트가 몰렸는데 더스트 페드로이아가 도와준 덕분에 위기를 모면할 수 있었다.

"침착하자, 강동원."

애써 마음을 다잡은 뒤 강동원이 다시 마운드에 올랐다.

그사이 2번 타자 잰더 보가트가 타석에 들어 서 있었다.

"저 녀석, 갑자기 흔들리고 있어."

잰더 보가트는 강동원의 초구와 2구를 지켜보기로 마음먹었다. 더스트 페드로이아의 타석 때처럼 초구와 2구가 스트라이크존을 벗어난다면 강동원을 제대로 공략해 낼 수 있을 것 같았다.

하지만 노련한 비스트 포지가 초구와 2구 모두 커브 사인을 내면서 강동원은 여유롭게 투 스트라이크를 가져갔다.

그리고 3구째 포심 패스트볼을 몸 쪽 높게 던져 잰더 보가트의 시선을 빼앗은 뒤 4구째 커브를 한복판에 밀어 넣으며 루킹 삼진을 잡아냈다.

"괜찮아. 이제 투 아웃이야. 이번 이닝만 잘 막아내면 돼."

로진백을 주무르며 강동원이 고개를 주억거렸다. 아직도 투구 밸런스가 흔들리긴 했지만 투 아웃을 잡았으니 별문제는 없을 거라 여겼다.

그렇게 레드삭스의 3번 타자 재키 브랜디를 상대했다.

초구 바깥쪽 커브는 스트라이크.

2구 바깥쪽 포심 패스트볼은 볼.

원 스트라이크 원 볼인 상황에서 강동원은 비스트 포지의 요구대로 3구째 몸 쪽 포심 패스트볼을 던졌다.

그런데 그 공이 또다시 가운데로 몰렸다.

재키 브랜디는 그것을 놓치지 않고 힘껏 잡아당겼다.

따악!

경쾌한 타격음과 함께 공이 힘차게 뻗어갔다. 강동원의 눈이 커지며 고개를 홱 돌렸다. 공을 쫓아 달려가는 아르헨 파건의 뒷모습이 보였다.

'파건! 제발!'

강동원은 아르헨 파건이 어떻게든 타구를 잡아주길 바랐다. 하지만 펜스를 앞에 두고 아르헨 파건은 걸음을 멈출 수밖에 없었다.

─넘어갔습니다! 홈런! 재키 브랜디! 0 대 0의 균형을 깨는 솔로 홈런을 때려냅니다!

─강동원 선수, 이번 이닝에 뭔가 불안했는데요. 결국 실투가 홈런으로 이어지고 말았네요.

쭉 뻗어 나간 공은 담장 밖으로 사라져 버렸다.

"하아……. 젠장할."

강동원이 허리를 푹 숙였다. 그사이 재키 브랜디가 홈을 밟으며 전광판의 점수가 1 대 0으로 바뀌었다. 그리고 4번 타자 무키 베스가 타석에 들어섰다.

강동원은 주심에게서 공을 넘겨받고 마운드를 내려갔다. 글러브를 옆구리에 끼고 공을 두 손으로 비볐다.

'괜찮아, 침착하자. 침착해.'

강동원이 애써 마음을 다잡았다. 가볍게 어깨를 돌리며 흥분을 가라앉히려 애를 썼다.

하지만 4번 타자 무키 베스에게 원 스트라이크 원 볼에서 또다시 바깥쪽 포심 패스트볼을 난타당하면서 위기에 몰렸다.

따악!

좌중간을 꿰뚫은 타구가 펜스까지 굴러갔다. 중견수 다나드 스팬이 재빨리 쫓아가지 않았다면 무키 베스는 3루까지 들어갔을 터였다.

"크윽!"

강동원이 질근 입술을 깨물었다. 분명 바깥쪽 코너에 걸쳐 던진 공인데 무슨 영문인지 마지막 순간에 한복판으로 휘어져 들어가 버렸다.

연달아 장타를 허용하면서 강동원은 흔들렸다.

5번 타자 엔리 라미레즈를 상대로 투 스트라이크를 잘 잡아놓은 상황에서 몸 쪽에 붙인 공이 또다시 손에서 빠져 버렸다.

"윽!"

엔리 라미레즈가 반사적으로 몸을 피했다. 그러더니 강동원이 아니라 구심을 돌아봤다.

"나 맞았어요."

"뭐?"

"맞았다고요. 옷에 스쳤다고요."

엔리 라미레즈의 주장에 잠시 고심하던 구심이 이내 고개를 끄덕였다. 그 역시도 미묘한 마찰음을 들은 것이다.

결국 사구로 엔리 라미레즈마저 1루에 나가면서 2사 1, 2루의 위기가 찾아왔다.

"젠장!"

강동원이 처음으로 마운드에서 고함을 내질렀다.

"강이 갑자기 흔들리는데."

강동원의 모습을 지켜보던 브루스 보체 감독 또한 표정이 좋지 않았다. 여기서 장타라도 맞게 된다면 이번 시합은 힘들어질 것 같았다.

그러자 옆에 있던 론 워스트 벤치 코치가 나직이 입을 열었다.

"한번 올라가는 것이 좋지 않을까요?"

"아니야, 그냥 둬. 이번에 잘 넘긴다면 한 단계 더 성장할지도 몰라. 난 그 모습을 지켜보고 싶어."

"알겠습니다."

브루스 보체 감독은 여기서 강동원이 위기를 벗어나고 좀 더 성장해 주기를 기대했다. 그런 브루스 보체 감독을 대신해 비스트 포지가 타임을 부르고 마운드에 올랐다.

"강, 괜찮아?"

"후우……. 네."

"아까부터 공이 조금씩 몰리고 있는 거 알고 있어?"

"미안해요."

"뭘 미안해. 이 정도면 충분히 잘하고 있는 거야. 루상의 주자들은 잊어버려. 점수만 보라고. 고작 1 대 0이야. 그건 내가 홈런을 때려서라도 되돌릴 테니까 강, 너는 너의 페이스를 찾아."

"알겠어요."

"네가 마운드를 지키고 있는 이상 타자들이 분명히 점수를 뽑아줄 거야. 그러니 믿어!"

"네!"

"그래."

비스트 포지가 강동원의 가슴을 가볍게 툭 쳤다. 그리고 마운드를 내려가 자리를 잡았다.

그사이 강동원은 크게 심호흡을 했다.

"후우우……. 좋았어!"

강동원이 비장한 얼굴로 투구판을 밟았다. 그리고 타석에 들어선 6번 타자 마이크 포시를 향해 힘껏 공을 던졌다.

퍼엉!

"스트라이크!"

초구를 받은 비스트 포지가 피식 웃었다. 이번에는 비스트 포지가 원하는 곳으로 공이 날아왔다.

게다가 구속도 잘 나왔다.

100mile/h(≒160.9㎞/h)

이제야 비로소 강동원으로 돌아온 느낌이었다.

"좋았어."

강동원도 제대로 긁힌 초구에 자신감을 되찾았다. 이후로 2구째 몸 쪽 커브를 던져 헛스윙을 이끌어 내고 3구째 하이 패스트볼을 바깥쪽으로 집어넣었다.

커브에 정신이 팔렸던 마이크 포시는 98mile/h(≒157.7km/h)의 포심 패스트볼을 제대로 쫓아가지 못했다. 이를 악물고 방망이를 돌려봤지만.

퍼엉!

"스트라이크, 아웃!"

3구 삼진을 피할 수 없었다.

"젠장할!"

추가 득점 기회에서 허무하게 물러난 마이크 포시가 얼굴을 구기며 더그아웃으로 향했다. 더그아웃 안에서도 헬멧을 집어 던지며 분풀이를 해댔다. 앞선 타석에 이어 연속으로 삼진을 당한 것에 화가 난 모양이었다.

그사이 강동원이 한결 가벼운 얼굴로 마운드를 내려왔다. 그러자 동료들이 강동원의 엉덩이를 툭툭 건들며 격려했다.

"강, 잘했어."

"잘 던졌어."

"홈런은 잊어버려. 내가 바로 쫓아가 줄 테니까."

강동원은 멋쩍게 웃으며 대답을 대신했다. 추가 실점을 하지 않았지만 잘 던지다가 갑작스럽게 흔들리는 모습을 보여 줘서 민망하기만 했다.

4회까지 스티브 라이트의 총 투구 수는 50구였다. 피안타와 사사구를 하나씩 내줬지만 삼진 하나를 곁들이며 무실점 피칭을 선보이고 있었다.

강동원의 투구 수는 45구로 스티브 라이트보다 5개가 적었다. 또한 탈삼진을 8개나 잡아내며 스티브 라이트와는 다른 압도적인 모습을 보여주었다.

하지만 4회 말, 피홈런을 포함해 피안타 두 개와 사사구 하나를 내주면서 한 점을 먼저 내줬다.

—탈삼진 숫자만 놓고 보자면 강동원 선수가 더 좋은 투구를 펼쳤다고 생각할지 모릅니다. 하지만 전광판을 보세요. 스코어는 1 대 0으로 레드삭스가 앞서가고 있습니다.

—스티브 라이트가 오늘 선보인 포심 패스트볼의 최고 구속은 90mile(≒144.8㎞/h)에 불과합니다. 반면 강동원 선수는 100mile(≒160.9㎞/h)의 공을 여러 차례 던졌죠. 무려 10mile이나 차이가 나지만 역시 야구란 구속이 전부인 게 아닌 셈이죠.

중계진은 강동원과 스티브 라이트의 투구 내용을 비교하며 공은 둥글다고 말했다. 어느 한 면만 보고는 야구를 단언할 수 없다는 진리를 다시 한번 깨우치게 됐다고 덧붙였다.

단순히 기록만 놓고 보자면 자이언츠가 승기를 잡아야 옳았다. 하지만 정작 분위기는 레드삭스 쪽으로 기울어져 있었다.

1 대 0이라는 점수 차이 때문이 아니다. 자이언츠 타자들이 스티브 라이트를 제대로 공략해 주지 못해서 나온 결과였다.

만약 경기 후반까지 이 분위기가 계속 이어진다면 강동원의 부담은 점점 더 커질 수밖에 없었다.

"어떻게든 점수를 내야 해."

브루스 보체 감독의 시선이 그라운드로 향했다.

5회에도 역시 스티브 라이트가 마운드를 지켰다. 스티브 라이트는 자이언츠 5번 타자 브래드 벨트를 상대로 연거푸 너클볼을 내던진 뒤 4구째 투심 패스트볼을 몸 쪽으로 던져 투수 앞 땅볼을 유도해 냈다.

그리고 6번 타자 브래드 크로포트에게도 초구와 2구째 너클볼을 던져 투 스트라이크를 잡아낸 뒤 3구째 포심 패스트볼을 바깥쪽에 찔러 넣었다. 하지만.

따악!

브래드 크로포트가 포심 패스트볼을 정확하게 밀어 때리며 팀의 두 번째 안타를 만들어냈다.

"좋았어!"

경기를 지켜보던 강동원이 가만히 주먹을 쥐어들었다. 선두 타자가 나가지 못한 건 아쉬웠지만 루상에 주자가 나갔다는 것만으로도 스티브 라이트의 평정심을 흔들어 놓을 수 있을 거라 여겼다.

뒤이어 타석에 들어선 7번 타자 에두아르 누네스는 한참 동안 3루 쪽을 바라봤다. 그러고는.

따악!

과감히 초구를 건드렸다. 벤치에서 히트 앤드 런 작전이 나온 것이다. 그런데 방망이 끝에 걸린 타구가 넓어진 1, 2루 간의 한가운데로 느리게 굴러 가면서 행운의 안타로 연결됐다.

그렇게 오늘 경기 처음으로 스코어링 포지션에 주자가 나가게 됐다.

1사 1, 2루 상황에서 자이언츠 벤치가 바빠졌다. 경기 중반이라 대타 카드를 쓰긴 이른 시점이었지만 마냥 타자들에게 맡기기도 어려운 상황이었다.

그러나 브루스 보체 감독은 조 패닌에게 맡기겠다는 뜻을 전했다. 좌타자이고 발이 빠른 만큼 최소한 병살타는 면할 거라는 판단을 내린 것이다.

하지만 조 패닌은 4구째 들어온 너클볼을 건드려 2루 플라이 아웃으로 물러났다.

그리고 9번 타자 알버크 수아레스가 5구 만에 삼진으로 물러나면서 스티브 라이트는 위기를 벗어났다.

"강, 아쉬워하지 마. 선수들이 슬슬 너클볼에 적응하고 있으니까 조금만 더 버티면 경기를 뒤집을 수 있을 거야."

비스트 포지가 무겁게 한숨을 내쉬는 강동원의 엉덩이를 툭 때렸다.

"걱정 마요. 이번 이닝은 완벽하게 틀어막을 테니까."

강동원도 애써 미소를 머금었다. 그리고 자신이 내뱉은 말을 지키듯 세 타자를 깔끔하게 처리하고 마운드를 내려왔다.

강동원이 생각보다 빠르게 투구를 마치면서 자이언츠 타자들은 5회 초 공격의 흐름을 6회 초까지 끌고 가는 데 성공했다.

선두 타자로 들어온 1번 타자 다나드 스팬은 3개의 파울 타구를 만든 뒤 4구째 들어온 낮은 너클볼을 걸어 올려 안타를 만들어냈다.

제대로 된 너클볼이었다면 헛스윙이 나왔겠지만 악력이 풀렸던지 마지막 순간에 밋밋하게 들어오면서 다나드 스팬의 방망이에 제대로 걸리고 말았다.

"젠장, 실수했네."

1루에 발 빠른 다나드 스팬이 나가자 스티브 라이트의 얼굴에도 긴장감이 번졌다.

반면 자이언츠 타자들은 5회에 실패했던 동점을 만들 기회라며 눈을 반짝였다.

"후우……."

타석에 들어선 2번 타자 아르헨 파건이 길게 숨을 골랐다. 그리고 초구에 너클볼이 날아들자 망설이지 않고 곧바로 번트를 시도했다.

딱.

정확하게 숨을 죽인 타구는 3루수 앞쪽으로 느리게 굴러갔다. 그사이 1루 주자 다나드 스팬이 안전하게 2루에 들어갔다.

1사 주자 2루.

3번 타자 비스트 포지가 타석에 들어섰다.

원 아웃이 아니라 투 아웃이었다면 비스트 포지를 걸렀겠지만 스티브 라이트는 입술을 질근 깨물었다.

1사 2루인 상황에서 굳이 위기를 키우고 싶지 않았다. 게다가 1 대 0이라는 점수도 스티브 라이트를 조금 더 당당하게 만들어주었다.

"까짓것 쳐 보라 그래."

스티브 라이트가 턱을 들었다. 그리고 당당히 비스트 포지를 노려봤다. 그만큼 스티브 라이트는 자신의 너클볼에 자신이 있었다.

하지만 스티브 라이트의 너클볼이 자신 있는 건 비스트 포지도 마찬가지였다.

'침착하게. 몸 쪽으로 들어오는 걸 걷어 올리자.'

비스트 포지는 성급하게 덤벼들지 않았다. 초구와 2구째 들어온 너클볼을 그냥 지켜본 뒤 3구째 들어온 포심 패스트볼도 걸러냈다. 그리고 4구째 몸 쪽 낮게 들어온 너클볼을 힘껏 잡아당겼다.

따악!

묵직한 타격음과 함께 타구가 센터 방면으로 높이 치솟았다.

"젠장, 넘어가는 거 아냐?"

중견수 재키 브랜디가 공을 쫓아 빠르게 펜스로 내달렸다. 덩달아 스티브 라이트의 표정도 굳어졌다.

만에 하나라도 타구가 담장 밖으로 사라져 버린다면 더 이상 여유롭게 공을 던지지 못할 것 같았다.

하지만 다행히도 재키 브랜디는 워닝 트랙 앞쪽에서 글러브를 들어 올렸다. 그리고 빠르게 떨어지는 타구를 침착하게 받아냈다.

"젠장!"

2루 주자 다나드 스팬은 재빨리 태그 업을 해서 3루에 안착을 했다.

그렇게 1사 2루가 2사 3루로 바뀌었다. 폭투 하나만 나와도 동점이 되는 상황이었지만 스티브 라이트는 마치 이닝이 끝나기라도 한 것처럼 주먹을 움켜쥐며 좋아했다.

그 모습이 타석에 들어선 4번 타자 헌터 페이스를 자극했다.

"두고 보자."

헌터 페이스는 이를 악물었다. 자이언츠의 4번 타자로서 이번만큼은 뭔가를 보여줘야 할 것 같았다.

하지만 스티브 라이트의 너클볼은 헌터 페이스만 만나면 더욱 요란스럽게 춤을 췄다. 4구째 거의 한복판으로 들어오는 너클볼을 힘껏 잡아당겼지만.

따악!

타구가 중견수 정면으로 날아가고 말았다.

—스티브 라이트, 위기를 넘깁니다.

—아슬아슬했는데요. 헌터 페이스를 중견수 플라이로 돌려세웠습니다.

중계진의 극찬 속에 스티브 라이트가 당당히 마운드를 내려왔다.

6회까지 총 투구 수는 80구. 4개의 피안타와 1개의 사사구를 허용했지만 무실점으로 레드삭스의 월드 시리즈 첫 승 가능성을 높였다.

"자자, 이제 다시 저 애송이를 흔들어 달라고."

손뼉을 내미는 타자들을 향해 스티브 라이트가 장난스럽게 말했다.

그러나 실제로 그의 속은 조금씩 타들어 가고 있었다. 1대 0의 리드가 계속될수록 쫓기는 듯한 기분이 들었기 때문이다.

이번 이닝에서 타자들이 한 점이라도 더 뽑아내 준다면 적어도 오늘 경기를 내주진 않을 것 같았다.

하지만 잠시 흔들렸던 강동원은 6회 말, 레드삭스의 상위 타선을 상대로 100마일의 포심 패스트볼을 내던지며 2이닝 연속 삼자범퇴를 기록했다.

6회가 끝난 시점에서 강동원의 투구 수는 70구.

스티브 라이트보다 10구를 아끼면서 8회까지 투구를 이어 갈 체력을 비축하는 데 성공했다.

피안타는 여전히 2개. 사사구 하나. 피홈런을 허용하며 선취점을 내주긴 했지만 10개의 탈삼진은 강동원이 얼마나 레드삭스 타자들을 몰아붙이고 있는지를 전적으로 보여주고 있었다.

−스티브 라이트와 강동원의 팽팽한 투수전이 페어웨이 파크를 침묵 속에 빠뜨렸습니다.

−시리즈 스코어에서 2패로 몰린 상황이라 레드삭스는 첫 승이 간절히 필요할 텐데요.

−일단 중반까지는 1 대 0으로 앞서가고 있습니다. 하지만 그 리드가 너무나도 불안해 보이는 건 왜일까요?

−그만큼 강동원 선수가 잘 던져 주고 있다는 의미입니다. 4회 피홈런을 허용한 걸 제외하고는 완벽에 가까운 피칭을 이어가고 있으니까요.

−이제 7회입니다. 자이언츠에게도 분명 한 차례 정도 기회가 찾아올 것 같은데요.

−스티브 라이트, 레드삭스의 첫 승을 위해서 마지막까지 집중해야 할 것 같습니다.

중계진의 멘트 속에 7회 초에도 스티브 라이트가 마운드에 올랐다. 80구를 넘겨서일까.

"후우……."

악력이 떨어진 듯 공을 만지는 시간이 평소보다 길어졌다.

기이한 그립으로 던지는 너클볼은 손가락의 악력이 중요
했다. 공을 고정시킨 손가락 중 어느 하나라도 힘이 풀려 버
린다면 엉뚱한 곳으로 공이 날아갈 수밖에 없었다.

"아직 지칠 때가 아냐. 적어도 120구까진 버텨야 한다고."

스티브 라이트가 스스로를 다독거리며 투구판을 밟았다.
그리고 여느 때처럼 자신 있게 너클볼을 던졌다. 하지만.

퍼억!

홈 플레이트 앞에서의 움직임이 경기 초반보다 많이 떨어
져 있었다.

자이언츠 타자들은 그 틈을 놓치지 않았다.

따악!

투 스트라이크 투 볼 상황에서 5번 타자 브래드 벨트가 5
구를 건드려 2루수 키를 넘기는 안타를 만들어냈다. 방망이
끝부분에 걸렸지만 생각보다 타구는 제법 멀리 날아갔다.

"좋아, 좋아! 판을 흔들라고!"

1루에 나간 브래드 벨트를 향해 메디슨 범가드너가 크게
소리쳤다.

그 소리를 들은 듯 브래드 벨트가 일부러 리드 폭을 넓게
가져갔다. 스티브 라이트가 지켜보는데도 도루를 할 것처럼
까닥까닥거리며 리듬을 탔다.

"저자식이……!"

스티브 라이트의 표정이 자연스럽게 굳어졌다. 덩달아 호

흡도 살짝 거칠어졌다. 경기 초반이라면 그러려니 했겠지만 경기 후반에 지친 상황에서 선두 타자를 내보냈으니 평정심을 유지하기 어려웠다.

그사이 타석에 들어선 6번 타자 브래드 크로포트가 초구에 번트를 댈 것처럼 포즈를 취했다. 그러자 1루수 무키 베스와 3루수 파블로 산도발이 조금씩 앞으로 나오며 전진 수비를 펼쳤다.

스티브 라이트는 번트가 나올 것이라 예상하고 포심 패스트볼을 던져 번트를 대게 하였다.

하지만 브래드 크로포트는 오히려 강공으로 전환하며 1루수 마이크 포시와 3루수 옆을 빠지는 안타를 만들었다.

그렇게 자이언츠가 무사 1, 2루의 기회를 잡게 됐다.

"후우⋯⋯."

동점을 만들어야 한다는 중대한 임무를 부여받고 7번 타자 에두아르 누네스가 타석에 들어섰다.

"볼카운트 싸움이 먼저야. 눈에 보인다고 무조건 때리지 말자."

에두아르 누네스는 매서운 눈으로 공을 바라보았다. 초구와 2구를 지켜보면서 투 볼을 만든 후 3구째 한복판으로 들어오는 너클볼을 힘 있게 잡아당겼다.

따악!

타격 소리가 요란하게 울렸지만 애석하게도 타구는 3루수 파블로 산도발의 정면으로 날아갔다.

"으아아!"

"젠장할! 저게 하필 거기로 가냐!"

자이언츠 더그아웃 곳곳에서 탄성이 흘러나왔다. 에두아르 누네스도 고개를 흔들며 안타까워했다.

그렇게 무사 주자 1, 2루 기회가 1사 주자 1, 2루로 바뀌었다. 하위 타선인 만큼 분위기가 살짝 꺾이는 기분이 들었다.

그러나 8번 조 패인이 끈질긴 접전 끝에 사사구를 얻어내며 1사 만루를 만들면서 분위기가 다시 살아났다.

"좋아, 다들 모여보라고!"

브루스 보체 감독은 코치들을 불러 모았다. 그리고 모두의 의견을 모아 대타 작전을 꺼냈다.

오늘 2타수 무안타로 부진했던 앤더 수색을 대신해 대타 마크 더피가 나왔다. 마크 더피는 스티브 라이트가 마운드 위에서 흔들리는 것을 감지하고 초구부터 방망이를 돌렸다.

따악!

높게 치솟은 타구가 중견수 방향으로 날아갔다. 하지만 스위트스폿 윗부분에 맞아서인지 타구가 생각보다 멀리 뻗질 못했다.

"잡을 수 있어!"

중견수 재키 브랜디가 앞으로 달려 나오며 공을 잡았다. 그와 함께 3루 주자 브래드 벨트가 태그 업을 시도했다.

"어딜!"

재키 브랜디가 재빨리 홈으로 공을 던졌다. 공은 별다른 방해 없이 곧장 포수 센디 리온을 향해 원 바운드로 굴러왔다.

"빨리! 빨리!"

"서둘러!"

다나드 스팬의 목소리를 들은 브래드 벨트가 재빨리 슬라이딩을 시도했다. 그와 동시에 센디 리온이 공을 낚아채 태그를 시도했다.

촤라라락!

뿌연 흙먼지가 홈 플레이트 앞에서 피어올랐다.

브래드 벨트의 손끝은 홈 플레이트에 닿아 있었다. 그리고 센디 리온의 미트는 브래드 벨트에 걸려 있었다.

잠시 상황을 지켜보던 구심은 이내 주먹을 들어 올렸다. 그러자 브래드 벨트가 펄쩍 뛰며 소리를 내질렀다.

"뭐라고요? 말도 안 돼! 내 손이 더 빨랐어요!."

"아니야, 터치가 먼저야!"

"아니라니까요? 내 손이 먼저였다고요!"

브래드 벨트가 억울하다는 얼굴로 브루스 보체 감독을 쳐다봤다. 그러자 브루스 보체 감독이 뒤를 바라보았다. 론 워스트 벤치 코치가 어느새 수화기를 들고 있었다. 잠시 후.

"브루스!"

론 워스트 코치가 엄지손가락을 들어 올렸다. 그 사인을 확인한 브루스 보체 감독이 냉큼 더그아웃을 박차고 나가 비디오 판독을 요청했다.

주심을 비롯해 세 명의 심판이 홈 플레이트 뒤쪽으로 모여들었다. 뉴욕 센터에 요청을 보내 정확한 판정을 받기 위함이었다.

그사이 스크린에서는 홈 플레이트 앞에서 벌어졌던 장면을 계속해서 틀어주고 있었다.

하지만 워낙에 접전이었기에 판정을 내리기가 쉽지 않다. 보는 각도에 따라 판정이 애매하게 나올 것 같았다.

강동원이 스크린을 뚫어져라 바라보았다. 그 옆으로 비스트 포지가 다가왔다.

"왜? 아웃될까 봐 걱정이야?"

"잘 보면 세이프인 것 같은데 그죠?"

"세이프면 세이프겠지."

"에이, 그런 게 어디 있어요."

"심판이 아웃이라면 아웃이고, 세이프라면 세이프지. 그것에 연연하면 경기를 어떻게 해."

"그래도 세이프가 되면 좋겠어요."

"당연히 세이프가 될 거야. 그렇게 믿고 기다리자!"

"알겠어요."

강동원이 애써 미소를 지으며 고개를 끄덕였다. 비디오 판독을 기다리는 주심 또한 계속해서 헤드셋을 귀에 쓰고 있었다. 판독의 시간이 좀 길어지는 듯했다.

그렇게 3분여의 시간이 흐른 후 구심이 심판들과 의견을 주고받았다. 그러고는 양팔을 벌리며 세이프를 선언했다.

"우와!"

"우오오오오!"

자이언츠 더그아웃에서는 난리가 났다. 강동원 또한 주먹을 움켜쥐며 기뻐했다.

"좋았어!"

강동원이 비스트 포지를 바라보았다. 비스트 포지가 씩 웃으며 엄지손가락을 세웠다.

"거봐, 내가 뭐라고 했어."

그렇게 그토록 기다리고 기다리던 동점이 만들어졌다.

스쿠어가 1 대 1로 균형을 맞춘 가운데 다시 경기가 재계되었다.

아쉬운 패배의 위기를 벗어난 자이언츠는 분위기가 반전되었다.

반면 레드삭스 더그아웃의 표정은 어두웠다. 비디오 판독 결과를 쉽게 받아들이지 못하는 모양이었다.

"후우…… . 빌어먹을."

스티브 라이트도 불만이 가득한 얼굴이었다. 자신의 눈에는 분명 태그가 먼저였다. 그런데 멍청한 심판들이 자신의 완벽한 경기를 망쳐 버렸다.

2사이긴 하지만 여전히 1, 2루에 주자가 나가 있는 위기가 이어지고 있었다. 여기서 또다시 안타를 내준다면 경기가 뒤집힐지도 모르는 상황이었다.

그러나 스티브 라이트는 좀처럼 마음을 다잡지 못했다.

그사이 1번 타자 다나드 스팬이 오늘 경기 세 번째 타석에 들어섰다.

"스티브 라이트도 지쳤을 거야."

스티브 라이트의 투구 수는 벌써 97째가 되었다.

솔직히 스티브 라이트는 너클볼러라 150구 투구도 가능했다.

하지만 150구 내내 무브먼트를 유지한다는 건 불가능에 가까운 일이었다. 설사 구위가 살아 있다고 해도 너클볼이 어느 정도 눈에 익은 자이언츠 타자들을 계속해서 압도하기란 쉽지 않았다.

안타 하나면 2루 주자가 홈을 밟을 것이다. 2루타 이상 장타가 나오면 1루 주자까지 홈으로 들어올 것이다.

장타를 피하려면 공을 낮게 던져야 했다. 그러나 너클볼을 낮게 던지면 폭투의 위험성이 높았다.

특히나 루상에 주자가 있을 때는 너클볼을 던지는 것 자체가 부담스러울 수밖에 없었다.

그래서 스티브 라이트는 고심 끝에 포심 패스트볼의 활용도를 높이기로 마음을 먹었다.

7회까지 너클볼을 앞세워 달려왔으니 이쯤에서 투구 패턴을 바꾸는 것도 이상할 게 없었다.

1번 타자 다나드 스팬은 스티브 라이트의 너클볼을 기다렸다. 그래서 초구 바깥쪽에 걸치는 포심 패스트볼을 지켜보았다.

2구째 드디어 기다렸던 너클볼이 날아왔다. 하지만 이번에도 다나드 스팬은 방망이를 아꼈다. 몸 쪽으로 깊숙이 붙어 들어왔기 때문이다.

원 스트라이크 원 볼 상황에서 스티브 라이트는 3구째 바깥쪽으로 회심의 1구를 던졌다.

구종은 포심 패스트볼. 너클볼에 타이밍을 맞추고 있던 다나드 스팬을 꼼짝하지 못하게 만드는 공이었다. 하지만 애석하게도 구심의 손은 올라가지 않았다.

"젠장할. 그게 왜 볼이야?"

스티브 라이트는 공을 건네받으며 불만스러운 표정을 지었다.

위기 상황을 떠나 투 스트라이크 원 볼과 원 스트라이크 투 볼은 느낌부터가 달랐다. 던질 수 있는 구종도 달라질 수밖에 없었다.

투 스트라이크 원 볼이라면 센디 리온은 당연히 너클볼을 요구했을 것이다.

하지만 볼카운트가 뒤집히면서 센디 리온은 스트라이크를 잡기 위해 바깥쪽 낮은 코스의 포심 패스트볼을 요구할 수밖에 없었다.

"후우……."

스티브 라이트가 이내 고개를 끄덕였다. 포심 패스트볼의 비중을 높이겠다고 마음먹긴 했지만 포심 패스트볼이 들어올 타이밍에 포심 패스트볼을 던지는 건 결코 즐거운 일이 아니었다.

주자들을 눈으로 견제한 뒤 스티브 라이트는 애써 호흡을 골랐다. 그리고 센디 리온의 미트를 보며 힘껏 공을 던졌다.

후앗!

공은 센디 리온의 미트를 향해 정확하게 날아갔다. 그런데 그 앞을 다나드 스팬의 방망이가 가로막았다.

따악!

방망이 중심에 걸린 타구가 그대로 1, 2루 간을 꿰뚫었다.

"크아아아!"

2루 주자 브래드 크로포트가 미친 듯이 내달렸다.

"돌아! 돌아!"

필 너반 3루 코치가 팔을 빙글빙글 돌렸다.

사인을 확인한 브래드 크로포트는 3루 베이스를 밟고 홈으로 내달렸다. 그사이 공도 홈으로 중계가 되었다.

"빨리!"

"서둘러!"

동료들의 호들갑스러운 목소리에 브래드 크로포트가 한 타이밍 먼저 슬라이딩을 감행했다.

촤르르륵!

흙먼지와 함께 브래드 크로포트의 오른팔이 홈 플레이트를 쓸고 지났다.

"세이프! 세이프!"

구심이 양팔을 크게 벌리며 소리쳤다. 그러자 포수 센디 리온이 강하게 어필했다.

"제가 먼저 터치했어요."

"아니야, 이번에는 확실해."

그러자 레드삭스 존 해럴 감독이 뛰쳐나오며 비디오 판독을 요청했다.

"귀찮게들 하는군."

구심이 다시 홈 플레이트 뒤쪽으로 걸어갔다. 그사이 스크린에서 슬로우 비디오로 그 장면을 연속으로 보여주었다.

그런데 이번에는 확실하게 보였다. 타자의 손이 먼저 홈 플레이트를 스치고 지나갔다.

"그렇지!"

"세이프야! 세이프!"

자이언츠 더그아웃에서는 환호성이 나왔다. 구심 또한 뉴욕 센터에서 똑같은 결과를 받았다.

구심이 걸어 나오며 최종적으로 세이프를 선언했다.

판정 번복은 없었다. 포수 센디 리온이 억울한 표정을 지었지만 어쨌든 비디오 판독까지 갔기에 더 이상의 항의는 무의미했다.

―이번 비디오 판독도 자이언츠의 손을 들어주었습니다.

―서로 한 차례씩 비디오 판독을 사용했는데 자이언츠만 웃게 됐습니다.

중계진들은 비디오 판독의 행운이 자이언츠에게 따르고 있다며 웃었다. 농담이 아니라 두 차례 비디오 판독을 통해 자이언츠는 2득점을 성공시키며 경기를 뒤집는 데 성공했다.

2사 주자 2루 상황에서 타석에 들어선 2번 타자 아르헨 파건은 좌익수 플라이 아웃으로 물러났다.

그렇게 자이언츠의 길고 긴 7회 초 공격이 끝이 났다.

"좋았어."

7회 말이 시작되자 강동원이 당당히 마운드에 올랐다. 7회 초에 역전을 시킨 동료들이 고마웠고 힘이 났다. 그래서인지 자신도 모르게 들뜨고 말았다.

그 결과 4번 타자 무키 베스에게 3구째 포심 패스트볼을 얻어맞고 말았다. 그것으로도 모자라 5번 타자 엔리 라미레스에게 4구째 약간 밋밋한 커브를 던져 빗맞은 안타를 내주었다.

그렇게 레드삭스가 무사 1, 2루의 기회를 잡았다. 그러자 데이브 라이트 투수 코치가 마운드에 올라와 강동원을 진정시켰다.

"강, 아직 경기 안 끝났어. 벌써부터 흥분하는 건 위험해."

"아, 네. 죄송합니다."

"이번 이닝, 마무리 지을 수 있지?"

"네, 제가 마무리 짓겠습니다."

"추가로 볼넷이나 안타가 나오면 바로 교체해 버릴 거야."

"네."

"좋아, 그럼 일단 이번 이닝까진 확실히 책임지도록."

"알겠습니다."

데이브 라이트 코치가 강동원의 어깨를 두드린 뒤 마운드를 내려갔다.

뒤따라 강동원을 찾은 비스트 포지는 별다른 말을 하지 않았다. 그냥 강동원의 엉덩이를 가볍게 툭 치고는 자신의 자리로 갔다.

다른 야수들도 마찬가지였다. 강동원이 어련히 알아서 잘할 거라는 걸 알기에 각자 자리의 자리로 돌아가 수비를 준비했다.

"후우……."

길게 숨을 고르며 강동원이 마운드의 흙을 천천히 골랐다.

'벌써 체력이 빠진 건가?'

강동원은 지금까지 거의 전력으로 공을 던졌다. 투구 수는 많지 않지만 정신적인 체력 소모는 상당했다.

하지만 선발 투수로서 최소한 7회까지는 막아내고 싶었다.

'할 수 있다! 할 수 있어!'

강동원이 속으로 중얼거린 후 6번 타자 마이크 포시를 쳐다보았다. 마이크 포시는 한 점의 리드를 되찾아 오려는 듯 매서운 눈으로 강동원을 노려보고 있었다.

그런 마이크 포시를 향해 강동원은 초구와 2구 모두 몸 쪽 포심 패스트볼을 붙였다.

마이크 포시는 몸 쪽 포심 패스트볼에 눈 하나 까딱하지 않았다. 그러다가 강동원의 3구가 바깥쪽으로 날아오자 마이크 포시가 기다렸다는 듯이 방망이를 돌렸다.

하지만 홈 플레이트 앞에서 날카롭게 휘어져 나간 공은 방망이 끝에 걸리며 2루 땅볼이 되어버렸다.

"브래드!"

타구를 잡은 2루수 조 패닌이 곧바로 유격수 브래드 크로포트에게 토스를 했다. 1루 주자를 잡아낸 브래드 크로포트는 다시 1루로 공을 던져 타자 주자까지 잡아냈다.

그렇게 무사 1, 2루의 절호의 기회가 2사 3루로 바뀌었다.

"으아아악!"

"젠장할!"

레드삭스 팬들의 입에서 탄식이 터져 나왔다. 병살타를 친 마이크 포시의 어깨를 축 늘어뜨린 채 더그아웃으로 몸을 돌리고 말았다.

순식간에 두 개의 아웃 카운트를 챙긴 강동원은 비교적 담담하게 다음 투구를 준비했다.

타석에 들어선 건 7번 타자 파블로 산도반이었다. 강동원은 파블로 산도발에게 계속해서 포심 패스트볼을 던졌다. 오늘 경기 마지막 타자라고 생각하고 체력을 아끼지 않았다. 그 결과.

"스트라이크 아웃!"

강동원은 4구 만에 파블로 산도발을 삼진으로 잡으며 이닝을 마무리 지었다.

무사 1, 2루의 위기를 병살타와 삼진으로 벗어난 강동원은 더그아웃으로 돌아오는 내내 가슴이 뿌듯했다.

월드시리즈에서 무사에 두 명의 주자를 내보내고도 실점을 허용하지 않은 건 아무나 할 수 있는 투구가 아니었다.

브루스 보체 감독 또한 흐뭇한 얼굴로 고개를 끄덕였다.

"수고했어, 강. 더 던지고 싶겠지만 오늘은 참아 달라고. 뒤에 불펜 투수들이 대기 중이거든."

"네, 알겠습니다."

강동원은 아쉬움을 떨쳐 내고 비스트 포지를 비롯해 동료들과 인사를 나누었다. 동료들은 저마다 강동원에게 손을 내밀었다. 아직 경기의 승패는 나지 않았지만 루키로서 이만큼의 공을 던져 줬다는 것에 다들 감동한 눈치였다.

"잘했어, 강!"

"네가 최고야!"

동료들의 격려를 받으며 강동원은 자신의 자리로 갔다.

모자와 글러브를 벗어 옆에 내려놓은 뒤 강동원은 수건으로 땀을 훔치며 길게 한숨을 내쉬었다.

"후우⋯⋯!"

완투를 하지 못해 아쉽긴 했지만 월드 시리즈 첫 경기에서 패전의 멍에를 쓰지 않았다는 사실이 내심 뿌듯하기만 했다.

강동원은 7회까지 84구 4피안타 1사사구 1피홈런 1실점 11탈삼진을 기록하고 마운드를 내려왔다.

강동원은 아이싱을 하고 다시 더그아웃에 나왔다. 강동원이 내려간 마운드에는 불펜 투수들이 올라와 레드삭스 타자들을 마고 있었다.

"스티브 라이트는요?"

"강판됐어."

"8회부터 불펜이 나온 거예요?"

"그래. 그리고 강, 잘 던졌다."

메디슨 범가드너가 강동원에게 주먹을 내밀었다.

"잘 던지긴요."

강동원이 씩 웃으며 제 주먹을 가져다 댔다. 농담 삼아 처제의 연락처 중 하나는 확보한 거라고 말할 수도 있겠지만 2대 1, 한 점 차 상황에서 설레발을 치고 싶지 않았다.

8회 말, 레드삭스의 공격은 예상보다 뜨거웠다. 자이언츠에서 메디슨 범가드너 이상으로 압도적인 구위를 자랑하는 강동원이다 보니 레드삭스 타자들은 자이언츠 불펜 투수들의 공을 공격적으로 때려냈다.

덕분에 1사 만루 위기까지 몰렸지만 브루스 보체 감독이 가용 가능한 불펜 투수를 전부 쏟아부으며 8회 말을 무실점으로 틀어막았다.

그러자 레드삭스도 가만있지 않았다. 불펜 투수들을 아웃 카운트 하나마다 바꾸며 자이언츠의 9회 공격을 삼자범퇴로 틀어막고 대역전의 발판을 마련했다.

그렇게 레드삭스의 마지막 공격이 시작되었다.

자이언츠는 마무리 투수 산티아 카시아를 올렸다.

―산티아 카시아, 이번 포스트시즌에서 불안한 모습을 자주 보여주었는데요.

−레드삭스의 힘 있는 타자들을 상대해야 합니다. 큰 것 한 방이면 그대로 경기가 넘어갈지도 모릅니다.

중계진은 산티아 카시아가 세이브를 챙기기 위해서는 평소보다 더욱 집중해야 한다고 말했다. 그 소리를 듣기라도 한 것일까.

산티아 카시아는 좌우 코너를 찌르는 빠른 포심 패스트볼로 카운트를 잡아낸 후 투심 패스트볼과 슬라이더로 타자들을 차근차근 요리해 나갔다.

그리고 마지막 타자를 삼진으로 잡은 후 산티아 카시아가 두 팔을 높이 들었다.

최종 스코어 2 대 1.

자이언츠가 월드시리즈에서 3승째를 거두었다.

그리고 자이언츠는 월드시리즈 우승까지 단 1승이 남았다.

8

치열했던 경기가 끝이 났다.

월드 시리즈 3차전 MVP는 강동원이 선정되었다. 운동장에 중계팀 아나운서가 나왔다. 강동원은 다소 상기된 얼굴로 아나운서의 옆에 섰다.

그 순간 사방에서 카메라 플래시가 터져 나왔다. 강동원은 눈이 부셨지만 미간을 찌푸리지 않았다.

다른 인터뷰도 아닌 월드시리즈 MVP 인터뷰다. 평생 보고 또 볼 인터뷰를 플래시 때문에 망치고 싶지 않았다.

잠시 후 카메라에 붉은빛이 들어오며 인터뷰가 시작됐다.

"자이언츠 팬들은 닥터 강이라고 부른다죠? 오늘 경기 승리 투수인 강동원 선수와 인터뷰를 하겠습니다. 안녕하세요."

"네, 안녕하세요."

강동원이 환한 얼굴로 인사를 했다.

"올 시즌 첫 풀타임 시즌을 보냈는데 포스트시즌에 선발 투수로 합류하더니 이제는 월드시리즈에서 승리까지 따냈어요. 기분이 어떤가요?"

"물론 기분 좋습니다. 마치 모든 게 꿈만 같아요."

"걱정 말아요, 강. 꿈이 아니니까. 특별히 고마움을 전하고 싶은 사람이 있나요?"

"먼저 나에게 선발로 뛸 기회를 준 감독님과 코치들에게 고맙다는 말씀을 드리고 싶어요. 그리고 먼저 실점했는데 경기를 뒤집어준 타자들에게도 고맙다고 말하고 싶습니다.."

"한 점 차 아슬아슬한 리드였어요. 경기 중반까지는 레드 삭스가 한 점 차 리드를 했고요. 매우 떨렸을 것 같은데요?"

"솔직히 떨지 않았다면 거짓말이겠죠. 스티브 라이트가 너무 잘 던져서 부담을 갖지 않으려 해도 부담이 됐어요. 그러나 타자들을 믿고, 포수인 비스트 포지를 믿고 던졌어요. 그러다 보니 좋은 결과가 나온 것 같아요."

"월드시리즈 3차전까지 자이언츠가 가져갔습니다. 이번 월드시리즈, 자이언츠가 우승할 것 같나요?"

"당연하죠. 자이언츠는 우승을 하기 위해 월드시리즈에 올라왔습니다. 이제 1승 남았으니 당연히 우승할 거라고 생각합니다."

"신인답게 패기 넘치는데요? 그럼 몇 차전에서 끝날 것 같나요?"

"내일 에이스인 메디슨 범가드너가 나오니까요. 아마 내일 시리즈가 끝나지 않을까 생각합니다."

"그렇다면 강이 월드시리즈에서 활약하는 모습은 더 이상 보기 어려울 것 같은데요."

"아쉽지만 팀의 승리보다 중요한 게 없으니까요. 이 분위기를 잘 이어가서 내일 끝냈으면 좋겠습니다."

"이제 강에 대해 이야기 좀 해볼까요? 팬들이 닥터 강이라고 부를 만큼 삼진을 많이 잡는데요. 비결이 뭔가요?"

"특별한 비결은 없어요. 그저 비스트 포지의 리드에 따라 던지다 보니 삼진을 많이 잡게 된 것 같아요."

"오늘 경기 MVP로 선정되었어요. 누구에게 영광을 돌리고 싶어요?"

"팀 선수 모두에게 돌리고 싶어요. 난 팀 동료들이 점수를 올려줬고, 비스트 포지가 리드를 잘해줘서 좋은 결과가 나온 것이라 생각해요. 전 크게 한 것이 없어요."

"오, 겸손하시군요."

아나운서의 말에 그저 웃음을 지었다. 그때 아나운서의 눈빛이 바뀌었다. 그녀는 인터뷰 도중 뒤로 슬그머니 피했다. 강동원이 고개를 갸웃했다.

그 순간 강동원 머리 위로 이온 음료가 쏟아져 내렸다. 팀 동료 두 명이 이온 음료 통을 가져와 강동원에게 뿌린 것이다.

이온 음료로 샤워를 한 강동원은 물에 빠진 쥐 꼴이 되었다.

"강! 축하해!"

"하하하핫! 축하해 강!"

강동원은 깜짝 놀란 눈으로 고개를 돌려 축하해 주는 동료를 보았다. 브래드 크로포트와 다나드 스팬이었다. 그들은 목적을 달성하고는 재빨리 더그아웃으로 돌아갔다.

아나운서도 그제야 강동원 곁으로 다가왔다.

"괜찮으세요?"

"으으. 다 젖었어요."

"미안해요. 나만 피해서."

"아니에요. 그래도 기분은 좋습니다. 오늘 같은 날이라면 몇 번이고 당해도 좋을 것 같습니다."

"알겠습니다. 그럼 짓궂은 자이언츠 선수들이 또 달려들기 전에 이쯤에서 인터뷰를 마치도록 하겠습니다."

"감사합니다."

47장
우승

우여곡절 끝에 호텔로 돌아온 강동원은 진이 빠져 있었다.

오늘 강동원은 여러 차례 인터뷰를 했다. 그 과정에서 계속해서 똑같은 질문을 받았고 그 질문에 하나도 빠짐없이 성실하게 답을 해주었다.

더그아웃에서는 자이언츠 동료들에게 시달렸다.

끝나고 나서는 팬들에게 한 시간 넘게 사인을 해주어야 했다.

이 모든 일과를 마치고 호텔로 돌아오니 벌써 하루가 지나 있었다.

"하아, 지친다."

강동원은 그대로 침대에 드러누워 눈을 감았다. 옷을 갈아입을 생각조차 들지 않았다. 그 상태로 한참 동안 있었다.

자연스럽게 오늘 있었던 일들이 머릿속을 스쳐 지났다.

월드시리즈 첫 등판, 월드시리즈 첫 피홈런, 패전 투수가 될까 봐 전전긍긍했던 일, 역전, 승리, 축하 그리고 메디슨 범가드너에게 받았던 전화번호까지.

모든 게 그저 꿈만 같았다.

'아차, 엄마한테 전화하는 걸 깜빡했네.'

침대와 한 몸이 되어 축 늘어졌던 강동원이 힘겹게 눈을 떴다. 그리고 무거운 몸을 힘겹게 일으켜 세운 뒤 스마트폰을 찾았다.

"지금 한국은 몇 시쯤 됐으려나?"

강동원이 조심스럽게 통화 버튼을 눌렀다. 혹시나 어머니가 전화를 받지 않으면 어쩌나 걱정했지만 몇 번 통화음이 울리기도 전에 어머니의 목소리가 들려왔다.

—아들.

"엄마!"

—왜 이제야 전화했어. 아들 목소리 듣고 싶었는데…….

"미안해요, 엄마. 오늘 정신없이 바빠서 조금 전에야 호텔에 들어왔어요. 근데 한국은 지금 몇 시예요?"

—지금? 3시쯤 됐나?

"한창 바쁠 시간 아니에요?"

—그래도 우리 아들이 전화했는데 받아야지. 참, 오늘 아들 경기 봤어. 우리 아들 잘한다고 손님들이 엄청 칭찬하시더라.

"그랬어요?"

—으응, 우리 아들 장해.

"하하. 엄마한테 칭찬 들으니까 기분 좋다."

─그럼 더 해줄까? 우리 장한 아들?

"그런데 엄마, 일하는 거 안 피곤해요?"

강동원은 불현듯 어머니를 너무 고생시키는 것 같다는 생각이 들었다.

월드시리즈에서 승리 투수가 됐으니 이제는 열심히만 던지면 가족들을 먹여 살리는 데 아무런 지장이 없을 것 같았다.

하지만 어머니는 아들이 벌어다 주는 돈으로 편히 살 마음이 없었다.

─하나도 안 피곤해. 엄마 걱정 말고 열심히 해. 엄마는 아들 경기 보는 것만으로도 스트레스가 싹 풀려!

"하하. 뭐예요, 그게. 아저씨 같잖아요. 그런데 엄마! 야구 룰은 알아요?"

─알아. 가게 알바생 중에 야구를 좋아하는 친구가 있어. 그 친구에게 틈틈이 물어봤지.

"아하, 그랬구나."

─그래도 모르는 게 많아. 그냥 우리 아들이 잘 던지나, 못 던지나. 그런 것만 보여.

"헤헤, 그것만 봐도 돼요."

─그래, 그런데 쉬어야 하지 않니?

"네, 이제 쉬려고요."

─그래, 그럼 어서 쉬어. 우승하려면 한 경기 더 이겨야 한다면서? 마지막까지 몸 다치지 말고. 알았지?

"알았어요. 엄마도 어서 주무세요."

─그래, 알았다. 사랑한다, 아들.

"네, 저도 사랑해요."

강동원은 전화를 끊었다. 그리고 한동안 스마트폰을 바라보았다.

"후우, 내가 진짜 이기긴 했구나."

어머니가 좋아하는 모습을 보니 강동원은 이제야 자신이 승리 투수가 됐다는 게 실감이 났다.

내친김에 한국 쪽 기사를 살펴볼까 했지만 강동원은 고개를 저었다. 이 좋은 기분을 몇몇 악플로 망치고 싶지 않았다.

"이제 좀 쉬자."

스마트폰을 옆에 던지고 강동원은 다시 침대 위에 누웠다. 그리고 얼마 지나지 않아 깊은 잠에 빠져들었다.

누군가는 이렇게 말했다.

월드시리즈 우승은 신이 정해주는 것이라고 말이다.

게다가 우승은 운이 따라줘야 한다고 했다.

레드삭스는 2004년 10월 86년 만에 밤비노의 저주를 풀어내고 월드시리즈 우승을 차지했다. 그 후 3년 만에 다시 우승을 재탈환했다. 그리고 또다시 6년이 걸려 2013년 메이저리그 월드시리즈의 영광을 차지하였다.

우승을 한 지 4년이 지난 2017년.

레드삭스는 다시 월드시리즈에 도전을 하고 있다. 하지만 자이언츠라는 거대한 거인에 막혀 월드시리즈 전적 3패를 하고 있었다.

레드삭스는 끝이 보이지 않는 낭떠러지에 서 있었다. 이번 홈에서 열리는 4차전 마저 패배하게 된다면 그걸로 끝이었다. 그렇다 보니 레드삭스 선수들이 이번 4차전에 임하는 각오는 남다를 수밖에 없었다.

경기 전 자이언츠의 브루스 보체 감독은 '질질 끌지 않겠다. 이번 4차전에서 끝을 내겠다'라며 2012년 우승에 이어 또다시 월드시리즈 스윕을 선언했다.

반면 벼랑 끝에 있는 레드삭스의 존 해럴 감독은 '오늘 모든 전력을 쏟아부을 것이다. 반드시 4차전을 승리해 반등의 기회로 삼겠다'라고 승리를 다짐했다.

4차전을 승리하겠다는 양 팀 감독의 의지는 인터뷰 룸에서도 이어졌다.

"우린 이미 3연승을 했습니다. 덕분에 선수단의 분위기가 아주 좋습니다. 이 분위기를 살려 4연승으로 이번 월드시리즈를 끝낼 생각입니다. 오늘 에이스인 메디슨 범가드너가 선발로 나서는 만큼 승리의 여신은 자이언츠를 향해 웃어줄 겁니다."

"글쎄요. 브루스 보체 감독이 지나치게 낙관적인 것 같은데 자이언츠가 홈에서 이대로 무너지는 일은 없을 겁니다. 남은 두 경기를 반드시 잡아내고 샌프란시스코로 갈 생각입니다. 모든 건 샌프란시스코에서 결판이 날 겁니다."

양 팀 감독의 계산이 서로 엇갈리는 가운데 4차전이 열리는 레드삭스의 홈구장 페어웨이 파크는 만원 관중이 들어차 있었다.

하지만 생각보다 경기장 분위기는 조용했다. 다들 침착하게 겉기가 시작되기를 기다리고 있었다.

먼저 그라운드에 나온 팀은 레드삭스였다. 레드삭스 선수들의 표정들은 하나같이 비장했다. 더그아웃에 하나둘 자리를 잡은 선수들은 오늘만큼은 기필코 승리하겠다며 서로 의지를 다졌다.

뒤이어 자이언츠 선수들도 더그아웃에 모습을 드러냈다. 3연승을 해서인지 자이언츠 선수들의 표정은 매우 밝았다. 다들 입가에 웃음을 매단 채 경기를 준비했다.

그 속에 어제 선발이었던 강동원도 자리했다.

월드시리즈 우승까지 단 1승이 남은 상황이었지만 강동원은 어제와 마찬가지로 잔뜩 긴장한 모습이었다.

강동원은 벤치에 앉아 옆에 앉은 메디슨 범가드너를 보았다. 메디슨 범가드너는 눈을 감은 채 가만히 있었다.

강동원은 응원의 말이라도 해주고 싶었다. 하지만 지금은 혼자 두는 것이 상책이었다.

"범가드너니까. 알아서 잘하겠지."

강동원은 애써 시선을 돌려 레드삭스 더그아웃을 보았다. 저만치 오늘 선발로 예정되어 있는 레드삭스의 에이스 릭 호셀로가 보였다.

릭 호셀로는 2016년 아메리칸리그 사이영상을 받은 투수였다. 2016년 아메리칸리그 사이영상에 대해 약간의 논란이 남아 있긴 했지만 릭 호셀로가 사이영상을 받을 만한 투수라는 점에 대해서는 그 어떤 이견도 남아 있지 않았다.

올 시즌에도 릭 호셀로는 에이스다운 피칭을 선보였다. 22승 4패 평균 자책점 3.55 삼진 189개의 기록이었다.

시즌 내내 아메리칸리그 다승 1위를 질주하며 사이영상 2연패에 도전했지만 현지에서는 상대적으로 높은 평균 자책점에 발목이 잡혀 사이영상 수상이 어렵다는 전망이 나오고 있었다.

하지만 누가 뭐래도 현존하는 아메리칸리그 최고의 투수 중 한 명이었다.

하지만 제아무리 릭 호셀로라 하더라도 마운드 위에서 마음을 놓을 수가 없는 상황이었다. 월드시리즈 4차전인 걸 떠나 맞상대가 너무 강했다.

포스트시즌에 더욱 강한 자이언츠의 에이스 메디슨 범가드너는 자이언츠의 수호신 같은 존재였다.

사이영상과는 인연이 없지만 매년 사이영상 후보에 이름을 올릴 만큼 최고의 활약을 이어가고 있었다.

이번 2017년에도 메디슨 범가드너는 내셔널리그 사이영상의 유력한 후보였다. 그리고 전문가들은 이변이 없는 한 메디슨 범가드너가 생애 최초로 사이영상을 수상할 것이라고 내다봤다.

-사이영상급 투수 간의 맞대결입니다. 이번 4차전도 투수전이 전개될 가능성이 높아 보이는데요.

-관건은 두 선수의 체력이겠죠. 휴식일이 짧은 만큼 경기 중후반에 어떤 일이 벌어질지 알 수가 없습니다.

중계진은 오늘 경기가 팽팽한 투수전의 양상을 띨 거라 전망하면서도 릭 호셀로와 메디슨 범가드너의 체력을 변수로 꼽았다.

두 투수 모두 사흘 휴식 후 등판을 하는 것이라 체력석으로 매우 지쳐 있는 상태였다.

게다가 월드시리즈 마지막 경기가 될지도 모른다는 부담감이 양어깨를 짓누르고 있었다.

하지만 메디슨 범가드너는 물론이고 릭 호셀로 역시 오늘 경기가 올 시즌 마지막 경기라는 생각을 먹었다. 그리고 오늘 경기에서 모든 걸 쏟아부을 각오를 마친 상태였다.

1회 초. 양 팀의 공방은 무득점으로 끝났다. 먼저 마운드에 오른 릭 호셀로가 세 타자를 깔끔하게 잡아내고 마운드를 내려오자 메디슨 범가드너도 지지 않겠다며 삼자범퇴로 이닝을 끝마쳤다.

하지만 중반까지는 이어질 것이라던 0 대 0의 균형은 2회에 깨지고 말았다.

2회 초, 자이언츠는 4번 타자 마이크 헌트와 6번 타자 브래드 크로포트의 안타로 1사 1, 2루의 기회를 잡았다.

하지만 에두아르 누네스와 조 패인이 범타로 물러나면서 선취점의 기회를 놓치고 말았다. 그리고 그 기운은 곧바로 레드삭스에게 옮겨갔다.

따악!

선두 타자로 나선 레드삭스의 4번 타자 무키 베스가 메디슨 범가드너의 슬라이더를 잡아당겨 담장 밖으로 넘겨 버린 것이다.

공이 맞는 순간 홈런임을 직감할 정도로 타구는 크게 날아갔다. 메디슨 범가드너도 홈런임을 알았는지 뒤를 돌아보지도 않았다.

선취점을 알리는 홈런이 터져 나오자 레드삭스의 홈 팬들이 박수를 치며 환호성을 보냈다. 몇몇 팬은 이제 됐다며 눈물을 글썽거리기까지 했다.

무키 베스는 주먹을 불끈 쥐며 천천히 베이스를 돌았다. 그리고 더그아웃으로 들어가 동료들과 기쁨을 나누었다.

"범가드너가 괜찮아야 할 텐데."

강동원이 걱정스러운 얼굴로 마운드를 바라봤다. 살짝 미간을 찌푸리긴 했지만 그뿐. 메디슨 범가드너의 표정에는 별다른 변화도 없었다.

홈팬들의 일방적인 응원에도 전혀 주눅이 들지 않았다. 오직 비스트 포지의 미트에 자신의 공을 꽂아 넣었다.

"스트라이크, 아웃!"

"스트라이크, 아웃!"

"스트라이크, 아웃!"

메디슨 범가드너는 마치 아무 일도 없었다는 것처럼 세 명의 타자를 전부 삼진으로 돌려세운 뒤 당당하게 마운드를 내려왔다.

덕분에 레드삭스 쪽으로 기울 뻔했던 경기 분위기가 팽팽해졌다.

오늘 경기를 쉽게 이길 수 있겠다고 좋아했던 레드삭스 선수들의 얼굴에도 다시 긴장감이 번졌다.

강동원은 무표정한 얼굴로 마운드를 내려오는 메디슨 범가드너를 바라보았다.

"역시 범가드너야. 전혀 흔들림이 없어."

강동원은 피시 웃었다. 그리고 메디슨 범가드너에게 조용히 박수를 보냈다.

이후 양 팀 공격은 다시 소강상태에 빠져들었다.

릭 호셀로와 메디슨 범가드너는 서로 경쟁하듯 상대 팀 타자들을 잡아냈다.

2회 말 레드삭스가 홈런으로 리드한 상황이 5회까지 이어졌다.

메디슨 범가드너는 솔로 홈런 이후 단 하나의 안타도 맞지 않고 5회 말까지 완벽투를 이어갔다.

릭 호셀로도 5회까지 3개의 안타를 맞았지만, 그 3개의 안타 모두 단타로 끝나면서 큰 위기 없이 이닝을 마쳤다.

잠잠했던 경기 분위기가 다시 뜨거워진 건 6회였다.

먼저 마운드에 오른 릭 호셀로는 6회 초를 삼자범퇴로 틀어막고 마운드를 내려갔다.

그리고 메디슨 범가드너가 6회 말을 책임지기 위해 마운드에 올랐다.

레드삭스의 선두 타자는 8번 타자 포수 센디 리온이었다.

"센디, 잠깐만!"

센디 리온이 대기 타석에서 몸을 풀고 있을 때 존 해럴 감독이 불렀다.

존 해럴 감독은 센디 리온에게 나직이 지시를 내렸다. 센디 리온은 고개를 끄덕인 후 타석에 들어섰다.

타석에 들어선 센디 리온은 방망이를 몇 번 돌리고는 자세를 잡았다.

비스트 포지가 미심쩍은 눈으로 센디 리온을 바라봤지만

특별히 이상한 점은 느끼지 못했다.

메디슨 범가드너도 비스트 포지의 사인을 받고 힘차게 공을 던졌다. 바깥쪽에 꽉 차게 들어가는 포심 패스트볼이었다.

그러자 기다렸다는 듯이 센디 리온의 타격 자세가 바뀌었다. 순간 1루수 브래드 벨트와 3루수 에두아르 누네스 그리고 메디슨 범가드너가 깜짝 놀랐다. 센디 리온이 초구에 기습 번트를 댄 것이다.

딱.

처음부터 작심을 한 듯 센디 리온은 1루 쪽으로 달려나가면서 번트를 댔다. 생각만큼 공의 힘을 죽이지는 못했지만 3루 파울 라인을 타고 타구가 흐르면서 기이한 상황이 전개됐다.

뒤늦게 달려온 에두아르 누네스는 침착하게 공을 살폈다. 서둘러 송구를 해봐야 늦을 것 같았다. 게다가 공이 왠지 파울 라인을 벗어날 것만 같았다.

'벗어나라! 벗어나라!'

에두아르 누네스가 속으로 간절히 외쳤다. 하지만 마지막 순간에 공은 그라운드 안으로 휘어져 들어와 버렸다.

"크윽!"

에두아르 누네스가 뒤늦게 공을 잡아 1루로 던지려 했다. 하지만 차마 손에서 공이 떨어지지 않았다. 센디 리온이 거의 1루에 도착해 있었기 때문이었다.

"젠장할!"

에두아르 누네스가 질근 입술을 깨물었다. 차라리 처음부터 공을 잡았으면 좋았을 텐데 늦었다고 생각하고 기다린 게 판단 미스였다.

에두아르 누네스는 메디슨 범가드너에게 미안함을 감추지 못했다. 자신의 판단 하나 때문에 팀을, 메디슨 범가드너를 위기에 빠지게 만들었다는 자책이 든 것이다.

에두아르 누네스는 공을 던져 주지 않고 직접 메디슨 범가드너에게 가져다주었다.

"메디슨, 정말 미안해."

"뭐가 미안해? 괜찮아. 네 판단은 틀리지 않았다고. 네가 투수고 내가 3루수였다 하더라도 너처럼 판단했을 거야. 그러니 너무 신경 쓰지 마. 난 괜찮으니까."

메디슨 범가드너는 오히려 에두아르 누네스를 위로했다.

"그래도……."

에두아르 누네스는 더욱더 미안해졌다. 하지만 메디슨 범가드너는 이 일로 심력을 낭비하고 싶지 않았다.

"자, 집중하자. 아직 경기는 끝난 것이 아니야."

메디슨 범가드너가 박수를 치며 선수들을 독려했다. 메디슨 범가드너의 말에 에두아르 누네스가 애써 미소를 지었다.

"고맙다. 멋진 수비로 보답해 줄게."

에두아르 누네스는 그렇게 대답하고는 자신의 자리로 갔다.

강동원도 그 장면을 지켜보며 안타까워했다. 오죽하면 속으로 '나가라, 나가라, 제발 나가!' 하고 악을 내지르기까지 했다.

하지만 공은 야속하게도 그라운드 안으로 들어와 버렸다. 마치 오늘 경기는 야구의 신이 레드삭스를 위해 미소 짓기라도 하는 것처럼 말이다.

"운이 없었어. 그래 운이 없었던 거야."

강동원은 속으로 아쉬움을 달래며 메디슨 범가드너를 지켜보았다. 혹시라도 메디슨 범가드너가 흔들리면 어쩌나 걱정했지만 기우였다.

메디슨 범가드너는 기습 번트 안타를 당했는데도 전혀 표정 변화가 없었다. 홈런을 맞았을 때와 마찬가지였다. 자신의 페이스대로 침착하게 공을 던졌다.

무사 주자 1루 상황에서 레드삭스의 9번 타자 앤드류 베니테디가 타석에 들어섰다.

앤드류 베니테디는 타석에 들어서자마자 곧바로 번트를 댈 준비를 하였다. 한 점이 중요한 시점에서 레드삭스의 존 해럴 감독이 희생 번트를 지시한 것이다.

존 해럴 감독은 1루 주자를 2루에 보내면 상위 타선에서 적시타가 터져 나와줄 것이라고 기대했다. 그렇게 추가 점수를 뽑아주면 오늘 경기를 잡을 수 있을 거라고 확신했다.

자이언츠는 앤드류 베니테디가 번트를 대려 들자 곧바로 수비 진형을 바꾸었다.

번트에 대비해 1루수 브래드 벨트와 3루수 에두아르 누네스가 전진 수비를 하였다. 2루수와 유격수도 만약의 상황에 대비해 베이스를 커버할 준비를 했다.

메디슨 범가드너도 무리하지 않았다. 상황이 상황인 만큼 구석을 노리지 않고 앤드류 베니테디가 번트를 댈 수 있게 정확하면서도 힘 있는 공을 던져 주었다.

후앗!

메디슨 범가드너의 손을 빠져나온 새하얀 공이 빠르게 날아들자 앤드류 베니테디가 자세를 낮추며 3루 방향으로 번트를 댔다.

딱.

미리 준비를 한 덕분에 앤드류 베니테디는 공의 힘을 완벽하게 죽이는 데 성공했다.

타구는 존 헤럴 감독의 바람대로 느리게 굴러갔다.

"크윽!"

여차하면 또다시 내야 안타로 둔갑할지도 몰라 메디슨 범가드너는 투구를 마치고 곧바로 수비 자세로 전환했다.

그때 3루에서 달려들어 온 에두아르 누네스가 소리쳤다.

"그냥 둬. 내가 처리할게!"

메디슨 범가드너는 달려가던 걸음을 멈추고 그대로 주저 앉았다. 그사이 에두아르 누네스가 맨손으로 타구를 집어 든 뒤 곧바로 1루에 던졌다.

1루수 브랜드 벨트가 다리를 쭉 뻗어 포구했다.

"아웃!"

간발의 차이로 타자 주자 앤드류 베니테디를 잡아내는 데 성공했다.

하지만 앤드류 베니테디는 크게 아쉬워하지 않았다. 애당초 주어진 임무가 주자를 2루에 보내는 것인 만큼 당당하게 고개를 들고 더그아웃으로 향했다.

자신의 소임을 다한 앤드류 베니테디에게 동료들이 주먹을 내밀었다.

"나이스, 번트!"

"잘했어."

"좋아!"

1사 주자 2루 기회가 이어지면서 레드삭스의 더그아웃의 분위기는 파이팅이 넘쳤다. 반면 자이언츠는 살짝 침울해졌다. 만에 하나 여기서 안타가 터져 나온다면 오늘 경기는 정말 어려워질지 모른다는 불안감이 감돌았다.

하지만 정작 메디슨 범가드너는 아무렇지 않은 듯 다음 타자를 상대했다.

브루스 보체 감독은 에이스로서 제 역할을 다해주고 있는 메디슨 범가드너가 고맙고 미안했다. 그래서 어떻게든 메디슨 범가드너를 오늘 경기의 승리 투수로 만들고 싶었다.

"지금 메디슨 범가드너의 투구 수가 몇 개지?"

브루스 보체 감독이 론 워스트 수석 코치를 바라봤다.

"네, 현재까지…… 67구째를 던졌습니다."

론 워스트 코치가 차트를 보며 대답했다.

"67구째라……."

브루스 보체 감독은 눈을 가늘게 떴다. 아직 한계 투구 수까지는 여유가 있었다.

하지만 공의 위력은 예전만 못했다. 4일 휴식 후 등판에다가 큰 경기의 부담감 때문인지 체력이 급격히 떨어진 모습이었다.

설사 이번 이닝을 무실점으로 잘 막더라도 다음 이닝에는 힘이 좋은 중심 타자를 상대해야 했다.

"불펜 준비시켜."

브루스 보체 감독이 나직이 말했다. 그러자 론 워스트 코치가 눈을 치떴다.

"벌써요? 범가드너는 아직……."

"투구 수는 적지만 힘이 빠지기 시작했어. 이번 이닝을 마치면 교체해야 할 것 같아."

"메디슨 범가드너는 분명 더 던지려 할 겁니다."

"그렇다고 에이스를 혹사시킬 수는 없어. 불펜 준비시켜. 어서!"

"아, 알겠습니다."

론 워스트 코치가 곧바로 불펜 쪽으로 전화를 넣었다. 그 모습을 강동원 지켜보았다.

'뭐야? 벌써 불펜을 가동시키는 거야? 범가드너는 아직 한 계 투구까지 던지지 않았잖아.'

강동원은 메디슨 범가드너의 강판이 머지않았다는 사실이 아쉬웠다.

자이언츠 왕조를 이끌어 온 위대한 에이스의 투구를 계속해서 보고 싶었는데 벌써 불펜을 준비해야 한다는 현실이 서글프기만 했다.

하지만 강동원도 눈치채고 있었다. 1회 때보다 메디슨 범가드너의 공의 위력이 떨어져 있다는 사실을 말이다.

강동원뿐만 아니라 자이언츠의 다른 선수들도 알고 있었다. 그러나 그중 누구도 메디슨 범가드너가 그만 던져야 한다고 생각하지 않았다.

에이스로서 최선을 다하는 메디슨 범가드너를 그저 말없이 응원했다.

만약 메디슨 범가드너가 마운드를 내려와야 한다면 브루스 보체 감독의 판단보다 먼저 메디슨 범가드너가 납득을 해야 한다고 생각했다.

그것이 한 팀의 에이스에 대한 예우였다.

"범가드너, 힘내."

강동원은 두 주먹을 움켜쥐고 메디슨 범가드너를 응원했다.

"후우……."

길게 숨을 고르며 메디슨 범가드너는 흐르는 땀을 소매로 닦았다.

1사 2루인 상황에서 메디슨 범가드너가 2루 주자를 바라보았다. 2루 주자는 베이스에 발을 댄 채 움직이지 않았다.

메디슨 범가드너는 조심스럽게 투구판에 발을 올렸다.

그때 2루 주자도 리드 폭을 넓혔다.

그사이 1번 타자 더스트 페드로이아가 타석에 들어왔다.

"귀찮게 하는군."

메디슨 범가드너는 2루를 힐끔 본 후 힘차게 공을 던졌다.

퍼엉!

초구는 더스트 페드로이아의 몸 쪽으로 들어가는 포심 패스트볼이었다. 더스트 페드로이아가 초구부터 공격적으로 방망이를 휘둘렸지만.

따악!

방망이 안쪽에 공이 걸리면서 백네트 쪽으로 날아가는 파울이 되었다.

퍼엉!

2구는 바깥쪽으로 크게 빠지는 볼이었다. 메디슨 범가드너가 힘 있게 공을 던졌지만 제구가 흔들린 탓에 더스트 페드로이아가 속지 않았다.

3구 역시 낮은 코스로 볼이 들어왔다.

볼카운트가 원 스트라이크 투 볼로 불리해셨나.

더 이상 볼카운트를 손해 볼 수 없다고 판단한 메디슨 범가드너는 4구째 바깥쪽으로 흘러 나가는 슬라이더를 던졌다.

따악!

더스트 페드로이아는 그 공을 건드려 다시 한번 파울을 만들었다. 그렇게 볼카운트가 투 스트라이크 투 볼로 변했다.

"후우⋯⋯."

메디슨 범가드너가 길게 숨을 골랐다. 그리고 승부구로 5구째 커브를 낮게 던졌다. 그 순간 2루 주자가 갑자기 3루로 내달리기 시작했다.

탁! 파악!

메디슨 범가드너가 던진 공이 홈 플레이트 앞에서 바운드가 되었다.

비스트 포지가 가슴으로 공을 받은 뒤 3루로 던졌지만.

"세이프!"

센디 리온이 먼저 3루를 밟았다.

"허, 당했군."

1사 2루 상황이 순식간에 1사 3루로 변하자 브루스 보체 감독이 고개를 흔들었다.

레드삭스 더그아웃에서 작전이 나왔는지 아니면 주자의 독단적인 행동인지는 모르겠지만 과감한 주루플레이 덕분에 완전히 궁지에 몰리고 말았다.

"그렇지!"

"잘했어! 리온!"

레드삭스 관중들은 박수를 쏟아냈다. 레드삭스 더그아웃의 동료들도 환호성을 질렀다.

외야 플라이 하나면 1점을 더 뽑을 수 있는 상황이었다. 그리고 그 한 점을 더 뽑아낸다면 메디슨 범가드너를 강판시킬 가능성이 높았다.

"후우……."

메디슨 범가드너가 마운드 위에서 땀을 닦았다. 그러면서 슬쩍 더그아웃을 바라보았다.

브루스 보체 감독을 비롯해 자이언츠의 모든 선수가 메디슨 범가드너를 보고 있었다.

하지만 누구 하나 불안해하지 않았다. 다들 이 위기를 메디슨 범가드너가 잘 넘겨줄 것이라고 굳게 믿고 있었다.

메디슨 범가드너의 시선이 내일 선발로 예정된 제니 쿠에토에게 향했다. 제니 쿠에토는 메디슨 범가드너를 독려하듯 박수를 쳤다. 하지만 잔뜩 긴장한 얼굴은 숨길 수가 없었다.

"걱정하지 마, 제니. 난 그렇게 쉽게 무너지지 않아."

메디슨 범가드너는 마지막으로 강동원과 눈이 마주쳤다. 강동원은 난간 앞까지 다가와서 자신을 지켜보고 있었다.

"그래, 설사 지더라도 강이라면 시리즈를 끝내줄 거야."

메디슨 범가드너는 모든 것을 내려놓자 마음이 너무 편했다. 무거웠던 어깨마저 가벼워진 느낌이었다.

"그럼 던져 볼까."

메디슨 범가드너가 투구판에 발을 올렸다. 비스트 포지가 기다렸다는 듯이 사인을 냈다.

몸 쪽 포심 패스트볼.

메디슨 범가드너는 가볍게 고개를 끄덕인 후 이를 악물며 공을 던졌다.

후앗!

몸 쪽으로 형성된 공이 정확하게 비스트 포지의 미트를 향해 꽂혔다. 설마하니 몸 쪽 공이 들어올 거라고는 예상하지 못했던지 더스트 페드로이아는 스탠딩 삼진으로 물러나고 말았다.

"젠장할!"

더스트 페드로이아는 방망이를 집어 던지며 아쉬웠다. 그를 대신해 2번 타자 잰더 보가트가 타석에 등장했다.

아웃 카운트 하나로 레드삭스와 자이언츠의 희비가 엇갈렸다. 조금 전까지만 해도 한 점은 충분히 따낼 수 있을 것 같은 분위기였지만 지금은 달랐다.

2사 이후인 만큼 안타를 쳐야 점수를 올릴 수 있었다. 메디슨 범가드너의 폭투나 야수들의 실책이 나와도 득점은 가능했지만 그런 요행을 바라고 타석에 들어설 수는 없는 노릇이었다.

무엇보다 어렵게 3루까지 갔는데 홈을 밟지 못한다면 분위기가 넘어갈 수도 있었다.

그래서 잰더 보가트는 오히려 공격적으로 나섰다.

하지만 잰더 보가트의 속내를 눈치챈 비스트 포지의 노련한 볼 배합에 초구와 2구 모두 헛스윙이 되고 말았다.

투 스트라이크 노 볼인 상황에서 메디슨 범가드너의 선택은 커브였다.

후앗!

낙차가 큰 커브가 거의 앞에서 바운드가 되었다. 하지만 투 스트라이크에 몰려 버린 잰더 보가트는 포심 패스트볼에 맞춰 방망이를 내밀 수밖에 없었다.

"잘 가라고, 친구."

비스트 포지가 땅에 떨어진 공을 재빨리 주워 잰더 보가트의 엉덩이를 터치했다.

그렇게 1사 주자 3루의 위기가 실점 없이 끝이 났다.

메디슨 범가드너가 더그아웃으로 들어오자 선수들의 열띤 환호성을 내질렀다.

"메디슨! 최고예요!"

강동원도 환하게 웃으며 메디슨 범가드너에게 주먹을 내밀었다.

"뭐야, 강. 내 승리를 응원하고 있었던 거야?"

"그야 당연하죠."

"오늘 경기가 이대로 끝나 버리면 두 번째 연락처를 받지 못할 텐데?"

"그래도 상관없어요. 월드시리즈는 내년에도 있으니까요."

"호오. 내년에도 월드시리즈에서 우승하자 이 말이로군? 까짓것 좋았어. 네 뜻이 그렇다면 오늘 기필코 이겨주겠어."

자이언츠 더그아웃이 호들갑스러워진 사이 릭 호셀로가 마운드에 올랐다.

자이언츠의 공격은 1번 타자 다나드 스팬부터였다.

"더 이상 끌려갈 수는 없어."

다나드 스팬은 입술을 질근 깨물었다. 그리고 어떻게든 점수를 뽑아내야 한다고 마음을 먹었다.

1 대 0으로 끌려가는 상황에서 메디슨 범가드너에게 승리의 영광을 안겨주기 위해서는 최소 2점을 뽑아내야 했다.

그렇다면 무조건 선두 타자인 자신이 살아 나가야 했다.

다나드 스팬이 눈을 반짝였다. 그리고 천천히 방망이를 까딱거리며 기회를 엿보았다.

'아무래도 불안한데……'

포수 센디 리온은 릭 호셀로에게 공 하나 정도를 빼자고 제안했다.

하지만 릭 호셀로는 고개를 저었다. 타자들이 추가점을 내줬다면 모르겠지만 1 대 0, 박빙의 상황에서 공 하나를 버릴 만큼의 여유는 없었다.

잠시 뜸을 들이던 릭 호셀로가 센디 리온의 미트를 향해 빠르게 공을 던졌다. 그 순간 다나드 스팬이 곧바로 번트 자세를 취했다.

딱.

다나스 스팬의 기습 번트 타구가 정확하게 3루 쪽으로 굴러갔다.

'됐어! 세이프야!'

좌타자인 다나드 스팬은 방망이를 내던지며 1루 베이스를 향해 전력질주했다. 그사이 레드삭스의 3루수 파블로 산도반도 육중한 몸을 이끌며 타구를 향해 달려들어 왔다.

'잡을 수 있어! 잡을 수 있다고!'

파블로 산도반은 침착하게 글러브로 타구를 붙잡았다. 그리고 오른손을 집어넣어 공을 잡으려 했다.

그런데.

"어?"

회전이 걸린 공이 손끝을 타고 튀어버렸다. 파블로 산도반은 깜짝 놀라며 바닥에 떨어진 공을 재빨리 잡아 1루에 송구했다.

하지만 그 잠깐의 머뭇거림 덕분에 다나드 스팬의 발이 먼저 1루 베이스를 밟고 말았다.

"세이프!"

1루심이 양팔을 벌렸다. 동시에 다나드 스팬이 주먹을 움켜쥐며 자이언츠 더그아웃을 향해 소리를 내질렀다.

"젠장할. 너무 서둘렀어."

파블로 산도반이 릭 호셀로에게 손을 들어 미안하다는 제스쳐를 취했다. 릭 호셀로도 괜찮다고 신호를 보냈다.

그렇게 자이언츠에게 동점을 만들 절호의 기회가 찾아왔다.

"일단은 동점이 먼저야. 욕심부리지 말자고."

브루스 보체 감독은 곧바로 번트 사인을 보냈다. 릭 호셀로의 구위를 놓고 봤을 때 빅 이닝을 만들기란 쉽지 않다고 여겼다.

일단 동점을 만들고 난 다음에 추가점을 노린다.

이것이 브루스 보체 감독의 구상이었다.

이번 월드시리즈의 특성상 브루스 보체 감독은 오늘 경기도 한두 점 차 승부라고 판단했다.

그래서 확실한 루트대로 점수를 뽑아내기로 마음을 먹은 것이다.

벤치의 사인을 확인한 2번 타자 아르헨 파건이 좌타석에 들어섰다. 아르헨 파건은 아예 번트를 할 자세를 취하며 방망이를 잡았다.

그사이 1루 주자 다나드 스팬이 리드 폭을 조금 크게 가져갔다. 그러자 릭 호셀로의 견제구가 날아왔다.

"이크!"

다나드 스팬이 몸을 돌려 재빨리 베이스를 밟았다. 그러고는 호들갑스럽게 유니폼에 묻은 흙을 털어냈다.

"까불지 말라고."

릭 호셀로는 공을 건네받고 다시 투구판을 밟았다. 센디리온의 사인을 받은 뒤 곁눈질로 1루 주자 다나드 스팬을 보았다.

다나드 스팬은 여전히 리드 폭을 크게 가져갔다. 릭 호셀로는 신경이 쓰이는지 또 한 번 견제구를 던졌다.

이번에도 다나드 스팬은 여유로운 동작으로 1루 베이스를 밟았다. 그러자 관중들의 야유 소리가 들려왔다. 그리 많지 않은 자이언츠 원정 응원단들이 쏟아내는 소리였다.

릭 호셀로는 보란 듯이 인상을 찌푸렸다. 신경 쓰지 않고 싶었지만 위기 상황이라서일까. 모든 게 다 짜증스럽게만 느껴졌다.

'침착하자. 침착해.'

릭 호셀로가 애써 마음을 다잡았다. 그리고 번트를 대려면 대라는 식으로 몸 쪽 높게 공을 던져 주었다. 그런데 번트 자세를 취하고 있던 아르헨 파건이 갑자기 강공으로 전환했다.

"젠장!"

"페이크 번트다!"

1루수와 3루수는 전진 수비를 하다가 화들짝 놀라며 뒤로 물러났다. 그와 동시에 아르헨 파건의 방망이가 돌아갔다.

딱!

묵직한 소리와 함께 타구가 라이너성으로 쭉 뻗어 나갔다. 하지만 타구는 아쉽게도 유격수 정면으로 갔다.

정상적인 상황이라면 유격수 직선타로 끝이 났을 터였다. 그런데 타구에 스핀이 걸리면서 유격수 잰더 보가트가 공을 떨어뜨리고 말았다.

"빌어먹을!"

잰더 보가트가 재빨리 떨어진 공을 주워들려 했다. 하지만 공은 다시 한번 잰더 보가트의 손길을 외면해 버렸다.

그사이 1루 주자 다나드 스팬이 2루에 슬라이딩을 시도했다.

"늦었어."

더블플레이를 노렸던 잰더 보가트는 아쉬움을 뒤로하고 곧바로 1루에 던졌다.

한편 아르헨 파건은 정말 죽을힘을 다해 뛰었다. 잰더 보가트가 공을 놓친 걸 확인하고는 1루 베이스만 노려보았다. 그렇게 달리고 달려 1루 베이스를 향해 힘차게 발을 뻗었다.

탓!

펑!

아르헨 파건이 1루 베이스를 밟는 것과 동시에 1루수 마이크 포시의 글러브가 흔들렸다.

"내가 빨랐어! 내가 빨랐다고!"

아르헨 파건은 1루 베이스를 지나며 양손을 펼쳐 세이프라 외쳤다.

"세이프! 세이프!"

1루 코치도 당연히 세이프라 생각했다.

하지만 1루심은 고개를 흔들며 손을 들었다.

"아웃!"

"아니야, 세이프야. 세이프!"

1루 코치가 강하게 어필해봤지만 1루심의 표정은 달라지지 않았다.

"젠장할! 무슨 말도 안 되는 소릴 하고 있는 거야?"

상황을 지켜보던 브루스 보체 감독도 재빨리 일어나 비디오 판독을 요청했다. 다른 때 같았으면 론 워스트 벤치 코치의 사인을 기다렸겠지만 이번에는 1루 코치와 아르헨 파건의 억울함을 믿었다.

구심을 비롯한 심판들이 홈 플레이트 뒤쪽으로 모였다. 그리고 곧바로 비디오 판독 시간이 주어졌다.

강동원은 두 손을 모아 가볍게 외쳤다.

"세이프, 세이프, 이건 세이프가 맞아."

뉴욕 센터에서 결과가 날아올 때까지 구장 전광판에는 조금 전 상황이 계속해서 리플레이 되었다.

"죽었잖아."

"확실히 공이 더 빨랐어. 저건 의심할 여지가 없다고."

"이번에도 자이언츠의 편을 들어봐. 가만 안 둘 거야."

관중들이 하나같이 아웃을 외쳤다. 사실 여부를 떠나 더이상 비디오 판독의 희생양이 되는 걸 원치 않았다.

반면 강동원과 자이언츠 선수들은 '세이프!'를 외치며 조마

조마한 가슴을 부여잡았다.

그렇게 삼 분여의 시간이 흐른 후 결과를 들었는지 구심이 쓰고 있던 헤드셋을 벗었다. 그리고 자리로 돌아가며 양팔을 펼쳤다.

"세이프."

"오오오오!"

그와 동시에 자이언츠 더그아웃에서 박수를 치며 환호했다. 1사 2루만 해도 감지덕지인데 무사 1, 2루라니! 오늘 경기 최고의 기회를 잡게 된 것이다.

"그래! 세이프라니까. 내가 뭐랬어."

강동원은 환한 얼굴로 옆의 동료들을 얼싸 안았다. 반면 릭 호셀로는 믿지 못하겠다는 얼굴로 고개를 절레절레 흔들어 댔다.

잠시 웅성거리던 페이웨이 파크가 잠잠해진 후 3번 타자 비스트 포지가 타석에 들어섰다.

비스트 포지는 비장한 얼굴로 방망이를 돌렸다.

"포지! 포지! 포지!"

"포지, 한 방 날려!"

자이언츠 선수들이 한목소리로 외쳤다.

릭 호셀로는 긴장감을 감추지 못했다. 이번 월드 시리즈에서 가장 잘 맞고 있는 비스트 포지를 하필 위기 순간에 만났으니 어떻게든 이 상황을 모면하고 싶었다.

'볼넷을 줘버릴까? 아니야. 그럼 무사 만루에 헌터 페이스를 상대해야 해. 그렇다고 정면으로 승부를 하자니······.'

릭 호셀로의 머리가 복잡했다.

하지만 지금은 승부를 걸어야 했다. 에이스의 자존심을 지키기 위해서라도 볼넷을 줄 수는 없다고 판단했다.

릭 호셀로는 신중하게 사인을 받았다. 센디 리온도 비스트 포지의 컨디션을 고려해 까다로운 공을 요구했다.

릭 호셀로는 초구와 2구는 모두 유인구를 던졌다. 스트라이크와 볼의 경계 선상에서 움직이는 공들이었다.

그러나 비스트 포지는 뛰어난 선구안으로 두 개의 공을 가볍게 걸러냈다.

볼카운트는 노 스트라이크 투 볼.

이제는 스트라이크가 들어와야 했다.

비스트 포지도 지금이 기회라고 생각했다. 투 볼인 상황에서 스트라이크를 잡으러 들어올 것이라 생각했다.

아니나 다를까.

후앗!

릭 호셀로의 손끝을 빠져나온 공이 몸 쪽 살짝 몰리게 들어왔다.

비스트 포지는 망설이지 않고 3구를 힘껏 잡아당겼다.

따악!

타구는 쭉쭉 뻗어 나갔다. 그리고 그린 몬스터 최상단을 직격했다.

"괜찮아! 넘어가진 않았어!"

좌익수 앤드류 베니테디가 재빨리 공을 향해 달려갔다.

그사이 2루에 있던 다나드 스팬이 3루를 돌아 홈에 들어왔다. 1루 주자 아르헨 파건도 2루 베이스를 밟고 3루까지 들어갔다.

비스트 포지도 2루까지 진출했다.

그렇게 1 대 0의 스코어가 1 대 1로 바뀌었다.

게다가 아직 자이언츠의 기회는 끝나지 않았다. 무사 2, 3루인 상황에서 4번 타자 헌터 페이스가 당당하게 걸어 들어왔다.

-자이언츠, 어렵게 동점을 만들었는데요.

-이젠 헌터 페이스가 뭔가를 보여줘야 합니다. 이럴 때 4번 타자의 역할이 정말 필요합니다.

-당연합니다. 헌터 페이스도 뭔가를 잔뜩 노리고 있을 것입니다.

-위기의 레드삭스! 릭 호셀로 초구를 던집니다.

릭 호셀로는 초구 몸 쪽으로 꽉 차게 들어가는 스트라이크를 던졌다. 살짝 깊었지만 구심은 스트라이크를 선언했다.

헌터 페이스는 초구를 놓쳤다는 사실에 아쉬워했다.

'볼카운트가 불리해지기 전에 뭐든 쳐야 해.'

헌터 페이스가 입술을 깨물며 타석에 들어섰다. 하지만 릭 호셀로의 공은 생각처럼 만만치가 않았다.

퍼엉!

헌터 페이스는 2구째 바깥쪽으로 흘러 나가는 공에 헛스윙을 했다.

투 스트라이크 노 볼인 상황에서 3구째 들어온 포심 패스트볼을 아슬아슬하게 걷어내지 못했다면 그대로 삼진을 당할 뻔했다.

"후우…… 정신 차리자."

헌터 페이스는 제 헬멧을 손으로 두드렸다. 그리고 4구째 들어오는 바깥쪽 포심 패스트볼을 가볍게 밀어쳤다.

따악!

생각보다 방망이 중심에 걸린 공이 1루수 키를 넘겨 우익수 방향으로 굴러갔다. 잘 때려낸 게 아니라 잘 걸린 타구가 나온 것이다.

그사이 3루 주자 아르헨 파건과 2루 주자 비스트 포지가 모두 홈을 밟아버렸다.

"크아아아!"

2루에 있던 헌터 페이스가 양팔을 들며 환호했다. 자이언츠 선수들도 한목소리로 헌터 페이스를 연호했다.

─헌터 페이스가 드디어 터졌습니다.

─두 명의 주자를 모두 불러들이는 깨끗한 2타점 적시타였습니다.

─헌터 페이스가 이제야 제대로 된 4번 타자의 모습을 보여줬네요.

─저기 보십시오. 헌터 페이스의 웃는 표정 말입니다.

─정말 해맑게 웃고 있네요.

─오늘 경기가 이대로 끝이 난다면 결승타의 주인공은 헌터 페이스가 될 테니까요.

중계진이 헌터 페이스를 칭찬하는 동안 강동원도 흥분을 주체하지 못했다.

"됐어!"

강동원이 주먹을 움켜쥐며 소리쳤다.

반면 페이웨이 파크는 쥐죽은 듯 조용해졌다.

레드삭스 팬들은 하나같이 울상을 지으며 믿을 수가 없는 표정을 지었다. 잘 던지던 릭 호셀로가 이렇게 순식간에 무너질 줄은 몰랐던 것이다.

게다가 위기 상황이 끝난 게 아니었다. 홈 승부가 펼쳐지면서 헌터 페이스가 2루까지 뛰어들어간 것이다.

무사 2루라는 추가 실점 위기에서 릭 호셀로는 5번 타자 브래드 벨트를 2루 쪽 땅볼로 돌려세웠다.

안타를 맞지 않은 건 천만다행이었지만, 그사이 헌터 페이스가 3루까지 들어가며 1사 3루 상황으로 바뀌었다. 깊은 땅볼이나 외야 플라이가 나오면 또다시 한 점을 내줄 수밖에 없는 상황이 이어진 것이다.

"후우…… 미치겠네."

3루에 들어간 헌터 페이스를 바라보며 릭 호셀로 고개를 절레절레 흔들어 댔다.

그는 지금 정신이 하나도 없었다. 레드삭스의 첫 번째 승리 투수가 될 기회를 제 발로 걷어차 버렸으니 넋이 나갈 수밖에 없었다.

"이건 꿈이야. 악몽이라고."

릭 호셀로가 힘겹게 중얼거렸다. 하지만 그런다고 해서 상황이 달라지진 않았다.

헌터 페이스를 3루에 둔 가운데 6번 타자 브래드 크로포트가 타석으로 나왔다.

"이미 분위기는 넘어왔으니까."

브래드 크로포트는 볼카운트가 유리해지길 굳이 기다리지 않았다. 릭 호셀로의 포심 패스트볼이 밋밋하게 몸 쪽으로 날아 들어오자 망설이지 않고 곧바로 잡아당겼다.

따악!

공은 높이 치솟았고, 좌익수 방향으로 깊게 날아갔다.

"좋았어."

3루 주자 비스트 포지는 태그 업을 위해 공을 뚫어져라 바라보았다. 그러고는 좌익수 앤드류 베니테디가 공을 잡자마자 곧바로 홈을 향해 내달렸다.

"세이프!"

얀드류 베니테디가 재빨리 홈으로 공을 던져 봤지만 비스트 포지의 발이 더 빨랐다.

"젠장할!"

또다시 1점을 헌납한 릭 호셀로는 인상을 찌푸렸다. 1 대 0으로 리드하고 있던 점수는 어느새 4 대 1로 바뀌었다. 그럴수록 레드삭스는 점점 경기가 어려워졌다.

"후우……."

존 해럴 레드삭스 감독은 뒤늦은 투수 교체 사인을 냈다.

에이스의 자존심도 중요하지만 오늘 경기에서 지면 여기서 끝이었다. 릭 호셀로도 그것을 알기에 군말 없이 공을 넘겨주었다.

레드삭스의 불펜진은 자이언츠 7번 타자 에두아르 누네스부터 상대했다.

"투수를 바꾼다고 뭐가 달라질 것 같아?"

에두아르 누네스는 어떻게든 경기 흐름을 이어가 보겠다며 의욕적으로 방망이를 내돌렸다. 그러다 4구째 들어온 슬라이더를 잡아당겨 유격수 땅볼 아웃으로 물러나고 말았다.

하지만 자이언츠가 6회 말에 대거 4득점을 하면서 메디슨 범가드너의 어깨를 가볍게 해주었다.

그리고 자이언츠의 위대한 에이스, 메디슨 범가드너는 언제 그랬냐는 듯 8회까지 단 1개의 안타만 허용하고 무실점으로 틀어막았다.

스코어 4 대 1.

3점 차 리드가 변하지 않은 가운데 9회 말이 찾아왔다.

레드삭스의 더그아웃 분위기는 그야말로 초상집이었다.

반면 자이언츠의 더그아웃은 애써 흥분을 자제하고 있었다. 아직 경기가 끝이 나지 않았기 때문이었다.

"수고했어, 에이스."

브루스 보체 감독은 메디슨 범가드너를 쉬게 하고 곧바로 마무리 투수 산티아 카시아를 올렸다.

산티아 카시아는 긴장된 표정으로 몸을 풀었다.

그런데 공이 전체적으로 높게 형성되었다. 비스트 포지는 연습구를 다 잡고 곧바로 마운드로 향했다.

"공이 대체적으로 높아. 조금만 낮게."

"알았어."

산티아 카시아가 고개를 끄덕이며 마운드의 흙을 골랐다. 그 상태에서 고개를 들자 곧바로 강동원과 눈이 마주쳤다.

강동원이 피식 웃으며 주먹을 불끈 쥐었다.

"잘할 수 있어! 파이팅!"

강동원은 엄지손가락을 추켜세워 주며 응원을 보내주었다.

그것을 본 산티아 카시아는 씩 웃음을 흘렸다. 자연스럽게 잔뜩 긴장했던 얼굴이 풀어졌다.

그 덕분일까.

"스트라이크, 아웃!"

"스트라이크, 아웃!"

"스트라이크, 아웃!"

산티아 카시아는 세 명의 타자를 연속으로 삼진으로 잡아내며 경기를 끝마쳤다.

마지막 타자를 잡아내자마자 비스트 포지와 산티아 카시아는 서로를 향해 달려갔다.

그리고 부둥켜안으며 승리의 기쁨을 함께했다. 자이언츠 선수들도 마운드를 향해 우르르 뛰어나왔다.

그 가운데 어린아이처럼 좋아하는 강동원도 포함되어 있었다.

펑! 퍼퍼퍼퍼펑!

레드삭스 구장 하늘에 폭죽이 터지며 자이언츠의 월드시리즈 챔피언 우승을 알렸다. 자이언츠 선수들은 모두 그라운드 안에서 얼싸안으며 기쁨을 만끽했다.

그 안에서 몇몇 선수는 눈물바다가 되었다. 강동원도 그런 사람 중에 하나였다.

"정말 수고했어요."

"아니야, 강. 네가 잘했어. 네 덕분이야."

"제가 뭘요. 잘했어요. 정말 고마워요."

강동원은 울먹이며 모든 선수와 포옹을 하였다.

잠시 후 우승 후 헹가래가 이어졌다.

제일 먼저 자이언츠의 감독인 브루스 보체 감독을 헹가래 했다.

그다음은 코치 그리고 팀의 주장인 비스트 포지, 오늘의 MVP 메디슨 범가드너까지 헹가래를 쳤다.

그렇게 헹가래가 끝나나 싶었는데 선수들이 갑자기 강동원을 끌고 왔다.

"어! 어! 왜요?"

"네가 잘해서 그래."

"잘했어, 루키!"

"자, 하늘 높이 던져 줄 테니까 정신 바짝 차리라고. 알았지?"

선수들은 씩 웃으며 강동원을 하늘 높이 던져 올렸다. 강동원은 눈가에 눈물을 머금으며 소리 높여 외쳤다.

"엄마! 나 메이저리그 챔피언 먹었어!"

그렇게 2017년 월드시리즈 챔피언은 자이언츠로 결정났다.

⚾

월드시리즈 우승 트로피를 받기 위해 자이언츠의 보비 에반 단장과 브루스 보체 감독이 시상식장에 들어섰다. 수많은 카메라 플래시가 터졌지만 두 사람의 표정은 매우 밝았다.

자이언츠 사장 로렌스 비어는 일찌감치 시상식장에 도착해 있었다.

보비 에반과 브루스 보체 감독이 눈짓으로 인사를 나누었다.

잠시 후 여자 아나운서와 메이저리그 사무국 커미셔너가

등장했다.

"자이언츠의 우승에 대해 한마디 해주시죠."

아나운서의 질문에 메이저리그 커미셔너가 마이크를 받았다.

"9번째 우승 트로피이고, 지난 7년간 4번째 트로피를 들어 올린 것은 정말 믿을 수 없는 경이적인 기록입니다. 로렌스 비어, 보비 에반, 브루스 보체 축하드립니다. 2017년 월드시리즈 챔피언은 자이언츠입니다."

커미셔너는 월드시리즈 챔피언 트로피를 들어 로렌스 비어 사장에게 전달했다. 로렌스 비어는 월드시리즈 챔피언 트로피를 가슴에 품었다. 아나운서가 곧바로 마이크를 가져갔다.

"우승 축하드립니다. 팬들을 위해 한 말씀 해주세요."

"영광입니다. 우리는 하나의 팀이었습니다. 덕분에 우리는 월드시리즈 챔피언에 오를 수 있었습니다. 선수들은 열정적으로 뛰었고 많은 어려움을 극복하면서 우승까지 거머쥐었습니다. 그런 선수들이 무척이나 자랑스럽습니다."

로렌스 비어의 소감이 끝나고 바로 옆에 있는 보비 에반 단장에게 마이크가 갔다.

"소감 한 말씀 해주신다면요?"

"우리 선수들은 정말 특별합니다. 재능은 물론이고 인성도 훌륭합니다. 나는 그들의 단장이라는 사실이 기쁩니다."

"다시 한번 축하의 말씀을 드립니다. 그럼 마지막으로 자이언츠의 브루스 보체 감독과 인터뷰를 하도록 하겠습니다."

아나운서의 말에 브루스 보체 감독이 환한 미소로 그녀 곁으로 다가갔다.

"메디슨 범가드너가 마운드에 올라갈 때 무슨 말을 해주었나요?"

"오늘 경기를 지더라도 걱정할 필요 없다고 말해줬습니다. 시리즈를 넉넉하게 이기고 있었어요. 나도 준비가 되어 있고 선수들도 준비가 되어 있었죠. 설사 샌프란시스코로 돌아간다 하더라도 월드시리즈에서 질 것 같지 않았어요. 그래서 메디슨 범가드너에게 너 자신을 믿고, 선수들을 믿고 던지라고 말해주었습니다."

"그런데 메디슨 범가드너가 많이 지쳐 보였는데요."

"4일 휴식 후 던졌기 때문에 피로감이 상당했을 겁니다. 하지만 메디슨 범가드너는 포기하지 않는 모습, 포기하지 않는 야구를 보여주었습니다. 나중에 메디슨 범가드너와 이야기를 나누었는데 정말 체력적으로 힘들었다고 말해주더라고요. 하지만 선수들이 자신에게 보내는 믿음을 배반할 수는 없었다고 말해주었습니다."

"이제 벌써 4번째 우승입니다. 그중 어떤 것이 가장 기억에 남습니까."

"4번의 우승 모두 저에게는 특별합니다. 특히 올 시즌은 더욱 힘이 들었던 것도 사실이죠. 부상자가 많았기 때문에 경기 운영이 어려움이 많았습니다. 하지만 좋은 선수들과 함께 우승을 일궈낼 수 있어서 기쁩니다."

"인터뷰에 응해주셔서 감사합니다. 그리고 다시 한번 우승한 것을 축하드립니다."

브루스 보체 감독의 인터뷰가 끝이 나고, 월드시리즈 MVP 시상이 있었다.

MVP는 홀로 2승을 거둔 메디슨 범가드너가 차지했다.

　　커미셔너가 메디슨 범가드너에게 마이크를 주기 전 축하 인사를 건넸다.

　　"메디슨 범가드너. 당신은 MVP가 될 자격이 충분합니다. 진심으로 축하드립니다."

　　"감사합니다."

　　MVP 트로피를 받은 메디슨 범가드너는 곧바로 아나운서와 인터뷰를 이어갔다.

　　"축하드립니다. 오늘 많이 피곤해 보이시는데 어때요?"

　　"물론 많이 피곤해요. 하지만 기분은 무척 좋아요. 이 자리가 영광스럽네요."

　　"지금 동료들과 함께 축하파티를 하다가 왔는데 그쪽 분위기는 어떤가요?"

　　"너무 좋았습니다. 빨리 인터뷰를 마치고 다시 합류하고 싶을 정도예요."

　　"호호, 그렇군요. 지금 가장 생각나는 사람은 누군가요?"

　　"당연히 제 아내죠. 동료들도 좋지만 빨리 집에 가고 싶습니다."

　　"그렇군요. 알겠습니다. 그래도 집에 가기 전에 다시 클럽하우스로 가야 하는 거죠?"

　　"당연하죠."

　　"네, 그럼 안에서 다시 뵙도록 하겠습니다. 이것으로 인터뷰를 마치겠습니다. 그럼 잠시 후에 다시 찾아뵙겠습니다."

　　"고맙습니다."

　　여자 아나운서는 재치 있게 인터뷰를 길게 하지 않았다.

간단하게 인터뷰를 끝마쳤다. 어차피 클럽 하우스에 가서 또 다시 인터뷰를 할 생각이었다.

메디슨 범가드너도 트로피를 들고 이동했다. 그 뒤로 브루스 보체 감독과 단장이 월드시리즈 우승 트로피를 들고 따라 갔다.

4

"위 아 더 챔피언! 위 아 더 챔피언!"

클럽 하우스는 비닐로 칸막이를 쳐 놓은 상태였다. 그 안에서는 샴페인 파티가 벌어지고 있었다.

"와우! 하하핫! 받아라!"

"이야홋!"

선수들은 눈을 보호하기 위해 고글을 썼다. 그 상태로 준비된 샴페인을 들고 흔들었다. 뚜껑을 따자 샴페인이 분수처럼 솟구쳤다.

하지만 선수들은 망설이지 않고 다른 선수들에게 샴페인을 뿌렸다. 온 사방이 샴페인으로 가득했다.

그러다가 또다시 서로 부둥켜안고 환호했다.

카메라로 기념사진을 찍었고, 몇몇 선수는 구석에 가서 서로 부둥켜안고 기뻐했다. 또 다른 몇몇 선수는 가족들과 통화하면서 눈물을 보였다.

한쪽에서는 눈물을, 다른 한쪽에서는 파티가 벌어지는 진풍경이 벌어졌다.

그사이 우승 트로피를 들고 브루스 보체 감독과 단장이 들어왔다.

샴페인을 퍼붓던 선수들이 일제히 멈추었다. 그들은 양쪽으로 나뉘면서 월드시리즈 챔피언 우승 트로피를 경건하게 맞이했다. 구단 관계자가 곧바로 탁자를 가져왔다.

클럽 하우스 중앙에 탁자를 두고 그 위에 우승 트로피를 놓았다. 선수들은 눈빛을 반짝이며 트로피를 바라보았다.

먼저 보비 에반 단장이 앞으로 나섰다.

"모두 축하한다. 고생했고, 오늘 하루는 그대들의 날이다. 즐겁게 즐기고 맘껏 놀아라."

"와아아아!"

보비 에반 단장의 말에 선수들이 환호성을 질렀다. 곧이어 브루스 보체 감독이 나섰다.

"다들 고생 많았다. 그리고 고맙다."

브루스 보체 감독은 장황하게 말을 늘어놓지 않았다. 짧은 문장에 모든 것이 들어가 있었다. 그동안 힘들었던 일과 어려웠던 일이 우승 트로피를 들면서 모두 사라졌다.

각 선수 한 명씩 나와 우승 트로피를 들며 환호했다. 제일 먼저 주장인 비스트 포지가 나왔다. 그 뒤로 헌터 페이스가 트로피에 키스를 하고 높이 들어 올렸다.

트로피와 함께 하는 기념사진 촬영이 끝이 나자 보비 에반 단장이 선수들과 일일이 악수를 하였다.

"수고했어."

"감사합니다."

"수고했네."

보비 에반 단장은 환한 미소로 선수들 한 명, 한 명의 이름을 부르며 고마움을 전했다. 그러다가 마지막으로 강동원 앞에 섰다. 강동원도 온몸에 샴페인을 뒤집어쓴 상태였다.

강동원은 잔뜩 상기된 얼굴로 보비 에반 단장을 보았다. 보비 에반 단장이 인자하게 미소 지었다.

"강! 고맙다. 내 선택이 틀리지 않았다는 걸 증명해 줘서."

"아닙니다. 믿고 맡겨주셔서 감사합니다."

강동원은 보비 에반 단장의 말에 가슴이 울컥했다. 곧이어 브루스 보체 감독이 나타났다. 그도 악수를 청했다.

"올해는 너로 인해 무척이나 즐거웠다. 내년에도 그 후년에도 강, 너와 쭉 함께했으면 좋겠다."

"감사해요, 감독님."

강동원은 자신도 모르게 눈시울이 시큰해졌다. 그러자 자이언츠 선수들이 강동원 곁으로 다가가 축하인사를 건넸다.

"야야야, 축하한다!"

"넌 행운아야. 루키 때 큰 무대에 서 보고. 게다가 우승까지! 이런 경험은 돈 주고도 하지 못하는 거야!"

"알고 있어요."

"그러게! 루키가 첫해에 월드시리즈 우승이라니. 얼마나 복이 터졌냐!"

"헤헤헤."

비스트 포지가 다가와 샴페인을 땄다. 그리고 강동원의 머리에 부었다.

"고생했다!"

"으악, 포지 눈 따가워요."

"이런, 눈에 들어갔어? 제대로 들어갔는데?"

"포지, 크아아! 그만요!"

"하하, 헌터. 뭐 하는 거야. 한 병 더 가져오라고!"

"루키! 오늘은 샴페인에 빠져 죽는 거야! 크하하!"

그리고 또다시 광란의 샴페인 파티가 시작되었다.

5

삑삑삑! 띠리리리리.

문이 열리자 현관에 불이 들어왔다.

강동원은 지친 기색으로 집에 들어왔다. 열쇠를 옆에 두고 거실로 향했다.

그때 붉게 반짝이는 시계가 보였다. 새벽 4시를 가리키고 있었다.

"하아, 지친다."

강동원은 지금까지 선수들과 파티를 하며 놀았다. 더 놀다가 오려고 했지만 너무 힘들어서 몰래 빠져나왔다.

"겨울에 체력을 좀 키워야겠어."

소파에 털썩 주저앉은 채 강동원은 잠시 여운에 빠졌다.

머릿속에서 우승의 순간들이 다시 한번 스쳐 지나갔다. 마지막 아웃 카운트를 잡고 그라운드로 뛰어나가 동료들과 함께 헹가래를 쳤던 모습은 평생 잊지 못할 것 같았다.

"후우……. 일단 머리 좀 식히자."

강동원은 자리에서 일어나 시원한 냉수를 한 통 빼냈다. 그리고 쉬지 않고 단숨에 들이켰다.

"끄윽, 시원하다."

취기가 좀 가시자 불현듯 우승 기사들을 보고 싶다는 생각이 들었다.

강동원은 다시 소파에 주저앉았다. 그리고 테이블 위에 놓아둔 노트북을 펼쳤다.

평소 강동원이 집에 돌아오면 항상 먼저 하는 일이 바로 노트북을 통해 기사들을 확인하는 것이었다. 물론 기사보다 댓글들을 읽는 시간이 더 많았지만 호투를 하고 승리 투수가 된 날이면 밤늦게까지 인터넷 삼매경에 빠졌다.

"오늘은 또 어떤 댓글이 달렸을까? 우승을 했으니 좋은 댓글이 달렸겠지?"

강동원은 몸이 천근만근이지만 야구팬들의 반응이 무척이나 궁금했다.

노트북에 전원이 들어오기가 무섭게 강동원은 곧바로 스포츠 뉴스로 들어갔다. 메인 화면에는 메디슨 범가드너의 환호하는 순간이 큼지막하게 박혀 있었다.

자이언츠 4전 전승으로 월드시리즈 우승!

5차전은 필요 없었다. 자이언츠 월드 시리즈 스윕!

시리즈 스코어 4 대 0. 2017년 월드 시리즈 챔피언은 자이언츠!

"크흐흐."

강동원은 실없이 웃음이 났다. 그저 제목을 읽는 것만으로도 코끝이 시큰해졌다.

강동원은 마우스를 움직여 기사 하나를 클릭했다. 그리고

4차전의 열기를 담아낸 기사 내용을 확인한 뒤 가장 밑쪽의
댓글란을 살폈다.

　└대박! 자이언츠가 우승이야. 자이언츠가 우승했다고!
　└월드시리즈를 스윕하다니! 이건 정말 대단해! 기적 같은
일이라고!
　└다들 정말 잘했어! 정말 감동받았다고.
　└메디슨 범가드너부터 시작해 다들 정말 고생 많았어. 내
가 자이언츠 팬이라는 게 너무 자랑스럽다고!

　팬들은 한목소리로 우승을 기뻐했다. 선수들을 일일이 열
거하면서 고마움을 전하는 팬들도 있었다.
　그중에는 강동원에 대한 의견도 적잖았다.

　└특히나 난 강이 마음에 들어! 강이 없었다면 월드시리즈
에서 이렇게 쉽게 이기진 못했을 거야!
　└강! 넌 우리 자이언츠의 복덩이야.
　└복덩이가 아니라, 럭키가이야. 넌 절대 다른 곳에 가면
안 돼. 언제나 자이언츠와 함께여야 해.
　└강이 가긴 어딜 간다고 그래?
　└맞아. 강동원은 이제 자이언츠의 프랜차이즈 스타야. 평
생 자이언츠의 유니폼을 입어야 한다고!

　특히나 강동원은 여성들에게 인기가 많았다. 아직 미혼에
장래가 창창한 스포츠 스타다 보니 여성 팬들의 구애가 끊이

질 않았다.

└꺄아아! 강! 너무 멋있어요. 나랑 결혼해 줘요.

└닥쳐! 강은 내 거야! 내 남자라고!

└난 검은 머리가 그렇게 매력적인 줄 몰랐어. 하지만 지금 난 그 매력에 빠져 버릴 것 같아.

└루키? 그 녀석 정말 루키가 맞아? 완전 베테랑 투수처럼 던지던데?

└강은 침대에서 어떨까? 마운드 위에서 공을 던지는 것처럼 어마어마하겠지?

강동원에 대한 칭찬은 이내 야한 농담으로까지 이어졌다. 다른 때 같으면 얼굴을 붉혔겠지만 술에 취한 탓일까. 강동원은 19금 댓글들까지 즐겁게 읽어 내렸다.

"크흐흐. 다들 칭찬 일색이네."

강동원은 내친김에 국내 기사들도 살폈다. 아무래도 같은 한국인들이다 보니 댓글란의 지분은 강동원이 가장 높았다.

└헐! 대박! 진짜 자이언츠가 우승했어.

└강동원 첫 메이저리그에 올라가서 우승 반지까지. 짱이다.

└진짜 운 제대로 타고났네. 어떻게 첫해에 월드시리즈 챔피언 반지를 찰 수 있지?

└운도 실력이지만! 강동원은 진짜 재능 있어. 너희들도 알잖아. 포스트시즌을 거쳐 챔피언시리즈 그리고 월드시리즈까지 강동원은 패전이 되었던 적은 한 번도 없어. 그걸 알

ㄱ 말하라고.

　ㄴ내년 연봉 대박이겠는데. 도대체 얼마나 받을까?

　ㄴ님아, 아직 연봉 조정 신청 전이라 코딱지만큼 받겠지요.

　ㄴ하지만 장기 계약으로 묶어버릴지도 모르지.

　ㄴ응? 장기 계약? 이제 갓 메이저리그에 올라온 루키에게? 그건 불가능이라고 봄!

　ㄴ그건 모르는 일이야. 구단에서 강동원을 최대한 묶어놓고 싶으면 빨리 결정을 내겠지.

　ㄴ돈은 물론이고 명예까지 강동원은 전부 다 가졌네. 난 다른 것보다 여자들이 줄을 설 거라는 게 부러워. 서로 결혼하겠다고 말이지.

　ㄴ젠장, 생각해 보니 그렇네. 난 아직까지 솔로인데. 크으윽, 이게 더 서글프네.

　ㄴ아이고, 솔로 축하드립니다.

　강동원은 졸리기 직전까지 댓글들을 확인했다. 어느 순간부터는 거의 비몽사몽이었지만 칭찬일색의 댓글에 강동원은 기분 좋게 노트북을 끌 수 있었다.

　"역시. 야구는 잘하고 봐야 한다니까."

48장
신인왕 강동원

1

자이언츠가 우승한 후 여기저기서 인터뷰 요청이 쇄도했다. 국내는 물론 외국 기자들까지 강동원과 인터뷰를 하기 위해 줄을 섰다.

"와. 힘들다, 힘들어."

여덟 개의 인터뷰를 몰아서 진행한 뒤에도 강동원은 쉴 새 없이 움직였다. 지역 행사에 참가해 어린아이들에게 사인과 함께 사진을 찍어주었다.

자이언츠의 모든 선수가 함께 참여하는 행사이기에 바쁘다는 핑계로 빠질 수가 없었다.

무엇보다 힘든 건 사인이었다. 강동원이 워낙에 인기가 많다 보니 강동원의 사인을 받겠다고 줄을 선 사람이 너무나 많았다.

"이름이 뭐예요?"

"제키요, 제키."

"고마워요, 제키."

"강! 여기 봐요. 사진 찍어요."

"하하. 잘 찍어줘요."

"히히, 싫어요. 이상하게 찍을 거야."

하지만 강동원은 일일이 이름을 물어가며 사인을 해주었다. 사진을 찍을 때도 성심성의껏 웃어주었다.

그렇다 보니 어린아이들에게 인기가 많았다. 강동원이 젊은 데다가 대한민국에서 온 선수라는 사실에 아이들이 상당한 관심을 보였다.

그렇게 자이언츠가 팬들을 위해 준비한 서비스 주간이 끝이 났다. 그리고 신인상 발표일이 다가왔다.

메이저리그의 신인상 선정 기준은 다음과 같다.

먼저 MVP와 신인상은 미국 야구 기자 협회(BBWAA)의 투표로 결정된다.

신인상 후보에 오르려면 일단 신인 자격을 가지고 있어야 했다. 투표 연도가 되기 전에 메이저리그에서 타자는 130타수, 투수는 50이닝 이상을 소화하면 신인으로 인정받지 못했다.

또 로스터 확장 기간(9월1일) 이전에 부상자 명단(DL)에 오른 시기를 제외하고 45일 이상 25인 로스터에 이름을 올린 적이 있어도 후보가 될 수 없다.

이런 기준으로 후보를 선별한 뒤 투표권을 가진 기자들이 가장 가치 있었다고 생각하는 선수 3명을 1위부터 3위까지 순서대로 정해 적어낸다.

그러면 그 표들을 합산해 1위부터 3위까지 5-3-1점의 배점을 한 이후 선수별 총점을 매겨 신인왕을 뽑는다.

미국의 스포츠 언론들은 내셔널리그 신인상으로 강동원이 유력하다고 보도했다. 심지어 경쟁 구단인 다저스 쪽 언론들조차 강동원이 큰 무리 없이 신인상을 받을 것이라고 전망했다. 그렇다 보니 강동원 또한 내심 기대를 하고 있었다.

발표 시간이 다가오자 강동원은 두근두근거리는 가슴을 부여안고 결과를 기다렸다.

하지만 강동원은 차마 결과를 확인하지 못했다. 수상에 실패할지도 모른다는 불안감 때문에 박동휘에게 결과를 알려 달라고 부탁한 뒤 핸드폰만 꼭 붙들고 있었다.

그렇게 한참의 시간이 흐른 후 강동원이 붙잡고 있던 핸드폰이 울렸다.

핸드폰 액정 화면에 '동휘 형'이라는 이름이 떴다.

"어, 형!"

강동원은 냉큼 전화를 받았다.

-동원아.

수화기 너머로 박동휘의 목소리가 떨리고 있었다.

"왜요? 혹시 안 됐어요?"

-아니. 축하한다. 그리고 고맙다.

"아⋯⋯."

잠깐 긴장했던 강동원의 얼굴이 환해졌다. 그러고는 이 기쁜 소식을 전해 준 박동휘에게 고마움을 전했다.

"제가 더 고맙죠, 형. 어디예요? 술 한잔 마셔요."

─그렇지 않아도 지금 너에게 가는 길이다. 술 하고 안주는 내가 사 가지고 올라갈 테니까 나오지 마. 기자들 눈에 띄어봐야 좋을 거 없으니까.

"알았어요, 형. 빨리 와요."

─그래! 오늘 맘껏 취해보자!

강동원은 전화를 끊고 인터넷 기사를 확인했다. 박동휘의 말대로 강동원이 내셔널리그 신인상을 수상했다는 기사가 1면에 올라와 있었다.

그것도 아슬아슬한 표차로 신인왕을 탄 게 아니었다. 압도적인 1위였다. 놀랍게도 30명의 기자 모두가 강동원에게 1위를 주었다.

강동원은 기쁨 마음을 주체할 수가 없었다. 소파에서 일어나 마구 돌아다녔다. 가슴의 심장이 엄청 빨리 뛰고 흥분이 되었다.

"형은 왜 이렇게 안 오지?"

강동원은 박동휘를 기다리며 집 안을 정신없이 돌아다녔다. 그렇게 삼십여 분쯤 지나자 초인종 소리가 들렸다.

"왔다!"

강동원은 재빨리 현관문을 열었다. 문 앞에 박동휘가 환한 미소를 지으며 서 있었다.

"동원아!"

"형!"

두 사람은 부둥켜안았다.

"고생했다, 고생했어."

"고마워요, 형."

"내가 고맙다니까."

두 사람은 한참을 끌어안았다. 방문 앞을 지나가던 호텔 직원이 오해 섞인 시선을 던질 정도였다.

"형, 우리 그만 떨어져야겠는데요."

"그래, 남자끼리 너무 붙어 있는 것도 보기 좀 그러니까."

"그런데 안주는요?"

"그게…… 오다 보니 깜빡했지 뭐냐."

"하하. 뭐예요. 그럼 그냥 나가서 마셔요. 어디로 갈까요?"

"어디긴 어디야, 당연히 고기 파티지!"

"좋았어! 고기다!"

"오늘 맘껏 먹고 맘껏 취해보자!"

강동원과 박동휘는 그날 밤 한인 식당으로 달려갔다. 그리고 10인분이 넘는 불고기를 해치운 뒤 코가 비뚤어질 때까지 술을 마셨다.

신인상이 발표되고 며칠 지나지 않아 사이영상 수상자가 발표되었다.

강동원은 재빨리 인터넷을 확인했다. 그리고 수상자 이름을 확인하고는 씩 웃었다.

예상대로 수상자는 메디슨 범가드너였다. 메디슨 범가드너가 월드시리즈 MVP에 이어 생애 첫 사이영상까지 거머쥐었다.

"그래, 메디슨 범가드너 말고는 받을 사람이 없지. 이러고 있을 게 아니라 축하한다고 전화라도 해야 하나?"

강동원이 고민을 하며 기사를 클릭했다. 그곳에 메디슨 범가드너의 수상 소감이 적혀 있었다.

-우승과 함께 좋은 선물을 받은 것 같아 감사합니다. 이 상을 정말 받고 싶었는데 막상 받고 나니까 나 혼자 잘해서 받은 상이 아니라는 생각이 드네요. 자이언츠의 모든 선수가 정말 잘해줬습니다. 그들 덕분에 우승할 수 있었고 나 역시도 좋은 성적을 낼 수 있었다고 생각합니다. 특히나 새로 들어온 루키에게 고마움을 전합니다. 강은 내 에이스 자리를 뺏을 수 있는 유일한 투수입니다. 강이 던지는 걸 보고 있으면 나도 모르게 자극이 됩니다. 아마 강은 올해 경험을 양분 삼아 내년에 더 좋은 모습을 보여줄 겁니다. 그래서 나 또한 내년에 더 열심히 할 생각입니다. 그래서 강이 날 쫓아오기 전에 최대한 많은 사이영상 트로피를 거머쥐겠습니다.

강동원은 메디슨 범가드너가 자신을 언급하자 괜히 기분이 좋았다.

"메디슨, 저도 쉽게 양보하지 않을 겁니다."

강동원은 혼잣말을 중얼거린 후 댓글을 확인했다. 그곳에는 범가드너에게 인정받은 강동원이라는 내용들이 도배가 되었다.

ㄴ헐! 대박이다. 봤어? 범가드너가 언급한 루키? 분명 강동원이잖아. 메디슨 범가드너가 강동원을 인정했다고.

ㄴ이야, 멋지다. 이게 바로 사나이들의 의리지.

ㄴ최고의 투수에게 인정받다니. 강동원 기분 좋을걸?

ㄴ하긴 강동원이 잘하긴 했지.

ㄴ벌써부터 내년이 기대된다. 에이스 자리를 지키려는 메

디슨 범가드너, 그것을 뺏으려는 강동원.

└아무리 그래도 아직은 메디슨 범가드너에게 못 당함. 뭐, 몇 년 후면 모를까.

└그건 나도 동감! 아직은 메디슨 범가드너를 넘긴 힘들어 보임.

└하지만 언젠가는 자이언츠의 에이스는 강동원이 될 거라고 다들 생각하고 있잖아. 안 그래?

└솔직히 그건 결코 부정할 수 없는 사실이니까.

강동원이 피식 웃었다.

이런 댓글을 보고 있노라면 정말 재미있었다. 마치 팬들에게 잘했다고 칭찬받는 기분이었다.

물론 초반에는 읽고 있기가 정말 힘들었다. 여기저기 모두 악의적인 댓글과 부정적인 말들뿐이었다.

그때마다 강동원은 실력으로 꼭 증명해 보이겠다고 스스로에게 다짐했다. 그리고 그만큼 노력해서 좋은 결과를 만들어냈다.

그러자 댓글들이 확 달라졌다. 이방인 취급하던 팬들이 이제는 자이언츠에서 빼놓을 수 없는 중심 선수로 인정해 주고 있었다.

"뭐, 난 최선을 다했으니까."

강동원이 흐뭇한 얼굴로 중얼거렸다. 그때 스마트폰이 지잉- 하고 울렸다.

"응?"

박동휘에게서 온 문자였다.

[동원아, 좋은 소식과 씁쓸한 소식이 있는데. 뭐부터 들을래?]

강동원이 곧바로 문자를 보냈다.

[좋은 소식!]

그러자 잠시 후 답 문자가 달렸다.

[너 신인상 타서 보너스 나올 거야. 아마도 10만 달러 정도될 거야.]
[헉! 10만 달러? 그 정도면 얼마예요?]
[세금 떼고, 약 5천만 원 정도.]
[와우, 대박! 그런데 씁쓸한 소식은 뭐예요?]
[너 퍼펙트게임 끝나고 포지한테 시계 선물 안 했지?]
[그, 그렇죠. 그땐 돈이 없었으니까요.]
[그 시계 값이 대략 3만 달러 정도 할 거야. 더 비싼 것도있는데 보통 그 정도 선물하면 괜찮다네.]
[헐…….]

강동원은 그렇게 문자를 보내고 한동안 손을 움직이지 않았다.

"휴우……. 보너스 받았다고 좋아했는데 그 돈 다 시계값으로 나가게 생겼네."

강동원이 나직이 한숨을 내쉬었다. 원래 메이저리그는 퍼펙트게임을 달성하면 투수가 포수에게 로렉스 시계를 선물로 한다. 물론 강제성은 없지만 선수들끼리 행하는 기본적인 예의였다.

하지만 강동원은 이내 생각을 고쳐먹었다.

"하긴. 포지가 없었다면 올 한 해 좋은 성적 내기 어려웠을 테니까."

강동원이 애써 웃었다. 그리고 스마트폰을 들고 빠르게 손가락을 움직였다.

[형! 시계 뒷면에다가 사랑한다고 써줘요. 그렇다고 I love you! 이런 거 쓰지 말고요.]

[하하. 걱정 마라. 형이 알아서 할게.]

그로부터 며칠 후 박동휘가 주문 제작한 시계가 도착을 했다. 때마침 그날은 자이언츠 우승 기념사진 촬영이 있는 날이었다.

강동원은 깔끔한 슈트 차림으로 자이언츠 홈구장에 나갔다.

자이언츠의 모든 선수가 하나둘 도착을 했다. 강동원은 그중에서 비스트 포지를 찾았다. 저 멀리서 선글라스를 낀 채 모델처럼 걸어오는 비스트 포지를 발견했다.

"어! 포지."

강동원이 비스트 포지를 향해 손을 흔들었다. 비스트 포지도 강동원을 보았다.

"강. 왔어?"

"네. 그리고 이거 받아요."

비스트 포지는 강동원이 내민 선물을 확인했다.

"이건?"

"전에 퍼펙트게임 했잖아요. 그때 시계 선물 못 해줘서 미안해요."

"아, 그거구나."

비스트 포지는 환하게 웃으며 시계를 착용했다. 박동휘가 신경 써서 골라서일까. 지금 입고 있는 슈트랑 잘 어울렸다.

비스트 포지가 이리저리 확인을 하고는 미소를 지었다.

"고맙다, 강."

"고맙긴요."

강동원도 미소를 지었다. 그러다 시계 뒷면을 확인한 비스트 포지가 씩 웃더니 강동원을 거칠게 끌어안았다.

"어어! 포, 포지……."

강동원이 조금 당황했다. 그러자 비스트 포지가 모두가 들으라는 듯 짓궂게 말했다.

"고마워, 강. 하지만 사랑한다니. 미안해. 네 사랑을 받아줄 수 없어. 난 남자 취미는 없거든."

그 한마디에 더그아웃에 있던 선수들이 일제히 웃음바다가 되었다.

"하하핫! 미쳐!"

"크하핫, 역시 강이야. 또 한 번 우리에게 웃음을 선사하는군."

"그게 아닌데……."

강동원이 민망한 얼굴로 머리를 긁적였다.

2

　인천국제공항은 수많은 취재진으로 북새통을 이루고 있었다.

　한편에서는 여성 팬들이 팻말을 들고 서 있었다. 인천공항이 이렇듯 수많은 인파가 모인 이유는 아이돌이 귀국해서도, 할리우드 스타가 방한해서도 아니었다.

　바로 자이언츠 소속으로 풀타임 첫해에 팀을 월드시리즈 챔피언에 올려놓은 닥터 K, 강동원을 보기 위해서였다.

　샌프란시스코에서 강동원을 태운 비행기가 오늘 오후에 입국하기로 예정되어 있었다.

　"오 기자, 입국 시간이 언제지?"

　"오후 5시 20분이라고 들었어요."

　"5시 20분?"

　김 기자는 시계를 확인했다. 4시 50분이었다.

　"아직 30분이 남았네."

　김 기자는 주위를 두리번거렸다. 자신들뿐만 아니라 백여 명의 기자가 취재를 준비하고 있었다.

　올스타 브레이크 때와는 사뭇 다른 취재 열기였다. 게다가 강동원의 팬도 엄청 많아졌다. 특히나 여성 팬들은 아이돌 팬클럽처럼 플래카드를 들고 몰려나왔다.

　"오빠가 왜 이렇게 안 나오지?"

　"아직 도착하지도 않았는데, 뭐."

　"나 어때?"

　"예쁘네."

"진짜?"

"그래."

"나 오늘 오빠에게 눈도장 확실하게 찍어서 꼭 결혼하고 말거야."

"미친년! 그런다고 동원 오빠가 널 알아봐 준데?"

"왜 그르셩! 나 예쁘다며."

"너처럼 예쁜 애가 어디 한둘이겠냐. 그냥 팬으로 있어. 맘 안 다치게."

"아니야! 난 꼭 강동원 오빠랑 결혼하고 말 거야."

"그런데 강동원 선수가 오빠 맞아?"

그러자 여자 팬은 잠시 고민을 했다.

"뭔 상관이야. 나보다 잘났으면 다 오빠야!"

그녀의 명쾌한 답에 친구는 그저 웃고 말았다.

다시 한 시간의 시간이 흘러갔다. 비행기 도착 시간은 벌써 지났는데 강동원은 아직 나오지 않고 있었다.

"왜 안 나오지?"

"그러게. 벌써 나올 시간이 지났는데……."

기자들의 얼굴에도 초조함이 번졌다. 그때 입국장 문이 열렸다. 기자들이 일사불란하게 카메라를 들었다.

"나왔다!"

"강동원 선수다!"

"오빠아!"

강동원은 남색 면바지에 푸른색 와이셔츠를 입고, 소매를 살짝 걷어 올린 상태로 입국장에 나왔다.

그 순간 카메라 플래시가 번쩍번쩍하고 터졌다.

"허, 많이도 왔네."

강동원이 잠시 걸음을 멈추고 자신을 반기는 인파들을 살폈다. 기자들부터 강동원의 이름이 적힌 피켓을 든 팬들까지. 어림잡아 3백 명은 온 것 같았다.

"많이 오긴. 이 정도는 되어야지. 안 그래?"

뒤따라 걸어 나온 박동휘가 씩 웃었다. 그러고는 강동원보다 앞장서서 상황을 정리하기 시작했다.

"일단 기념 촬영부터 할까요?"

강동원은 카메라 플래시 세례 속에서 꽃다발을 전달받고, 환한 얼굴로 손을 흔들어주었다. 자신을 위해 먼 길을 와준 팬들에게도 손을 흔들어주는 것을 잊지 않았다.

"까아아아악! 오빠─!"

"오빠! 여기 봐요! 저 좀 봐 줘요."

강동원은 취재진들이 충분히 사진을 찍을 수 있게 머물러주었다.

"강동원 선수 여기 좀 봐 주세요."

"이쪽도 부탁드립니다."

기자들의 주문에 따라 강동원은 여러 각도로 몸을 돌려가며 포즈를 잡았다. 그렇게 약 5분여 동안 사진을 찍은 뒤 강동원은 기자들의 양해를 구하고 팬들이 있는 곳으로 갔다.

"안녕하세요."

"까아아아악! 오빠!"

대부분이 여성 팬이기 때문에 엄청난 환호 소리가 들렸다.

"혹시 나 기다린 거 맞아요? 배우 강동원 씨를 기다린 것은 아니에요?"

강동원이 멋쩍게 웃었다. 작년까지만 해도 강동원의 기사에는 배우 강동원인 줄 알고 들어왔다가 실망하는 팬들의 댓글이 서너 개씩 달렸다.

그러나 메이저리그를 뜨겁게 달군 강동원의 인기는 배우 강동원조차 만나고 싶다고 언급할 정도로 대단해져 있었다.

"아니에요!"

팬들이 이구동성으로 대답했다. 그러자 강동원이 짓궂게 되물었다.

"에이, 진짜요? 저 기다린 거 맞아요?"

"진짜예요!"

"그리고 저흰 잘생긴 남자 싫어요!"

그 말을 듣는 순간 강동원 씁쓸한 얼굴이 되었다.

"쩝……."

강동원은 모인 팬들과 빠짐없이 사진을 찍고 사인을 해주었다. 몇몇 팬은 강동원에게 기습 뽀뽀를 하거나 끌어안고 놓아주지를 않았다.

"미안해요. 이만 가 봐야 해요."

팬들과의 시간을 마치고 강동원은 공항 한곳에 마련된 임시 기자회견장으로 향했다. 그곳에서 강동원은 간단한 질문만 받기로 했다.

강동원이 들어서자 또다시 카메라 플래시 세례가 터졌다. 그리고 약 10개의 마이크가 강동원 앞으로 나왔다.

강동원은 잠시 당황했지만 이내 침착한 얼굴로 질문을 받았다.

"매일 스포츠 최성규입니다. 메이저리그 첫해를 보내고

귀국했는데요. 소감은 어때요?"

"일단 너무 한국에 와서 너무 좋아요. 그리고 이렇듯 공항에 많은 분이 나와주셔서 진심으로 감사합니다."

"이제 메이저리그 풀타임 1년 차입니다. 그런데 월드시리즈 우승까지 하면서 정말 성공적인 시즌을 보냈습니다. 스스로에게 점수를 준다면 몇 점 정도 줄 수 있을까요?"

"루키인데 첫해에 너무 많은 것을 이룬 것 같아 저 역시도 얼떨떨합니다. 솔직히 말하자면 아직까지 멍한 상태예요. 점수를 준다면…… 글쎄요. 50점 정도? 그래도 팬들의 믿음에 어느 정도는 보답을 해준 것 같아 기분이 좋습니다."

"스포츠 토토 박인수 기잡니다. 월드시리즈에서 우승을 했을 때 기분은 어땠나요?"

"무척 기뻤습니다. 그걸 어떻게 다 말로 표현할 수 있겠어요. 무엇보다 풀타임 첫 시즌에 곧바로 우승을 해서 운이 좋았다고 생각하고 있습니다."

"본래 5선발로 시즌을 시작해서 포스트 시즌 선발로 합류하고 마지막에는 신인상까지 수상했는데요. 신인상을 받을 거라고 어느 정도 예상했나요?"

"조금요?"

"받았을 때 어땠나요?"

"신인상은 평생 단 한 번밖에 받을 수 없는 상이잖아요. 그래서 정말 기뻤습니다. 그날 에이전트 형이랑 쇠고기를 원 없이 먹었어요. 정말 원 없이!"

"스포츠 아이 박미래예요. 모처럼 한국에 왔는데 뭘 하고 지낼 계획인가요?"

"아직 구체적으로 생각해 보지 않았어요. 스케줄이 있을 테니까 그걸 소화하고 남은 시간에는 그냥 엄마가 해주는 집밥을 먹고 싶어요. 그리고 그냥 푹 쉬고 싶어요."

"강동원 선수를 이상형으로 꼽는 연예인이 많은데요. 솔직히 말해주세요. 여자 친구는 있어요?"

"하하. 기자님이 좀 소개시켜 주세요."

"정말이죠? 그럼 이상형을 말씀해 주세요."

"이상형은 글쎄요. 그냥 나에게 잘해주는 여자요? 하하하!"

강동원이 멋쩍게 웃음을 흘렸다. 그 모습에 여자 팬들이 '까아아악!' 하고 소리를 질렀다.

"베이스볼나이트 박찬솔입니다. 내년 시즌 목표는 어떻게 되나요?"

"당연히 우승입니다. 그리고 올해보다 더 잘 던지는 모습을 보여주고 싶어요. 평균 자책점도 더 낮추도록 노력할거고요."

"그럼 마지막으로 하나만 더 질문하겠습니다. 내년에는 시즌 중에 아시안게임이 있습니다. 참가할 의사는 있습니까?"

"그 부분은…… 대표팀 감독님께서 결정하실 부분입니다. 하지만 국가가 부른다면 당연히 참가할 생각입니다."

"자이언츠가 쉽게 보내주지 않을 것 같은데요."

"대표팀에서 진정으로 날 원한다면 그때는 제가 자이언츠를 설득해서라도 꼭 참가하겠습니다."

강동원은 그 질문을 마지막으로 인터뷰를 끝냈다. 그리고 경호원의 보호를 받으며 조심스럽게 밖으로 나갔다.

박동휘의 지시를 받은 직원이 이미 차를 빼내 대기하고 있었다.

강동원이 재빨리 차에 올라탔다.

"하아, 피곤하다."

"후후, 고생했어."

"형, 저 잠깐 눈 좀 붙일게요."

"그래, 좀 쉬어라. 어차피 호텔까지 한 시간 정도 여유가 있어."

"네, 알았어요."

강동원은 재빨리 의자를 뒤로 젖히고 눈을 감았다. 잠시 후 코 고는 소리가 차 안을 자장가처럼 맴돌았다.

한 시간쯤 뒤 강동원을 태운 차가 워커힐 호텔 앞에 섰다.

"동원아, 도착했다."

"으응?"

강동원이 눈을 가늘게 뜨며 밖을 살폈다. 그리고 호텔을 확인하고는 나직이 한숨을 내쉬었다.

"벌써 왔네."

"많이 피곤하지?"

"솔직히 좀 지치네요. 부산은 내일 가는 거죠?"

"그래! 기자회견만 끝내면 바로 갈 수 있어."

"알았어요."

강동원이 차에서 내렸다. 박동휘와 직원도 곧바로 내려 트렁크를 뺐다.

"내일 입을 정장은 내가 준비해 놓을 테니까. 들어가서 푹 쉬어. 괜히 짐 정리 같은 거 하지 말고. 알았지?"

"알았어요, 형."

박동휘의 말에 강동원이 고개를 끄덕였다. 그리고 자그마한 트렁크를 끌고 호텔로 들어갔다.

그러자 호텔 안에 있던 사람들이 수군거리기 시작했다.

"강동원 선수 아냐?"

"맞아, 강동원이야."

"이야, 잘생겼다. 가서 사인 좀 받을까?"

"가는 김에 내 것도 부탁해."

"하, 하지만……"

여자 팬은 선뜻 나서지를 못했다. TV나 신문에서 봤던 것과 달리 강동원이 비대하게 느껴졌기 때문이다. 게다가 강동원의 얼굴은 피곤함에 가득 차 있었다. 괜히 말을 걸었다가 좋은 소리를 듣지 못할 것 같았다.

덕분에 강동원은 별다른 방해 없이 호텔로 올라갈 수 있었다.

"으으, 이제 좀 살 것 같아."

스위트룸으로 들어간 강동원은 곧바로 침대에 쓰러졌다. 그러자 박동휘가 케리어를 정리하며 잔소리를 했다.

"쉴 때 쉬더라도 옷은 벗고 편히 누워."

"알았어요. 잠깐만 이대로 있을게요."

강동원은 침대에 누운 채 꼼짝도 하지 않았다. 그 모습을 보고 박동휘는 못 말리겠다며 고개를 흔들어 댔다.

"그래, 푹 쉬어라. 형은 내일 아침에 올게."

강동원은 대답도 하지 않고 손을 들어 힘겹게 흔들었다. 그리고 그 상태 그대로 잠에 빠져들었다.

그렇게 얼마가 지났을까.

"와! 우승이다!"

강동원이 갑자기 두 팔을 번쩍 들며 소리쳤다. 그 상태로 강동원은 몸을 벌떡 일으켰다. 그러다 주변이 깜깜하다는 걸 알고 서둘러 스위치를 찾아 불을 켰다.

넓은 스위트룸을 타고 조금 전 강동원이 내지른 소리가 빠르게 사라져 갔다. 그리고 남은 건 정적뿐이었다.

"맞다. 나 호텔에 있었지."

강동원은 침대에 걸터앉았다. 그 상태로 잠시 정신을 차린 뒤 고개를 돌렸다.

"지금 몇 시지?"

지금 시간은 5시 반. 날이 밝으려면 2시간은 더 있어야 할 것 같았다.

"좀 더 잘까?"

강동원은 살짝 고민을 하더니 이내 고개를 가로저었다.

"아니야, 일단 샤워부터 하자."

강동원이 옷을 벗고 곧장 샤워실로 향했다. 약 30분이 흐른 후 수건을 두른 강동원이 나왔다.

"크으, 강동원. 모델 해도 되겠는데?"

자신의 벗은 모습을 감상하며 강동원이 탄성을 내뱉었다. 탄탄한 근육질 몸매에 촉촉이 물기를 머금은 몸은 언제 봐도 정말 매력적이었다.

강동원은 수건으로 머리를 털고 창가 쪽으로 갔다. 커튼을 열어젖히자 아직 어둠이 걷히지 않은 서울의 밤거리가 한눈에 들어왔다.

이른 새벽인데도 수많은 차가 불빛을 비추며 도로 위를 달리고 있었다. 강동원은 그 모습을 보며 그제야 자신이 한국에 왔다는 것을 깨달았다.

워커힐 호텔 앞에 커다란 현수막이 걸렸다.

[2017년 강동원 선수 입국 공식 기자회견]
[장소: 워커힐 호텔 워커힐 시어터.]
[일시: 2017년 xx월 x일 (금) 13시]

이른 아침부터 워커힐 호텔 앞은 방송국 차량과 각 신문사 차량들로 가득했다.

그리고 공식 기자회견 장소인 워커힐 시어터에는 이미 많은 취재진이 자리를 빼곡히 채운 상태였다.

오늘 강동원의 기자회견은 생방송으로 진행되었다. 테이블 맞은편에는 방송국에서 설치한 카메라들이 늘어서 있었다.

기자들은 각자 배정된 자리에 앉아 노트북을 펼쳤다.

"생각보다 많이 왔는데?"

"그럼, 강동원이잖아."

"이러다 올해만 반짝하고 내년에 짐 싸서 들어오는 거 아냐?"

"그건 내년에 고민하자고. 일단은 메이저리그 신인왕 강동원이니까."

잠시 후 박동휘 에이전트가 단상에 올랐다.

"안녕하십니까, 강동원 선수의 에이전트를 맡고 있는 박동휘입니다. 잠시 후 강동원 선수 기자회견이 진행될 예정인데요. 몇 가지 유의해 주실 사항을 말씀드리겠습니다."

박동휘는 강동원이 준비하는 동안 몇 가지 사항에 대해서 기자들에게 주의를 주었다. 중복된 질문과 지나치게 사생활과 관련된 질문은 자제해 줬으면 좋겠다는 것이었다.

또한 지난 여배우와의 스캔들도 이미 해프닝으로 끝났기 때문에 질문을 하지 말아 달라고 덧붙였다. 그렇게 박동휘의 당부의 말이 끝나고 강동원이 나타났다.

강동원은 깔끔한 회색 슈트 차림으로 당당히 걸어왔다. 그 순간 카메라의 플래시 세례가 터졌다.

"안녕하세요."

기자들 사이를 뚫고 강동원이 자리에 앉았다.

"그럼, 지금부터 강동원 선수의 기자회견을 시작하도록 하겠습니다."

사회를 맡은 아나운서의 한마디에 곧바로 기자들의 질문이 쏟아졌다.

강동원은 언제나 밝은 얼굴로 기자들의 질문에 성실히 답변을 해주었다. 기자회견은 약 두 시간 정도 진행될 예정이었다.

시간이 끝나자 박동휘가 다시 마이크를 잡았다.

"자, 질문은 여기까지 하고요. 다음 기자회견은 출국하기 전 공항에서 하도록 하겠습니다. 오늘 이 자리에 참석해 주신 기자분들께 진심으로 감사드립니다."

간단히 인사를 마친 뒤 강동원이 자리에서 일어났다. 강동원은 단상에서 내려와 카메라 플래시 세례를 받으며 유유히 기자회견장을 떠났다.

한참의 시간이 지난 후 다시 강동원이 모습을 드러낸 것은 워커힐 정문 앞이었다. 강동원은 모자를 눌러쓴 채 가벼운 옷차림으로 입구에 주차된 SUV에 올라탔다.

"고생했다."

차 안에는 박동휘가 있었다.

"고생은요. 그런데 이것도 계속 하니까 힘드네요."

"힘들지. 같은 이야기도 반복해야 하고 웃어야 하고."

"그걸 아시는 분이 이렇게 크게 잡은 거예요?"

"그래도 우리 동원이 정도면 이 정도는 해야지. 안 그래?"

"하긴 뭐⋯⋯. 흐흐흐."

강동원이 피식 웃었다. 힘들긴 했지만 대규모 기자회견을 하니 기분은 좋았다.

"암튼 저 한숨 잘게요."

강동원은 곧바로 의자를 뒤로 젖혔다.

"그래, 부산에 도착할 때까지 푹 자라."

"이상하게 계속 잤는데도 졸려네요."

"아직 시차 적응이 덜 끝나서 그래."

강동원은 길게 하품을 하고 눈을 감았다. 박동휘는 흐뭇하게 웃으며 차를 출발시켰다.

"동원아, 부산에서 푹 쉬는 건 좋은데 휴가가 짧아. 할 게 많거든."

"일주일 정도 주는 거예요?"

"아니, 사흘."

"네?"

강동원이 놀라며 눈을 떴다. 박동휘는 미안한 얼굴로 조심스럽게 말했다.

"CF 의뢰가 너무나 많이 들어오고, 게다가 방송 출연도 부탁한다고 해서 말이야. 대부분 거절은 했는데 그래도 CF 몇 개 정도는 찍어야 하지 않을까?"

박동휘가 미안하다는 투로 말했다. 그러자 강동원도 어쩔 수 없다며 고개를 주억거렸다.

"요즘 회사 어렵거나 한 거 아니죠?"

"어, 어렵긴! 하나도 어렵지 않아!"

"알았어요. 뭐 저도 이참에 좀 벌어야 하니까요. 들어오는 CF 거절하지 마세요. 다 한다고 해주세요."

"진짜?"

박동휘가 환한 표정으로 재차 물었다.

"네! 이렇게라도 해야 형도 먹고 살죠. 아무튼 저 부산 도착할 때까지 잘게요. 깨우지 마세요."

"그래, 그래! 어서 자."

박동휘는 신난 얼굴로 부산으로 차를 몰았다. 그사이 강동원은 완전히 골아떨어졌다.

그리고 눈을 떴을 때는 이미 부산 시내에 들어와 있었다.

"으음……."

강동원이 신음을 흘리며 눈을 떴다.

"딱 맞춰서 일어났네."

"도착했어요?"

"그래, 도착했다."

강동원이 재빨리 차에서 내렸다. 그리고 부랴부랴 트렁크에 있는 짐을 내렸다. 그 옆으로 박동휘가 다가왔다.

"뭐가 그리 급해."

"집에 가서 빨리 샤워하고 싶어서요."

"어머니 가게에는 안 가고?"

"있다가 저녁에 가 보려고요."

"알았어. 쉬어."

"형은 다시 서울 갈 거죠?"

"그래야지. 중간중간 연락할게. CF 건도 연결되는 대로 연락하마."

"알았어요. 형, 조심해서 올라가요."

"그래."

박동휘는 다시 차에 올라탔다. 강동원은 차가 떠나는 것을 지켜보다가 트렁크를 이끌고 아파트로 들어갔다. 강동원은 집에 오자마자 곧장 샤워실로 들어갔다.

대한민국에 돌아와서 시차 적응도 되지 않아 힘들었다. 게다가 기자회견이다, 팬들과의 사인 등 쉴 새 없이 바쁜 일정을 소화했다. 강동원은 샤워를 하고 정신을 차리고 싶었다.

"개운하다."

수건으로 머리를 털었다. 거울을 보며 자신의 몸 상태를 확인했다.

"후후, 역시 멋져!"

강동원은 스스로에게 만족감을 드러내며 피식 웃었다. 그리고 강동원이 몸을 돌려 나가려고 할 때 그의 눈에 이상한 것이 포착되었다.

"응?"

강동원은 가까이 다가가 확인했다.

"이게 뭐야."

샤워실 타일 벽이 쩍쩍 금이 가 있었다. 그것도 한두 개가 그런 게 아니었다. 눈에 보이는 곳들마다 크고 작은 금들이 가 있었다.

"어떻게 된 거지? 부실 공사했나? 이게 왜 이래."

강동원은 거실로 나와 곧바로 박동휘에게 전화를 걸었다.

―응, 동원아.

"형, 미안한데 여기 아파트 관리사무소 전화번호 알아요?"

―왜 그래? 무슨 일인데?

"아니, 1년밖에 지나지 않았는데 욕실 타일에 금이 갔어요."

―금이 갔어? 알았어. 내가 전화해 볼게.

박동휘는 강동원과 전화를 끊고 차를 한쪽으로 세웠다. 그리고 전화번호를 검색해 관리사무소에 전화를 걸었다.

―여보세요. 관리사무소입니다.

"안녕하세요. 1301호인데요. 욕실 타일에 금이 갔거든요. 조치 좀 해주세요."

―아, 잠시만요. 확인 좀 해보겠습니다.

"네."

박동휘는 전화기를 든 채로 기다렸다. 2분여의 시간이 흐른 후 다시 목소리가 들려왔다.

―타일에 금 간 부분에 대해서는 A/S 처리가 안 됩니다. 그 부분 거주하시는 분이 수리를 하셔야 합니다.

"네에? 아니, 집을 구입한 지 1년 좀 넘었는데 그게 무슨 말입니까? A/S 기간이 2년 아닌가요?"

―2년 맞는데요. 1301호분께서는 기록을 남기지 않았어요. 저희는 분명 공고도 했고, 며칠까지 하자보수가 있으시면 기

록을 남겨 달라고 했는데도 전혀 답이 없으셨습니다. 그리고 타일 벽에 금이 간 것은 저희 문제가 아니라 관리를 잘못해서 그런 거예요. 막말로 망치질을 잘못해서 금이 갔을지도 모르니까요. 그러니 원주인께서 문제를 해결하셔야 합니다.

"아니, 새로 지어진 집이 관리 문제가 말이 됩니까? 그리고 저희가 부주의해서 깨어진 것이 아니라 저절로 금이 갔다고요. 그런데도 A/S가 안 된다는 말씀입니까?"

─네, 규정상 어렵습니다. 그 부분에 대해서는 저희도 어쩔 수가 없네요. 일단 시공사에 말은 하겠지만 힘들 겁니다.

"이거 참! 일단 알겠습니다."

─네.

박동휘는 전화를 끊고 당황한 표정을 지었다. 아파트가 새로 지어진 지 이제 1년이 조금 넘은 시점이었다.

그런데 타일에 금이 갔다. 그런데 그걸 하자로 인정하지 않고 보수조차 해주지 않는다는 사실에 화가 났다.

"아무래도 안 되겠어."

박동휘는 잠시 생각을 하더니 서울로 올라가던 멈추고 다시 부산으로 향했다.

강동원은 다 씻은 다음에 머리를 말리고 거실 소파에 앉았다. TV를 켜고 휴식을 취하고 있을 때 문이 열리며 박동휘와 어머니가 들어왔다.

"아들!"

"엄마! 어? 형, 서울에 안 갔어요?"

강동원은 박동휘가 어머니와 함께 나타나자 놀랐다. 박동휘는 집에 들어오자 푸념부터 늘어놓았다.

"동원아, 이거 A/S가 안 된단다."

"엥? 그게 무슨 말이에요. 이제 1년이 조금 지난 새 집이 잖아요."

"그렇게 말했지. 그런데 이건 관리 문제라고 원주인 수리 해야 한데."

"그런 말도 안 되는 소리가 어디 있어요?"

강동원도 어이가 없는지 자리에서 벌떡 일어났다. 어머니 도 할 말이 있는 듯했다.

"엄마도 얘기해 봤어요?"

"당연하지. 그런데 한마디 했다가 이상한 사람 대하 듯하 지 뭐니. 엄마도 하도 어이가 없어서 계속 따질까 했지만 그 냥 말았어. 똥이 무서워서 피하니 더러워서 피하지. 그냥 알 았다고 하고 나와 버렸어."

"이 사람들이 진짜! 장난하나."

강동원은 화가 났는지 잔뜩 인상을 찌푸리며 현관으로 향 했다.

"동원아, 어디가?"

"어디 가긴요! 제가 직접 만나 봐야겠어요."

강동원은 그 길로 곧장 관리사무소로 향했다. 문을 열고 들어가자 경리 보는 직원과 남자 두 명이 있었다. 경리가 강 동원을 보고 물었다.

"어떻게 오셨어요?"

"104동 1301호에 사는 사람인데요. 관리소장님 어디 있으 십니까?"

"지금 안에 계십니다. 무슨 일로……."

성티의 말이 끝나기도 전에 강동원은 관리소장실 안으로 들어갔다. 관리소장은 의자에 앉은 채 뭔가를 보면서 실실 웃고 있었다. 그런데 갑자기 문이 확 열리며 누군가 들어오자 화들짝 놀라며 마우스를 움직였다.

"허엄, 무, 무슨 일입니까?"

"관리소장입니까?"

"그렇습니다. 무슨 일이죠?"

배가 불룩 튀어나온 관리소장은 자리에 앉은 채 강동원을 쳐다보았다. 관리소장은 덩치가 좋은 강동원을 보고 살짝 놀라고 있었다.

"아니, 욕실에 금이 갔는데 그걸 왜 조치해 주지 않는 거죠?"

"그건 하자보수 신청하면 됩니다."

관리소장은 괜히 그런 일로 자신을 찾아온 것에 못마땅한 얼굴이었다.

"아까 전화해서 확인했는데 하자보수 안 된다고 하던데요?"

"그래요? 미숙 씨, 잠시 들어와 봐요."

관리소장의 호출을 받은 여직원이 안으로 들어왔다. 관리소장은 여직원을 보며 물었다.

"타일 건 하자보수 기간 끝났어?"

"아, 네에. 그게요."

미스 김은 강동원을 힐끔 보면서 관리소장에게 낮은 목소리로 뭔가를 속삭였다. 얘기를 들은 관리소장은 고개를 갸웃했다.

"그래? 그럼 이미 끝난 거네."

"네, 소장님."

"알겠어요. 그만 나가보세요."

"네."

여직원이 나가고 관리소장이 강동원을 보았다.

"그 부분에 대해서는 저희가 도움을 줄 수가 없어요. 이미 A/S 기간이 끝이 난 데다가 그 부분은 시공사 문제가 아니라고 답변이 왔습니다."

"뭐라고요? 저절로 금이 갔는데 시공사 문제가 아니라요? 그럼 그게 입주민의 문제입니까?"

강동원이 자신도 모르게 언성을 높였다. 가뜩이나 덩치가 큰 강동원이 언성까지 높이자 관리소장은 자신도 모르게 움찔했다.

하지만 그렇다고 해서 관리소장의 태도가 달라진 것은 아니었다.

"시공사에서는 아니라고 하니까요. 그리고 저절로 금이 갔는지 충격에 의해 갔는지 모르지 않습니까."

"관리소장님, 그럼 제가 거짓말이라도 하고 있다는 겁니까?"

"아니, 그게 아니라. 시공사에서는 제대로 시공을 했는데 금이 저절로 갔다고 하니까. 이상해서 그런 것이죠."

"허, 진짜 어이가 없네."

강동원은 진짜 이해가 되지 않았다. 뭐, 이런 곳이 다 있는지 화가 났다. 그때 박동휘와 어머니가 들어왔다. 박동휘가 강동원 곁으로 다가가서 물었다.

"어떻게 되었어?"

"계속 보수를 못 해주겠다는데요."

"그래?"

박동휘가 관리소장에게 다가갔다.

"관리소장님은 입주민의 편의를 봐주고 도움을 줘야 하는데 어째서 시공사 편을 드시는 겁니까?"

"하이고. 무슨 그런 말을 해요. 제가 언제 시공사 편을 들었어요."

"지금 계속 그러시는 것 같은데요."

"아니, 제가 말씀드리고 싶은 것은 이미 A/S 기간이 끝이 났고, 시공사에서도 제대로 공사를 했는데 왜 그렇게 됐는지 모른다고 하니까 어쩔 수 없다는 겁니다. 그리고 요즘 그런 사소한 것들은 집주인들이 알아서 수리해서 써야 해요. 요즘 다들 그렇게 해요. 그리고 반년쯤 전에 소소한 하자에 대해서는 무료 보수를 한다고 했는데 신청을 안 한 것은 그쪽이지 않습니까. 이제 와 이러시면 저희보고 어쩌란 말입니까. 저도 할 만큼 했어요."

관리소장은 말도 되지 않는 것으로 떼를 썼다. 강동원과 박동휘는 그저 어이가 없었다.

"아니, 그때는 집에 큰 하자가 없었으니까 신청을 안 했겠죠. 그렇다고 A/S 기간 내에 하자가 발생했는데 책임 없다는 게 말이 됩니까?"

"시공사에서도 할 도리는 다했다, 그런 이야기입니다."

"와, 말이 통하지 않네. 알았어요. 제가 직접 시공사로 통화할 테니 전화번호 줘요."

박동휘가 전화번호를 요구했다.

"밖에 여직원에게 물어보세요. 알려줄 겁니다. 그리고 시공사에 전화해도 저랑 똑같은 대답을 듣게 될 겁니다."

관리소장은 귀찮다는 듯 한 마디 툭 내뱉었다.

강동원은 관리소장의 행동이 맘에 들지 않았다. 그래서 한 마디 하려고 하는 찰나 누군가 들어왔다.

"저기요."

모두의 시선이 목소리가 들린 방향으로 향했다.

"앗! 강동원 선수 여기 있었네요."

강동원은 자신을 알아보는 사람을 보고 약간 놀랐다.

"누구…… 세요?"

"아, 저는 서울일보에서 나온 최일보 기자입니다."

최일보는 자신의 명함을 주었다. 강동원은 명함을 받고 확인을 했다.

"아, 최일보 기자님. 여긴 어쩐 일로……."

"아, 그게 강동원 선수와 따로 인터뷰를 하려고 계속 기다리고 있었거든요. 그런데 갑자기 관리 사무실로 들어오셔서 따라와 봤습니다. 그런데…… 여긴 무슨 일이시죠?"

최일보 기자가 능구렁이처럼 웃으며 말했다. 보나마나 문밖에서 대화를 엿듣다가 때를 맞춰 들어온 모양이었다.

관리소장은 순간 당황했다.

"뭐, 뭐요? 기자요?"

그 모습을 본 박동휘가 입꼬리를 슬쩍 올렸다.

'당황한 걸 보면 찔리는 게 있다는 이야기인데…….'

박동휘는 곧장 최일보 기자 앞으로 갔다.

"안녕하세요, 최일보 기자님. 지금 강동원 선수의 취재는 조금 어려울 것 같습니다. 집에 문제가 생겨서 관리소장님과 얘기 중이었거든요."

박동휘의 말에 관리소장은 어떻게 해야 힐지 난감한 얼굴이 되었다. 하지만 최일보 기자는 순간 이거 재미난 기사거리가 될 것이라고 직감을 했다.

"집에 문제가 생겼어요? 어떤 문제죠?"

"아, 그것이……."

박동휘는 난감한 얼굴로 힐끔 관리소장을 보았다. 관리소장도 어떻게 해야 할지 몰라 눈동자를 빠르게 굴리고 있었다.

"별건 아니고 사실……."

박동휘가 최일보 기자를 데리고 밖으로 나갔다. 강동원도 관리소장을 한 번 쏘아본 뒤에 방을 나서려 했다. 그때였다.

"아이고, 서서 이럴 게 아니라 좀 앉으십시오. 미숙 씨! 여기 커피 좀 내와요!"

관리소장이 다급히 자리에서 일어나 강동원의 팔을 붙들었다. 강동원은 그런 관리소장의 행동을 보고 뭔가 문제가 있음을 직감했다.

"아이고, 어머니. 아드님이 아주 유명한 분이셨나 봅니다. 제가 몰라뵀습니다. 그렇지 않아도 뭔가 착오가 있었던 것 같아서 다시 시공사에 전화를 하려던 참이었습니다."

"조금 전까진 그런 이야기 없었잖아요."

"하하, 저희도 매뉴얼이라는 게 있으니까요. 이럴 게 아니라 지금 집에 올라가서 확인을 해보죠? 봐서 심각하면 곧바로 보수 작업을 할 수 있도록 조치를 취해드리겠습니다."

관리소장의 행동이 180도 바뀌자 어머니도 혀를 찼다. 남들에게 싫은 소리 못 하는 성격이지만 그렇다고 어머니도 바보는 아니었다. 이렇게 안면을 바꾸는 관리소장의 행동이 보기 좋을 리는 없었다.

"나는 모르겠어요. 우리 아들하고 이야기하세요. 어차피 아들이 사준 집이니까요."

어머니는 몸을 홱 돌렸다. 그러자 곧바로 관리사무소 직원들까지 나서서 강동원의 어머니를 붙잡으려 했다. 하지만 그래 봐야 달라지는 건 아무것도 없었다.

그리고 그다음 날 아침 신문에 충격적인 기사가 실렸다. 그것은 강동원의 어머니가 지내고 있는 모 아파트에 문제가 터졌다는 내용이었다.

"소장님, 소장님."

관리소장은 아침부터 요란을 떠는 직원에게 인상을 찡그렸다.

"뭐야?"

"여기 신문 좀 보십시오."

관리소장은 직원이 가지고 온 신문을 확인했다.

"이, 이게 뭐야?"

관리소장의 눈이 크게 떠졌다. 신문에는 아파트의 부실시공 의혹과 함께 관리사무소의 문제도 함께 적혀 있었다.

물론 신문에는 직접적인 아파트 이름의 언급이 없었다. 하지만 부산의 자랑이 되어버린 강동원의 어머니가 살고 있는 아파트라면 모르는 사람이 없었다.

"다, 당장 이 기사 막아야지! 이걸 이대로 두면 어쩌자는 거야?"

"이걸 저희가 어떻게 막아요."

"젠장할!"

관리소장은 얼굴을 잔뜩 일그러뜨렸다. 그리고는 짜증스러운 얼굴로 직원을 바라봤다.

"도대체 강동원이 누구야? 누군데 이렇듯 신문에서 난리야?"

그러자 직원은 약간 놀란 듯 말했다.

"강동원을 모르세요? 유명한 메이저리그 선수잖아요. 월드시리즈에서 우승까지 했는데."

"그, 그래? 그만큼 유명한 선수야?"

"그럼요. 온 국민이 다 아는 선수예요."

"이, 이런……."

관리소장은 괴로운 듯 머리를 손을 감쌌다. 그때 문이 열리며 누군가 들어왔다.

"관리소장 있습니까."

"응? 입주자 대표자님."

관리소장의 눈이 커졌다. 관리사무소에 들어온 사람은 바로 입주자 대표였다.

"어, 어쩐 일로?"

"제가 왜 왔는지 정말 모르십니까? 이게 도대체 무슨 망신입니까. 집값 떨어지게 하려고 작정을 하셨습니까?"

"아, 아니, 그게 아니라……."

"됐습니다. 지금 당장 강동원 선수에게 사과를 하세요."

"사, 사과요?"

"그리고 관리소장님에 대한 일은 차후에 있을 입주자 대표 회의에서 논의하도록 하겠습니다."

"대, 대표자님!"

관리소장은 다급히 자리에서 일어나 입주자 대표를 붙잡으려 했다. 하지만 입주자 대표는 찬바람을 쌩 불며 사무소를 나갔다.

직원이 하얗게 질린 얼굴로 관리소장을 바라봤다.

"소장님, 그럼 저희는 어떻게 돼요?"

"젠장, 다른 직장 알아봐야지."

관리소장은 이미 끝났다고 생각했다. 어차피 입주자 대표 회의에서 분명히 자신의 해임 안건이 나올 것이 분명했다.

"제기랄, 내가 알았어? 알았냐고."

관리소장이 있는 힘껏 책상을 내려쳤다. 하지만 그 말에 동조하는 직원은 단 한 명도 없었다.

한편 강동원이 구매한 아파트를 건설했던 시공사도 난리가 났다. 신축 분양 중이었던 곳에 전화가 빗발쳤다. 대부분 분양 취소를 한다는 내용이었다.

"아, 네. 아닙니다. 절대 그렇지 않습니다."

"여보세요. 그건 오보입니다. 오해시라니까요."

"네? 분양을 취소하신다고요?"

"여보세요, 여보세요."

분양 사무실은 때아닌 전쟁이 치러지고 있었다. 소식을 전해 들은 시공사 사장은 그저 어이가 없었다.

바로 어제까지만 해도 별 무리 없이 분양이 매진될 거라는 이야기가 나왔다. 그런데 하루아침에 상황이 뒤바뀌어버렸으니 사장도 당혹스럽기만 했다.

"어떻게 된 거야? 도대체 왜 이러는 거지?"

사장이 뒤늦게 사건을 확인해 보았다. 그리고 점심 때쯤이 되어서야 강동원 어머니가 사는 아파트에 문제가 생겼다는 것을 확인할 수 있었다.

"이런 젠장! 도대체 그쪽 관리소장은 대체 어떻게 일을 하는 거야!"

"직원에게 전화해 보니 기자가 보는 앞에서 강동원 선수와 어머니를 내쫓았다고 합니다."

"뭐? 그게 정말이야? 미쳤어? 대체 그런 인간이 어떻게 관리소장이 된 거야!"

"사장님, 지금 그게 중요한 게 아니라 다른 신문사들에서 인터뷰 요청이 들어오고 있는데요. 이걸 어떻게 해야 할까요?"

"어떻게 하긴 뭘 어떻게 해! 어서 강동원 선수의 연락처를 알아봐. 어서!"

직원은 다급히 강동원의 에이전시의 연락처를 알아왔다. 사장은 곧바로 전화를 해 만나자고 했다.

그리고 몇 시간 후 사장은 약속 장소에서 박동휘를 만났다.

"안녕하십니까."

"네, 안녕하세요."

박동휘는 여유로운 얼굴로 인사를 했다. 사장은 약간 굳은 얼굴로 이야기를 시작했다.

"우선 죄송하다는 말씀을 드리고 싶습니다. 저희들이 빨리 파악하고 조치를 취해드렸어야 하는데 관리소장이 제대로 보고를 하지 않아서……."

"시공사 측에서 하자보수는 없다고 했다고 하던데요."

"하하, 그럴 리가요. 아마 대화 간에 오해가 있었다고 생각합니다."

박동휘는 말없이 자신의 스마트폰을 꺼내 바닥에 내려놓았다. 그리고 플레이 버튼을 누르자 관리소장과 대화했던 내용이 줄줄 흘러나왔다.

사장은 녹음된 내용을 듣고 땀을 뻘뻘 흘렸다.

"관리소장이 이렇게 말했는데 이것도 오해라고 하시겠습니까? 분명 시공사 측에서 안 된다고 말한 것으로 알고 있습니다."

"그, 그건……."

사장은 일이 꼬여 버리자 얼굴이 일그러졌다.

박동휘는 팔짱을 낀 채 느긋하게 등을 기댔다.

"자, 말씀해 보십시오. 전 들을 준비는 되어 있습니다."

사장은 연신 손수건으로 땀을 닦았다.

한편 경쟁사 건설 업체는 경쟁사의 곤경에 두 손을 들고 환영을 하고 있었다. 비슷한 시기에 분양을 시작한 아파트 분양 사무소에 전화기가 불이 날 지경이었다.

사장은 그 소식을 전해 들으며 오랜만에 활짝 웃었다.

"크흐흐, 잘됐다. 이 자식들 저가 재료를 가지고 프리미엄이라고 떠들어 댈 때부터 알아봤어. 하긴 언젠가 이런 일이 있을 줄 알았지."

사장은 좋아서 어쩔 줄을 몰라 했다. 그러자 이사 하나가 다가와 말했다.

"사장님."

"응? 왜?"

"이번 기회에 아예 쐐기를 박아버리죠."

"무슨 말이지?"

"이럴 게 아니라 강동원을 아예 우리 건설사 전속 모델로 쓰는 겁니다."

"전속 모델?"

"네, 그리된다면 우리 브랜드 이미지도 확 올라갈 것입니다."

"자세히 설명해 봐."

사장도 의외로 솔깃한 제안에 집중이 되었다. 이사는 자신의 생각을 그대로 설명했다.

"일단 강동원의 이미지는 좋아요. 메이저리그에서 신인상도 받았고 월드 시리즈에서 우승까지 했으니까요. 게다가 어머니를 위해 사드린 집이 문제가 생겨서 화가 난 상태잖아요. 그러니까 강동원이 어머니를 위해 사드리고 싶은 집으로 콘셉트를 잡는 것이 어떨까요? 그럼 우리 건설사 이미지도 한층 더 업그레이드가 될 것 같은데요."

사장은 직원의 얘기를 듣고 눈을 가늘게 떴다. 의외로 괜찮은 아이디어였다.

"괜찮네. 좋아, 그렇게 진행해."

"네, 사장님."

이사는 곧바로 에이전트를 통해 강동원 선수와 만나기를 원했다. 하지만 강동원은 그것을 거부했다.

이사는 어쩔 수 없이 에이전트 박동휘를 만났다.

"이것이 저희가 제시하고픈 CF 계약 건입니다."

직원은 강동원이 거절할 수 없는 액수의 돈을 제시했다. 하지만 박동휘는 고개를 가로저었다.

"저의 의뢰인께서는 정중히 거절의 의사를 전달했습니다."

"네? 아니, 왜요?"

직원은 이해할 수 없다는 표정을 지었다. 그러자 박동휘가 찬찬히 설명을 해주었다.

"강동원 선수는 이런 불미스러운 일로 이익을 챙기고 싶지 않다고 했습니다. 게다가 아직 그 아파트에 살고 있으니까요. 다른 아파트 브랜드의 광고 모델이 되는 건 도의가 아닌 것 같다고 말씀을 해주셨고요."

박동휘의 말에 직원은 잠시 생각을 하다가 입을 열었다.

"잠시만 기다려 주십시오."

직원이 자리에서 일어나 다른 쪽으로 가서 누군가에게 전화를 넣었다. 그렇게 약 5분간 통화를 하고 다시 자리로 돌아왔다.

"죄송합니다. 강동원 선수의 입장에 대해 일단 저희 사장님께 전달해 드렸습니다. 사장님께서도 도의적인 차원에서 거절하셨다는 점에 대해서는 긍정적으로 평가하셨고요."

"잘 이야기가 됐다니 다행입니다."

"그래서 저희 사장님께서 다른 조건을 제시하셨습니다."

"다른…… 조건이요?"

"지금 마음에 걸리시는 게 그 아파트에 머무르면서 다른 아파트 회사의 광고를 찍는 것 아니겠습니까? 그래서 드리는 말인데…… 승낙만 해주신다면 우리 건설사가 가지고 있는 아파트를 강동원 선수에게 제공할 생각입니다. 어차피 근처에 최근에 완공된 아파트가 있습니다. 지금 현재 살고 있는 집을 우리에게 파시고 거기로 이사하시는 것은 어떻습니끼? 평수도 평수지만 인테리어부터 지금 살고 있는 집과는 레벨이 다른 곳입니다. 가격적으로도 시공가만 1억 이상 차이가 나고요. 그 집을 지금 강동원 선수가 머물고 있는 집과 교환하고 싶습니다. 어떻습니까?"

"그건……."

냉정하던 박동휘가 말끝을 흐렸다. 그가 흔들릴 만큼 파격적인 제안이었다.

그러자 이사가 쐐기를 박듯 말을 이었다.

"기왕 오시는 김에 어머니가 계신 가게도 팔고 오십시오. 저희 상가에 더 큰 가게를 내어 드리겠습니다."

이사의 추가 제안에 박동휘도 마른 침을 꿀꺽 삼켰다. 단순히 이사만 한다면 골치 아파지겠지만 어머니의 가게까지 함께 옮기는 일이라면 충분히 메리트가 있어 보였다.

잠시 고민을 하던 박동휘가 전화기를 꺼냈다.

"그럼 저도 강동원 선수와 얘기를 좀."

"아, 네. 좋은 방향으로 갔으면 좋겠습니다."

"네, 그럼 잠시만……."

박동휘는 서둘러 강동원에게 전화를 걸었다.

-네, 형.

"동원아, 저쪽에서 거절하지 못할 파격적인 제안을 했는데."

-네? 어떤 거요?

"그게……."

박동휘는 직원이 제시한 제안을 강동원에게 차근차근 설명을 해주었다.

-와우, 그거 엄청난 조건인데요?

"그렇지. 나도 그렇게 생각은 해."

－무엇보다 엄마 가게를 넓혀준다니까. 그게 더 좋아요.

"그럼, 어떻게 할래? 저쪽에서 제지해 주는 걸로 할래?"

박동휘가 조심스럽게 물었다.

－하겠다고 해주세요. 어머니에게는 제가 말을 할게요.

잠시 고심하던 강동원이 고개를 끄덕였다.

"그래, 알았어."

박동휘의 표정도 밝아졌다. 그는 몸을 돌려 다시 이사에게 강동원의 말을 전했다.

"강동원 선수가 받아들이겠습니다."

"정말요?"

"네."

"감사합니다. 그럼 세부 조율은?"

"이틀 후 저희 사무실에서 하시는 것은 어떻습니까?"

"알겠습니다. 그럼 이틀 후 사무실에서 뵙겠습니다."

"네에."

두 사람은 구두로 얘기를 한 후 악수를 하며 자리에서 일어났다.

강동원은 박동휘의 전화를 받고 곧장 어머니 가게로 갔다.

"엄마, 나왔어."

"아들 왔니?"

강동원은 어머니가 어두운 얼굴로 계시자 걱정이 되었다.

"엄마, 무슨 일 있어요?"

"아니야, 아들. 그런데 어쩐 일이니?"

어머니는 애써 미소를 지으며 말을 돌렸다. 하지만 강동원은 계속해서 물었다.

"뭐예요. 말해보세요. 엄마 얼굴이 왜 어두운지."

강동원이 집요하게 물어보자 어머니가 한숨을 내쉬었다.

"후우, 그게 말이야. 가게가 엄청 잘되니까. 주인이 이번에 세를 2배로 올리겠다고 하지 뭐니. 그래서 이번 참에 가게를 옮겨야 하나 고민 중이었어."

"아, 그래요? 잘되었네요. 엄마, 이참에 더 넓은 곳으로 옮겨요."

"으응?"

어머니는 강동원이 한 말의 뜻을 이해하지 못했다. 하지만 강동원은 그저 싱글벙글 웃기만 했다.

'이것 참, 일이 술술 풀리네.'

강동원은 어머니를 대신해 가게를 옮기겠다는 뜻을 프랜차이즈 쪽에 전했다.

그러자 프랜차이즈 직원이 다급히 가게로 달려왔다. 그들은 혹시라도 강동원 모자가 다른 프랜차이즈를 선택할까 봐 조심하는 눈치였다.

"어머니, 가게를 이전하신다고 들었습니다."

"가게 주인이 세를 일방적으로 올려서요."

"그럼 어쩔 수 없죠. 그때 이쪽 상권이 살지 않을까 봐 계약 기간을 짧게 권해드린 제 잘못이 큽니다."

"아니에요. 최 대리님은 잘해주셨는데요. 뭘."

"그래서 드리는 말씀인데 저희하고 계약은 그대로 가시는 거죠?"

"그럴 생각인데 자꾸만 다른 곳에서 프랜차이즈 하자고 해서……."

어머니가 난감한 얼굴로 말했다. 방금 전에도 치킨집 프랜차이즈 직원이 왔다 갔다. 그들은 가게의 모든 인테리어를 무상으로 해준다고 했다.

하물며 프랜차이즈 회비도 50%로 깎아준다고 하였다.

어머니가 조심스럽게 사실을 전하자 직원은 곧바로 역제안을 하였다.

"어머니, 그냥 이대로 계속 저희와 함께하신다면 새로 이사 가시는 곳의 인테리어를 무상으로 해드리겠습니다. 프랜차이즈 가맹비야 솔직히 할인은 어렵지만 대신에 가능하다면 강동원 선수를 저희 프랜차이즈 전속 모델로 하고 싶습니다. 어떠신지요?"

직원의 말에 어머니는 잠시 생각을 하였다.

"그럼, 저희 아들이랑 얘기를 좀 해보겠어요."

"알겠습니다. 충분히 상의하시고 답변 주세요."

직원은 친절하게 대답을 하고는 그곳을 떠났다. 어머니는 행복한 고민에 잠시 멍한 표정이 됐다.

그날 저녁.

"그렇게 해준다면 해야죠."

강동원은 군말 없이 고개를 끄덕였다. 어차피 어머니도 보쌈집을 그대로 운영하고 싶어 했다. 게다가 강동원이 보쌈집 프랜차이즈 전속 모델이 된다면 어머니 가게에도 도움이 될 것이라 생각했다.

어머니는 강동원의 제안을 프랜차이즈 쪽에 전했다. 강동원은 내친김에 건설 업체와도 CF를 찍기로 했다. 대신 어머니와 함께 출연하는 조건을 걸었다.

"강동원 선수가 저희 회사 모델이 되어준다면 무엇이든 다 받아들이겠습니다."

그렇게 강동원은 생각지도 않았던 CF를 추가로 촬영하게 됐다. 이것 말고도 스마트폰이며 은행권 CF까지 줄줄이 촬영해야 하는 탓에 강동원의 휴가는 하루 더 줄어들고 말았다.

물론 박동휘는 공짜로 CF를 찍진 않았다. 보쌈집은 6개월 단발에 2억이었고, 연장 시마다 별도 추가 협상을 진행하는 조건이었다.

아파트는 1년 단발에 3억에 계약을 맺었다. 1년 계약 기준 4억에서 5억 사이를 오가는 강동원의 몸값에 비해 둘 다 금액이 조금 낮긴 했지만 차익을 고려하면 이야기가 달랐다.

보쌈집은 무료 인테리어 공사는 물론 무료 홍보까지 해주기로 약속했다.

아파트의 경우는 현재 이사한 집의 시세 차익만 2억 가까이 되었다. 하물며 강동원 선수가 이사를 왔다고 하니 프리미엄이 붙기까지 했다. 그렇다면 앞으로 좀 더 많은 시세 차익이 생겨날 수 있었다.

그래서 강동원은 더 이상 욕심을 내지 않았다. 너무 돈만 밝히는 속물이라는 오해도 받기 싫었다.

하지만 강동원의 이미지는 점점 더 좋아졌다.

광고 촬영에 대한 비하인드 스토리가 알려지면서 효자 강동원이 되어버렸다. 이런 호감은 어머니 계층에서 빠르게 퍼져 나갔다.

"얘, 너 강동원이라고 아니?"

"알지. 잘생긴 배우 말하는 거잖아."

"얘는! 그 강동원 말고 야구 선수 강동원."

"아, 그 짝퉁 강동원?"

"짝퉁이 뭐야, 짝퉁이. 우리나라에서 가장 야구를 잘하는 선수한테."

"그랬어?"

"게다가 얼마나 효자인 줄 아니?"

과년한 딸을 가진 부모들은 앞다투어 강동원의 자랑을 늘어놓았다. 자연스럽게 강동원에 대한 10대, 20대 여성의 지지도 급상승했다.

물론 모두가 강동원을 좋게만 보는 건 아니었다. 강동원이 잘나가면 잘나갈수록 배가 아파하는 사람이 있었다.

바로 강동원의 작은아버지였다.

작은아버지는 TV를 틀 때마다 강동원이 보이자 아예 꺼버렸다. 그리고 짜증스럽게 투덜거렸다.

"하아, 작년에 동열이를 메이저리그에 보냈어야 했는데. 그깟 국내 최고 대우가 뭐라고……."

작은아버지가 무겁게 한숨을 내쉬었다.

작년 말, 강동열은 공식적으로 메이저리그 진출을 선언했다. 그리고 괜찮은 에이전트를 선임해 메이저리그행을 대비했다.

강동열도 강동원처럼 메이저리그에서 성공해 보이겠다며 자신감을 내비쳤다.

하지만 그 의지는 오래가지 않았다. 타이거즈에서 역대 신인 최고 계약금을 제시하고 그 계약금에 작은아버지가 흔들리면서 강동열은 메이저리그가 아닌 국내 잔류를 선택하게 된 것이다.

물론 그때까지만 해도 강동원이 이렇게 잘 던지리라고는 생각하지 않았다. 9월이 되어서야 메이저리그에 올라와 불펜에서 포스트시즌을 보낸 강동원이 올해 신인상을 받을 거라고는 눈곱만큼도 기대하지 않았다.

"여보! 동열이에게 전화 없었어?"

괜히 속이 쓰렸던지 작은아버지가 부엌을 향해 버럭 소리를 내질렀다.

"없었어요."

"지금 당장 전화해 봐."

"당신이 해요. 나 지금 저녁 준비하는 거 안 보여요?"

"하라면 할 것이지 뭔 말이 그리 많아!"

"그럼 저녁 굶을 거예요?"

"누가 굶는데!"

"그럼 잔소리 말아요."

작은어머니의 큰소리에 작은아버지는 인상을 찌푸렸다.

"에잇! 하나같이 맘에 안 들어."

작은아버지가 불만스럽게 다시 TV 리모컨에 손이 갔다. 전원을 켜자 강동원이 찍은 보쌈집 프랜차이즈 광고가 나오고 있었다.

"젠장. 저놈의 광고는 또 나오네. 제기랄!"

작은아버지는 다시 TV를 꺼 버렸다. 그리고 좀처럼 울리지 않는 핸드폰을 내려다보며 한숨을 내쉬었다.

"이놈의 자식은 아빠가 기다리는데 전화라도 한 번 해주지. 매정한 녀석 같으니라고."

하지만 그날도 핸드폰은 울리지 않았다.

49장
물 들어올 때 노 저어라

1

끼이익.

5톤짜리 이삿짐 트럭이 신축 아파트 단지로 들어왔다.

그 뒤로 검은색 SUV 한 대가 느릿하게 따라붙었다.

"정지! 정지!"

"조심해서 내려. 이 집은 잘못하면 큰일 난다고."

이삿짐 트럭은 103동 앞에 멈춰 섰다. 중년 사내 다섯 명과 아주머니 한 명이 차에서 내렸다. 그리고 곧장 사다리차를 이용해 짐을 옮길 준비를 하였다.

검은색 SUV에서도 강동원과 어머니가 내렸다.

"이사하기에 딱 좋은 날씨네."

강동원은 차에서 내리자마자 하늘을 올려다보았다. 새 집스로의 이사를 축하해 주기라도 하듯 잔잔한 구름이 떠다니고 있었다.

"아들, 서둘러야지."

어머니는 뭐가 그리도 급한지 서둘러 집으로 올라갔다. 강동원은 그런 엄마를 보며 피식 웃었다.

"엄마, 집 안 도망가요."

2

띵.

엘리베이터는 6층에 도착을 했다.

"잠시만요."

어머니는 재빨리 내려 문을 열었다. 그 뒤로 이삿짐센터 사람들이 우르르 들어왔다. 그들은 일사불란하게 자기가 맡은 일을 찾아 움직였다.

대부분의 짐은 아파트 베란다를 통해 사다리차를 이용했다.

커다란 냉장고부터 시작해 짐바구니에 이르기까지 짐이 끊임없이 올라왔다. 주로 어머니가 혼자 지내는 집인데도 짐이 상당히 많았다.

"사모님, 이거 어디에 놓을까요?"

"그건 안방이요."

"사모님, 이건요?"

"그건 저쪽 거실로 부탁드릴게요."

아주머니는 주방에서 식기류와 냉장고를 정리하고 있었

다. 어차피 나중에 어머니가 전부 새로 정리해야 했지만 아주머니는 하나부터 열까지 어머니의 허락을 구했다.

"그건 이쪽으로 두는 게 좋을 것 같아요."

강동원은 아예 베란다에 붙어 서서 올라오는 이삿짐 하나하나를 체크했다.

그렇게 거실이 이삿짐으로 반쯤 채워질 때쯤 박동휘가 집 안으로 들어왔다.

"와, 정신없네."

"어? 형 왔어요?"

"미안. 일 때문에 좀 늦었다. 어머니! 저 왔어요."

"그래, 동휘 왔니? 지금 이사 중이라 정신이 하나도 없구나."

"전 신경 쓰지 마세요, 어머니."

누구보다 바쁜 어머니를 대신해 강동원이 박동휘 곁으로 다가갔다.

"근데 형이 웬일이에요?"

강동원은 지금쯤 서울에 있어야 할 형이 부산에 내려와 있는 것에 의문이 들었다.

"있다가, 대충 정리가 끝나면."

박동휘가 피식 웃었다. 그때 사다리차를 타고 소파가 올라왔다.

"소파는 어디에 놓아두실 거예요?"

그러자 강동원이 곧바로 다가갔다.

"아, 그거요. 여기에 두세요. 벽에서 조금 떨어지게 놔 주시고요. 아, 네. 그렇게요."

강동원이 소파 놓는 위치를 조정했다. 그리고 고개를 돌려

가만히 서 있는 박동휘를 보았다.

"형, 뭐 해요?"

"응?"

"어서 도와줘요!"

"아, 맞다. 그래, 알았어."

박동휘는 웃으며 웃옷을 벗어 한쪽에 두고 이삿짐 정리를 도왔다. 그렇게 2시간이 더 지나서야 싣고 왔던 이삿짐이 전부 다 올라왔다.

"자, 끝났네요. 더 옮길 것 있어요?"

"아뇨, 없습니다."

"네, 그럼 저희는 이만 가 보겠습니다."

"네, 수고하셨습니다."

이삿짐을 옮겨 주던 사내들과 아주머니가 집을 나갔다. 이제 남은 짐 정리는 강동원과 어머니의 몫이었다.

박동휘도 힘에 붙였는지 소파에 앉아 있었다. 정갈하게 메어져 있던 넥타이도 풀어져 있었다.

강동원이 박동휘 옆에 가서 털썩 앉았다.

"아이고, 힘들다. 역시 이사는 자주 하면 안 돼!"

그때 강동원의 눈에 어머니가 보였다. 어머니는 아직까지 안방을 정리하고 계셨다.

"엄마!"

"……."

"엄마!"

"으응? 왜?"

"좀 쉬다가 하세요."

"으응, 이것만 하고."

"저 배고파요."

"그럼 중국집에서 자장면 시켜 먹자."

"형도 중식 괜찮죠?"

"그럼! 이삿날에는 자장면이지."

강동원은 자장면을 먹을 생각이 신이 났다. 그렇지 않아도 올라오면서 중국집 전단지를 챙겼다.

"형은 뭐 먹을 거예요?"

"나? 글쎄다. 짜장은 어제 먹었으니까 짬뽕!"

"엄마는요?"

"엄마는 자장면."

강동원은 곧바로 중국집에 전화를 걸었다. 그러면서 어머니 몰래 탕수육 대자도 함께 주문했다.

"그런데 형."

"응?"

"저한테 뭐 할 말 없어요?"

"할 말이라니?"

"아니, 전 또 저한테 할 말이 있어서 형이 부산까지 내려왔나 했죠."

"아, 맞다. 잠깐만!"

박동휘는 곧바로 자신의 가방을 가져와 안에서 뭔가를 꺼냈다. 그리고 그것을 앞 탁자 위에 나란히 놓았다.

"이게 뭐예요? 또 일이에요?"

"그게 사실은 CF 계약이 추가로 들어와서……."

박동휘의 말에 강동원이 살짝 인상을 썼다.

"형, 휴가도 짧은데 진짜 이럴 거예요?"

"나도 미안하긴 한데 이것들은 워낙 조건이 좋아서 기거왔어."

"후우……."

강동원이 길게 한숨을 내쉬었다. CF가 들어오면 전부 찍겠다고 말하긴 했지만 그렇다고 이삿날까지 찾아와 계약서를 들이밀 것이라고는 미처 생각지 못했다.

그렇다고 자신을 위해 고생하는 박동휘를 내쫓을 수도 없는 노릇이었다.

"조건이 얼마나 좋은 건데요?"

"직접 봐봐. 너도 좀 놀랄 거다."

강동원이 박동휘가 내민 제안서를 집어 들었다.

하나는 청룡 자동차였고, 다른 하나는 요즘 핫한 SG 텔레콤 광고였다. 거기에 에너지 드링크 광고가 추가되어 있었다.

박동휘는 강동원의 눈치를 살피며 조심스럽게 말했다.

"동원아, 형이 미안해. 충분히 쉬지도 못하게 해서 말이야. 하지만 벌 수 있을 때 바짝 버는 게 좋지 않을까?"

"형 마음을 모르는 건 아닌데 제가 말했잖아요."

"그래, 알아. 지나치게 이미지 소비하고 싶지 않다는 거. 그래도 한국에 들어왔는데 조건이 좋은 건 찍어야지."

"형."

"내가 이런 말은 안 하려고 했는데 지금 네 별명이 보쌈 동원이야. 보쌈집 아들 강동원이라고."

"알았으니까 어떤 콘셉트인지 설명 좀 해줘요."

"그래!"

강동원의 승낙에 박동휘의 얼굴이 환해졌다. 그는 제일 먼저 청룡 자동차라고 적힌 것을 들어 보였다.

"일단 청룡 자동차는……."

청룡 자동차는 국내 자동차 업계 4위 브랜드였다. 한때 중국에 매각이 되는 등 힘든 나날을 보냈지만 최근에 출시된 SUV 차량 벌리가 날개 돋친 듯 팔리면서 부활의 날갯짓을 하고 있었다.

청룡 자동차는 새로 2018년식 벌리의 터보 엔진 모델로 강동원을 선정하고 싶어 했다.

체구가 큰 건 아니지만 160㎞/h에 이르는 빠른 포심 패스트볼로 덩치 큰 메이저리그 타자들을 제압하는 강동원의 모습에서 영감을 얻었다고 했다.

"뭐 나쁘진 않네."

강동원이 고개를 주억거렸다. 자동차 광고는 남자라면 누구나 한 번 정도 꿈꿔왔던 것이었다. 광고 콘셉트도 좋고 광고료도 쏠쏠했다.

1년에 5억 5천만 원. 게다가 해명 고등학교에 2천만 원 상당의 후원도 해 주겠다고 약속했으니 마다할 이유가 없었다.

"다음은 SG 텔레콤인데……."

SG 텔레콤은 통신사 업계 1위 회사였다. 방통법 폐지로 인해 최근 점유율이 낮아진 터라 강동원을 광고 모델로 내세워 젊은이들의 환심을 잡아 끌 계획을 세웠다.

"이런 건 보통 아이돌이나 하는 거 아냐?"

"그렇긴 한데 후발 주자들이 전부 아이돌을 내세워서 차별화를 두려는 거 같아."

"역시, 내 얼굴이 아이돌에게도 밀리지 않는다 이거지?"

"다음은 동암 약품인데……."

비타민 드링크로 유명한 동암 약품은 이번에 새로 에너지 드링크를 출시했다. 잠 깨는 콘셉트의 에너지 드링크는 많았지만 먹으면 힘이 솟는다는 콘셉트의 드링크는 많지 않았다. 그래서 광고 모델로 강동원을 선점했다고 했다.

"와, 드링크인데 생각보다 많이 주네?"

"그럼. 원래 이런 데가 돈을 잘 벌어요."

"그런데 설마 이것 찍는다고 쉬는 날이 줄어들거나 하는 건 아니지?"

"그건 아닌데 다른 광고 촬영할 때 좀 빠듯할 것 같아."

"에휴, 내 팔자야. 그래도 형이 어렵게 잡아왔는데 해야지 어쩌겠어. 언제야?"

"다음 주에 3개를 다 찍을 거야."

"알았어."

"그래, 잘 생각했다."

박동휘는 흐뭇한 미소를 지었다. 그때 초인종이 울렸다. 강동원이 자리에서 벌떡 일어났다.

"앗! 왔는가 보다."

강동원은 냉큼 문을 열어주러 현관으로 뛰어갔다.

"배달시키셨죠?"

중국집 배달부가 맛있는 냄새를 집안 가득 풍겼다.

§

서울로 올라온 강동원은 아침 일찍 촬영장으로 향했다. 정리해야 할 이삿짐이 한 가득이었지만 스케줄 때문에 뒷정리는 어머니에게 맡겨둘 수밖에 없었다.

오늘 촬영할 광고는 청룡 자동차 광고였다. 이후 오후에 인터뷰를 가진 뒤 내일 예능 프로그램을 하나 촬영하고 그다음 날 다시 핸드폰 광고를 촬영하기로 되어 있었다.

핸드폰 광고와 같은 날에 맞물렸던 에너지 드링크 광고는 촬영 스케줄 일정을 조정 중이었다.

하지만 강동원이 한국에서 보낼 수 있는 시간이 한정되어 있다 보니 이번 주 내로 촬영을 마쳐야 하는 상황이었다.

"안녕하세요."

"어머나, 강동원 선수 오셨어요."

"네."

"잠시만요. 감독님 모셔올게요."

생각보다 일찍 촬영장에 도착한 강동원을 발견하고는 스태프가 서둘러 감독실로 달려갔다. 잠시 후.

"강동원 씨!"

덩치 큰 CF 감독이 웃으며 강동원에게 손을 내밀었다.

한발 늦게 뒤따라온 박동휘가 곧바로 감독을 소개했다.

"오늘 촬영해 주실 김영진 감독님."

"네, 안녕하세요."

강동원이 인사를 했다. 김영진 감독은 환하게 웃으며 강동원을 맞이했다.

"어서 오세요. 아침 일찍부터 나오기 힘들었죠?"

"아니요, 항상 일어나던 시각인데요. 뭐."

강동원은 약간의 거짓말로 자신의 피곤함을 감추었다. 하지만 정말 미국에서는 이 정도 시간에 일어났다. 새벽에 러닝을 하면 그렇게 기분이 상쾌할 수가 없었다.

"일단 콘티부터 확인할게요."

김영진 감독이 곧바로 회의실로 안내했다. 강동원은 회의실로 가는 동안 분주히 움직이는 스텝들을 확인했다.

"나 때문에 다들 아침 일찍부터 고생이구나."

강동원은 김영진 감독과 간단한 콘티 회의를 한 뒤 곧바로 의상과 화장을 하였다.

김영진 감독이 의견을 내놓아도 좋다고 말했지만 강동원은 상관없다며 고개를 가로저었다.

약 1시간가량 준비를 마치고 모습을 드러낸 강동원은 콘티대로 해당 차종 앞에서 두 손을 흔들며 미소를 지었다.

청룡 자동차의 주력 모델인 벌리는 SUV답지 않게 세련된 스타일로 강동원의 이미지와 잘 어울렸다.

현장에서도 부드러우면서도 힘찬 느낌이 강동원과 많이 닮았다는 얘기도 나왔다.

강동원은 촬영 미소를 잃지 않았다. 거듭된 요구에도 미소로 답했고 촬영이 끝난 이후 스태프들에게 사인을 해주고 일일이 기념사진까지 찍어주었다.

"저 친구가 강동원이지?"

"네, 이사님. 근래에 보기 드물게 성실한 친구 같습니다."

"그렇다면 이러고 있을 게 아니지. 저 친구한테 새로 나온 차 한 대 선물해 줘."

"그런데 강동원 선수가 타고 다닐까요?"

"그 차를 꼭 타고 다닐 필요 있겠어? 대놓고 팔지만 않는

다면야 상관없잖아. 안 그래?"

촬영장을 방문한 이사는 강동원에게 신형 벌리 한 대를 선물로 주었다. 그리고 강동원은 그 차를 어머니를 위해 고생하는 가게 직원에게 선물로 주었다.

"엄마가 은지 씨를 너무 좋아해요. 성실하고 책임감도 강하다고요. 그러니까 가능하면 오래 일해주세요."

갑작스러운 선물에 감동을 받은 직원은 이 사실을 곧바로 SNS에 사진과 함께 올렸다.

자연스럽게 강동원의 호감도는 더 올라갔고, 딸을 가진 전국의 어머니들에게 국민사위로 인정받기 시작했다.

그다음 날 박동휘도 몇 가지 사진을 올렸다. 바로 강동원이 찍은 자동차 광고 사진 5장이었다.

그것도 단순히 홍보용으로 찍힌 사진이 아니었다. 차량 구석구석을 살피면서 호기심을 보이는 듯한 모습이 상당한 반향을 일으켰다.

"이사님! 벌써 예약 물량 매진입니다!"

"하하, 그래? 이거 이대로 넘어갈 수는 없겠는데?"

청룡 자동차에서는 곧바로 강동원이 미국 법인을 통해 강동원이 편히 탈 수 있는 최고급 세단을 선물하기로 했다.

청룡 자동차 매출 호조 소식을 전해 들은 강동원도 그 선물을 굳이 마다하지 않았다.

이틀 후. 강동원은 두 번째 광고 촬영을 위해 호텔을 나섰다. 그렇게 광고 촬영 장소로 이동 중 강동원이 차를 멈춰 세웠다.

"형, 잠시만요."

"왜?"

"저기 매장 좀 들어가요."

"저기? 뭐 좀 먹게?"

"잠깐 볼일이 있어서 그래요."

박동휘는 곧바로 주차장에 차를 세웠다. 강동원이 안전벨트를 풀고 차 문을 열었다.

"동원아, 같이 가!"

박동휘가 뒤따라 차에서 내렸다. 그런데 식당으로 들어갈 줄 알았던 강동원이 향한 곳은 핸드폰 대리점이었다.

"저긴 왜 갔지? 핸드폰이 망가졌나?"

박동휘는 고개를 갸웃하고는 곧바로 강동원을 따라 들어갔다. 강동원은 벌써 직원과 대화를 하고 있었다.

"이게 이번에 나온 신 모델이죠?"

"네, 그렇습니다."

"그럼 이걸로 주세요."

"네, 고객님. 아까 명의 이전 하신다고 하셨죠?"

"네."

"알겠습니다. 곧바로 처리해 드리겠습니다."

직원이 서류를 작성하는 동안 다른 여자 직원 한 명이 다가왔다.

"저기…… 강동원 선수시죠?"

"아, 네. 그렇습니다."

"괜찮으시면 사인 좀 받을 수 있을까요?"

"사인이면 되는 거죠?"

"기왕이면 사진도 좀……."

여자 직원이 부끄러운 듯 조심스럽게 말했다. 강동원이 피식 웃으며 고개를 끄덕였다.

"그럼요."

강동원은 명의 이전이 되는 동안 사인과 함께 사진을 찍어 주었다. 그러는 동안 직원이 일을 끝내고 다가왔다.

"명의 이전 끝났습니다."

"아, 감사합니다."

"저기, 강동원 선수."

"네?"

"저도 사진 좀……."

"하하. 알겠습니다."

다른 직원과도 사진 촬영을 마친 뒤 강동원은 새로 개통한 핸드폰을 확인했다. 그러자 박동휘가 다가왔다.

"동원아, 왜? 내가 개통해 준 핸드폰 고장 났어?"

"아뇨."

"그런데 왜 바꿔? 핸드폰이 맘에 안 들었어?"

"아뇨, 그전 거는 통신사가 다르잖아요. 오늘 여기 광고를 찍는데 미리 통신사 바꿔야죠."

"오오, 강동원…… 기특한데."

"에이, 형은 무슨 말이 그래요. 부끄럽게, 어서 가요."

"그래도 개념 있어."

"개념은 무슨……."

박동휘의 놀림에 강동원은 부끄러운 듯 재빨리 차에 올라 탔다. 차에 올라타서도 박동휘의 놀림은 끝나지 않았다. '국민 개념남'이라거나 '메이저리그급 개념'이라고 강동원을 추켜세웠다.

강동원의 입에서 '자꾸 이러면 나 다른 곳이랑 에이전트 계약할 거예요?' 라는 볼멘소리가 나오고서야 박동휘는 놀림을 멈췄다.

하지만 광고 촬영 후 그다음 날 또다시 SNS를 뜨겁게 달군 사람은 바로 강동원이었다. 어제 통신사를 바꾼 것이 곧바로 기사화가 되면서 박동휘의 말처럼 개념 넘치는 선수라는 인식이 퍼진 것이다.

이렇듯 강동원은 연일 화제를 뿌리고 있었다. 그가 가는 곳은 항상 카메라가 있었고, 사람들을 항상 끌고 다녔다.

그렇다 보니 동암 약품에서도 광고 촬영 일정을 하루 앞당기자고 제안했다. 강동원에 대한 좋은 여론이 형성된 만큼 그 분위기에 편승하겠다는 계산이었다.

"드디어 날짜가 정해진 거예요?"

"그래. 저쪽에서 난리가 아니더라."

"흐흐. 뭐 저도 상관은 없어요."

"뭐야? 너도 기대하고 있었던 거야?"

"그럼요. 세희를 보는데요?"

"짜식이. 잿밥에 더 관심인 거구만?"

이번 광고는 단독 모델이 아니었다. 요즘 핫한 국민 아이돌 세희와 함께 촬영하기로 되어 있었다.

강동원은 일찌감치 촬영장에 나와 옷과 메이크업을 끝냈다. 그리고 대기실에서 대기하며 틈틈이 밖을 힐끔거렸다.

"왜? 아는 사람이라도 있어?"

박동휘가 옆에서 지켜보며 물었다.

"네? 아, 아니에요."

강동원은 화들짝 놀라며 딴청을 부렸다.

"그런데 왜 자꾸 밖을 기웃거려?"

"누가 기웃거렸다고 그래요."

"방금 그랬잖아."

"그거야 방 안이 답답하니까 그렇죠. 준비는 잘되어 가고 있나 궁금하기도 하고요."

"그래? 알았어."

박동휘는 대수롭지 않게 고개를 끄덕거리고는 콘티를 확인했다.

"동원아, 여기서는 말이야. 동원아?"

박동휘가 다시 한번 광고 콘셉트를 설명해 주려 했다. 하지만 강동원은 다른 것에 정신이 팔려 있었다.

"야, 강동원!"

"네? 아, 형 불렀어요?"

"너 누구 기다리는 거 맞네! 누구야? 누굴 기다려?"

"아, 아니라니까요."

"흣, 너 국민 아이돌 세희 기다리지?"

"뭐어? 무슨 말도 안 되는 소리예요. 제가 왜 그 사람을 기다려요!"

강동원은 깜짝 놀라며 펄쩍 뛰었다. 박동휘는 그런 강동원의 행동에 더욱 의심이 들었다.

"아니긴, 맞네. 딱 걸렸네. 세희 기다리는 거 맞아."

"아, 아니라니까요!"

"강한 부정은 긍정이라고 하던데."

박동휘는 실실 웃으며 놀렸다. 그러자 강동원이 슬그머니 고개를 돌렸다.

"그만해요."

"어이구, 귀여운 세희 양이 보고 싶어쩌용!"

"됐어요, 제가 말을 말죠."

강동원이 박동휘의 손에 들린 콘티를 낚아챘다. 그때 밖에서 맑고 청순한 목소리가 들렸다.

"안녕하세요."

"오오, 세희 양 왔어."

"네에."

그 순간 강동원의 귀가 쫑긋했다. 그는 자신의 의지와 다르게 고개를 문 쪽으로 향했다.

그 모습을 박동휘가 놓치지 않았다.

"거봐, 맞네. 세희 목소리가 들리자마자 아주 자동반사인데?"

"크응."

강동원은 애써 헛기침을 했다. 보나 마나 이번 일로 한참 동안 놀림을 받을 것 같았다.

그러면서도 강동원의 시선은 자꾸만 밖을 향했다. 국민 아이돌 세희가 얼마나 예쁜지 한시라도 빨리 확인해 보고 싶었다.

그렇게 잠깐의 시간 후 촬영 스텝이 문을 열었다.

"강동원 씨 지금 곧 촬영 들어가겠습니다."

"네."

강동원이 자리에서 일어나 긴장된 얼굴로 대기실을 나섰다. 밖으로 나가자 세희가 기다렸다는 듯이 인사를 했다.

"안녕하세요."

"아, 예에. 안녕하세요."

강동원은 잔뜩 붉어진 얼굴로 인사를 했다. TV에서 봤던 것보다 세희는 실물이 나았다. 귀엽고 발랄한 이미지에 예쁘기까지 했다.

강동원은 힐끔힐끔 세희를 보았다. 그녀는 연신 웃는 얼굴로 촬영에 임했다.

"오빠!"

"네?"

강동원이 깜짝 놀랐다. 갑자기 '오빠'라고 하며 훅 들어오자 심장이 쿵쾅쿵쾅거렸다.

"오빠 메이저리그 선수 맞죠?"

"하하, 네."

"저도 오빠가 하는 경기 봤어요. 매니저 오빠가 야구 정말 좋아하거든요. 자이언츠 광팬이에요."

"그거 부산 자이언츠 아니에요?"

"부산 자이언츠도 좋아하고 메이저리그 자이언츠도 좋아한데요. 오빠가 부산에 안 와서 엄청 아쉬워했는데 요즘은 안 오길 잘했다고 그래요."

"정말요?"

"네. 암튼 오빠, 정말 짱 멋있었어요."

세희는 엄지손가락을 추켜세웠다. 강동원은 그런 세희의 모습이 얼마나 귀엽던지 저도 모르게 아빠미소를 지었다.

"그래요? 고마워요."

그때 갑자기 세희가 강동원 근처로 와서 속삭였다. 순간 세희의 몸에서 아주 향긋한 냄새가 났다.

"오빠, 있다가 사인이랑 사진 콜?"

"후후, 나도 세희 양 사인이랑 사진 콜?"

"콜!"

두 사람은 서로를 마주 보면서 웃었다. 그렇게 어색함을 털어낸 두 사람은 즐겁게 촬영을 진행했다.

세희는 카메라 밖에서도 강동원을 '오빠, 오빠' 하면서 졸졸 따라다녔다. 강동원은 그런 세희가 너무 귀엽고 예뻤다.

세희는 인기 아이돌이라고 해서 잘난 척하지도 않았다. 콘셉트일지도 모르겠지만 강동원의 눈에는 너무너무 순수하고 착했다.

반면 성숙한 외모는 도저히 고등학교 1학년으로 보이지도 않았다. 꼭 이제 막 대학교에 들어간 풋풋한 신입생을 보는 것 같았다.

덕분에 강동원 연신 싱글벙글거리며 행복하게 촬영을 마칠 수 있었다.

"오빠, 미안해요. 저 다음 스케줄 때문에 가봐야 해요."

"아, 으응. 그래, 수고하고."

촬영이 끝나고 세희가 작별을 고하자 강동원은 많이 아쉬웠다.

잠깐 사이에 부쩍 친해졌는데 이제 다시는 세희를 못 볼 것 같다는 생각이 들었다. 그런데 갑자기 세희가 강동원의 팔을 잡아끌었다. 강동원의 눈이 커졌다.

"왜?"

"오빠, 핸드폰 좀 줘봐요."

"내, 핸드폰?"

"네."

강동원 주머니에서 핸드폰을 꺼내 주었다. 세희는 핸드폰을 받아 뭔가 열심히 눌렀다.

"이거 제 개인 번호예요. 제 목소리 듣고 싶을 때 연락 주세요. 그리고 오빠 번호도 저장했지요."

세희가 자신의 폰을 들며 방긋 웃었다.

"그럼 오빠, 저 진짜 가요. 미국 가서도 파이팅하세요!"

"으응, 그, 그래. 너도."

세희가 떠나가고 강동원은 한동안 꿈쩍도 하지 못했다. 박동휘가 오기 전까지 말이다.

"야, 뭐 해?"

"으응? 아니에요."

강동원은 깜짝 놀라며 소중히 핸드폰을 주머니에 넣었다. 박동휘는 그런 강동원을 보며 씨익 웃었다.

"나 다 봤다."

"뭐…… 뭘요? 뭘 봐요?"

"세희가 너에게 전화번호 알려줬지?"

"쓸데없이 그런 건 또 잘 봐요."

강동원은 아무렇지 않은 듯 대기실로 향했다. 그 뒤를 졸졸 박동휘가 따랐다.

"동원아, 기분 좋아? 전화할 거야?"

"뭔 소리예요?"

강동원은 대기실로 와서 다시 옷을 갈아입었다.

"전화할 거냐고?"

"몰라요!"

"자식 내숭 떨기는."

"제가 언제요!"

"하하. 그래, 좋을 때다."

"놀리지 마요."

"놀리는 거 아냐. 그래도 세희가 먼저 다가와 주니 나도 기분은 좋네. 솔직히 세희처럼 귀엽고 깜찍한 여자애가 친하게 지내자고 하면 싫어하는 사람이 어디 있겠냐?"

"그, 그렇죠?"

"어라? 얼굴 빨개진 거 봐라? 그러다 너희 둘 사귀겠다."

"뭐, 못 할 것도 없죠."

강동원이 한마디 툭 내뱉었다. 그러자 박동휘가 짐짓 심각한 얼굴이 되었다.

"야, 잘 생각해야 해."

"뭘 잘 생각해요."

"세희는 아직 고등학생이야."

"고등학생이 뭐요?"

"인마, 범죄라고!"

"누가 지금 당장 사귄데요? 말이 그렇다는 거죠."

"인마, 암튼 진짜로 사귀는 건 안 된다."

"안 사겨요! 그냥 그렇다는 거죠."

"농담으로 하는 말 아냐!"

"알았다니까요."

강동원은 옷을 다 갈아입고 대기실을 나갔다.

"집에 안 갈 거예요?"

"가야지. 근데 너 있잖아."

"아, 좀! 형, 그만해요. 저도 분수를 알고, 주제를 알아요. 제 위치가 어떤지도 아니까, 걱정 마요. 그냥 그런 꿈도 못 꿔요?"

"꿈도 안 돼. 절대로!"

박동휘는 신신당부했다. 강동원은 조금 전 좋았던 기분이 한순간에 싹 사라졌다.

"쳇! 무슨 범죄자 취급하고 있어."

하지만 어느 누가 국민 아이돌 세희의 개인 번호를 알고 있을까. 강동원은 저도 모르게 입가에 미소가 스르륵 피어올랐다.

세 편의 광고를 촬영하고 기본적인 인터뷰 일정을 소화한 뒤 강동원은 다시 부산에 내려왔다.

본래 계속해서 서울에 머물 예정이었지만 짐 정리가 끝났다는 어머니의 말에 짬을 내서 함께 시간을 보내기로 결정을 내린 것이다.

"기왕 이렇게 된 거 형도 좀 쉬어."

"그럴까?"

"그래, 우리 다 같이 가까운 데 여행이라도 가자."

"그거 좋지."

강동원과 박동휘는 함께 여행을 떠나기로 했다. 여행이라고 해봤자 멀리 가지는 못했다. 울산과 포항 쪽을 한 바퀴 돌생가이었다.

"동원아, 이것도 챙겨."

어머니는 커다란 박스에 음식을 잔뜩 준비했다. 강동원은 그것을 보고 웃음 지었다.

"엄마, 고작 하루 자고 오는 거예요. 너무 많이 준비한 거 아니에요? 이걸 누가 다 먹으려고."

"얘는, 이런 건 어떻게든 다 먹게 되어 있어. 먹는 게 남는 거라고 하지 않니."

"하하, 알았어요."

어머니의 말에 강동원은 큰 짐을 들고 차에 실었다. 강동원은 시계를 봤다. 오전 10시가 다 되었다.

"그나저나 형은 왜 이렇게 안 와? 올 시간이 다 되었는데."

"서울에서 내려오니 늦나 보지. 새벽부터 움직였을 텐데."

"아니에요. 형네 가족도 어제 내려왔어요."

"어제?"

"새벽에 움직이면 힘들다고 어제 내려와서 인근 호텔에서 잔다고 했는데……."

"그러니?"

강동원은 다시 아파트 입구 쪽을 보았다.

"아직이니?"

"응, 엄만 차에 타고 있어요. 아직 바람이 차네."

"그래야겠어."

어머니는 얼른 차에 올라탔다. 그러기를 잠깐 아파트 입구로 차 한 대가 들어왔다.

익숙한 차량의 모습에 강동원이 씩 웃으며 손을 흔들었다.

차는 강동원 옆에 섰다.

"동원아, 미안. 온석들이 늦잠을 자는 바람에."

그때 뒷문이 열리며 어린 여자아이와 남자아이가 내렸다.

"동원 삼촌!"

강동원은 어린 조카를 보고 얼굴이 밝아졌다.

"어이쿠, 우리 미영이 많이 예뻐졌네. 미스코리아 해도 되겠다."

"그렇지? 내가 좀 이쁘지?"

"하하. 그래. 우리 진수도 많이 컸는데?"

"아니야. 진수는 아직 어려!"

그러자 옆에 있던 진수가 소리쳤다.

"누난, 내가 어디가 어려!"

"봐, 나보다 키가 작잖아."

"쳇!"

"하하하, 진수도 많이 먹으면 키가 클 수 있어."

"진짜?"

"그럼!"

강동원이 두 조카와 이야기를 나누고 있을 때 박동휘의 부인이 강세라가 내렸다.

"안녕하세요, 동원 씨."

"네, 형수님. 그동안 잘 지내셨어요."

"저야 동원 씨 덕분에 잘 지냈죠."

"하하. 그 말씀이 꼭 한국에 자주 들어오라는 말 같네요."

"어머, 어떻게 아셨어요?"

강세라가 짓궂게 웃었다. 강동원은 괜히 미안했던지 미영이를 안아 들었다.

"형, 바로 출발하자. 늦었어."

"그래, 앞장서."

강동원이 미영이를 차에 데려다 놓으려 했다. 그러자 미영이가 강동원의 목을 끌어안았다.

"아빠, 엄마. 나 삼촌 차 타고 갈래."

"차에서 말썽부리면 안 된다."

"칫, 내가 어린앤가?"

미영이가 대답을 하고는 재빨리 강동원 차에 올라탔다. 미영이는 강동원 어머니를 보고 '예쁜 할머니'라고 불렀다.

"예쁜 할머니."

"오냐, 미영이 왔니."

"네, 헤헤헤."

곧이어 진수도 탔다.

"어이쿠, 진수도 왔어?"

"네, 할머니."

어머니는 박동휘의 아이들을 친 손자처럼 예뻐했다. 그런 어머니를 보며 강동원은 빨리 결혼을 해야겠다고 마음먹었다.

"자, 다들 안전벨트 매고."

"출바알!"

미영이가 활기차게 대답했다. 옆에 있던 진수도 외쳤다.

"출바알!"

강동원의 차가 앞서가고 그 뒤를 박동휘의 차가 따랐다. 그렇게 약 2시간을 달려 포항에 위치한 오토캠핑장에 도착을 했다.

이번 여행은 캠핑을 할 생각이었다. 그렇다고 텐트를 치고 그러는 것은 아니었다. 미리 캠핑카를 예약한 상태였다.

두 대의 차가 나란히 자리를 잡았다. 강동원과 박동휘는 각자 한 차에 자리를 잡고 짐을 풀었다.

그사이 아이들은 밖에서 공놀이를 하며 뛰어놀고 있었다. 진수의 손에는 어느새 글러브랑 공이 쥐어져 있었다. 그것도 오른손잡이 글러브가 아니라 왼손잡이였다.

강동원은 진수의 글러브를 보고 박동휘에게 물었다.

"형, 진수 오른손잡이 아냐?"

"맞아."

"그런데 왜 왼손잡이용 글러브를 사 줬어?"

"아, 그게…….'"

박동휘가 아내 눈치를 살피며 강동원 곁으로 다가갔다. 그러곤 나직이 속삭였다.

"사실은 말이야. 나중에 왼손 투수로 키워볼까 해서 말이지."

"그런데 왜 조용히 말해."

"네 형수가 운동시키는 걸 싫어해서."

"그래?"

강동원이 힐끔 형수를 바라보았다. 형수는 어머니와 함께 저녁에 먹을 음식을 준비하고 있었다.

"형, 그럼 훗날 메이저리그가 될 수 있는 우리 조카의 야구 실력 좀 볼까?"

"크크크, 아마 깜짝 놀랄 거다."

박동휘는 이미 심상한 눈빛을 띠며 말했다. 강동원이 고개를 갸웃하면서 진수에게 다가갔다.

"진수야."

"응, 삼촌."

"너, 야구가 좋아?"

"응, 무지 좋아."

"그럼 삼촌이랑 캐치볼 할까?"

"응, 좋아."

강동원은 진수랑 공터로 나갔다. 약간 거리를 둔 상태에서 진수가 잡을 수 있도록 가볍게 공을 던져 주었다.

"내가 잡을 거야!"

진수는 어린아이임에도 제법 공을 잘 쫓아갔다. 두 번 중에 한 번은 놓쳤지만 매번 포기하지 않는 끈기도 보여주었다.

"좋아, 그렇게 잡는 거야. 그럼 우리 진수, 투수 한번 해볼래?"

"응! 나 투수 좋아!"

진수가 투수처럼 폼을 잡고 공을 던졌다. 그런데.

퍽!

날아드는 공의 움직임이 예사롭지 않았다.

"진수야, 다시 던져 봐."

강동원은 다시 공을 진수에게 던져 주었다.

"응, 삼촌."

진수는 다시 공을 던졌다. 강동원의 글러브에 정확하게 들어갔다. 그것도 공에 제법 힘이 들어가 있었다.

10구 정도 진수의 공을 받은 뒤 강동원은 재빨리 박동휘에게 갔다.

"형, 형!"

"놀랐지?"

"진수 확실히 오른손잡이 맞아?"

"그래."

"진짜면 이거 대박이네. 진수가 이제 6살이고 했지?"

"맞아."

박동휘는 연신 싱글벙글이었다. 그도 며칠 전에 아들이랑 캐치볼 할 때 깜짝 놀랐다. 6살인데도 불구하고 제구가 좋았다. 공에 힘도 들어가 있었다.

그래서 그때부터 야구를 시켜야겠다고 맘을 먹었다. 하지만 강세라는 박동휘의 바람을 달가워하지 않았다. 박동휘와 강동원이 고생하는 걸 옆에서 지켜봐 왔으니 절대로 힘든 운동은 시키지 않겠다고 말했다.

하지만 고생스럽다고 포기하기에는 진수의 재능이 아까웠다. 강동원이 생각을 해도 저 나이 또래에 맞지 않는 실력을 가지고 있었다.

"형, 내가 보기에는 야구 시켜야겠다. 이거 잘만 다듬으면 진짜 물건이 되겠어."

"후후후, 나도 그리 생각은 한다. 하지만 넘어야 할 산이 높네."

박동휘는 대답을 하면서 힐끔 강세라를 쳐다보았다. 강세라는 강동원 어머니와 뭐가 그리도 재미난 이야기를 하는지 미소가 떠나지 않고 있었다.

"하긴, 형수님이 만만치 않으시지."

"하하, 말도 마라."

박동휘는 한숨을 내쉬며 장작을 챙겼다. 그러다가 옆에 서 있는 강동원을 힐끔 보았다.

"야, 너도 장작 챙겨."

"장작? 맞다. 나 진수랑 캐치볼 해야 하는데. 형, 미안."

강동원은 재빨리 진수에게 뛰어갔다. 박동휘가 버럭 고함을 질렀다.

"야! 강동원! 야!"

박동휘가 애타게 불러도 강동원은 뒤도 돌아보지 않고 진수에게 달려갔다.

"에잇, 못된 놈."

박동휘가 장작을 챙겨 강세라의 곁으로 가져갔다. 그리고 그곳에 붙잡혀 두 여자의 심부름꾼 노릇을 톡톡히 했다.

그날 저녁 삼겹살 파티가 벌어졌다.

똑같은 고기지만 집에서 먹는 것과 밖에서 먹는 것은 정말 엄청난 차이가 있었다. 아이들도 캠핑을 나와 밥을 먹으니 더 잘 먹는 것 같았다.

박동휘는 간단하게 술까지 곁들이며 가족들과 오랜만에 휴가를 즐기고 있었다. 그때 박동휘의 전화기가 울렸다.

"누구지? 잠시만."

박동휘가 일어나 전화기로 갔다. 발신자 번호를 확인하고 고개를 갸웃했다.

"모르는 번호네. 누구지?"

박동휘는 안 받을까 하다가 통화 버튼을 눌렀다.

"네, 여보세요?"

―실례합니다. 강동원 선수 에이전트인 박 대표 번호 맞습

니까?

"아, 네. 제가 박동휘입니다."

―안녕하십니까. 저 김운식입니다.

"네? 국가대표 김 감독님 말씀이세요?"

―제가 국가대표를 맡고 있긴 합니다.

"아, 예. 감독님. 일전에 한번 뵌 적이 있었죠? 그간 잘 지내셨어요?"

―하하, 이렇게 안부를 물어봐 주는 박 대표 덕분에 잘 지내고 있습니다. 박 대표야말로 엄청 바쁘죠?

"엄청까지는 아니지만 이제 좀 분주해지고 있습니다. 그런데 이 시간에 어쩐 일로……."

―혹시 강동원 선수를 만날 수 있을까요?

"동원이를요? 지금 말씀이신가요?"

―혹시 동원이가 미국에 가 있습니까?

"아니요. 그런 건 아니지만 지금 포항에 있는 오토캠핑장에 있습니다. 오랜만에 가족들끼리 여행을 와서요."

―아, 그래요? 그럼 제가 그리로 가겠습니다.

"가, 감독님. 그래도 그런 수고를……. 나중에 따로 약속을 잡으시는 것이 어떠세요?"

―그러고 싶지만 중요한 상의를 해야 할 것 같아서요. 부산에 있으니까. 제가 그리로 가겠습니다. 어떻습니까?

"그게……."

박동휘가 슬쩍 가족들을 봤다. 모처럼 즐거워하는 가족들을 보고 있자니 또다시 일거리를 만들기가 미안해졌다.

하지만 국가대표 감독인 김운식이 직접 전화를 걸어왔는

데 팔자 좋게 가족 여행이나 즐기고 있을 수도 없었다.

"알겠습니다. 약도 보내드리겠습니다."

─그렇지 않아도 부산 내려가던 길이니 오래 걸리진 않을 겁니다. 그럼 이따가 뵙겠습니다.

"아, 네. 감독님. 조심히 오세요."

통화를 마치고 박동휘는 잠시 멍한 얼굴로 서 있었다. 그때 강동원이 다가왔다.

"형!"

"어, 동원아."

"왜 그래? 무슨 일 있어?"

"무슨 일은."

"그런데 왜 그렇게 넋을 놓고 있어?"

"그게…… 김 감독님이 오신데."

"누구?"

"국가대표 김운식 감독님 말이야."

"김운식 감독님?"

강동원의 눈도 크게 떠졌다. 전혀 예상치 못한 전개였다.

"김 감독님이 갑자기 왜?"

"내 느낌인데 아무래도 아시안게임 때문에 그런 것 같은데."

"아시안게임……."

강동원의 표정이 달라졌다. 아시안게임 차출 문제는 강동원도 여유를 부릴 만한 일이 아니었다.

강동원과 박동휘의 이야기가 길어지자 미영이와 진수가 강동원 곁으로 가려고 했다.

"나 삼촌한테 갈래."

"나도."

"안 돼. 지금 아빠랑 삼촌이랑 중요한 얘기 중인 것 같아. 끝나면 놀아주실 거야. 그러니 지금은 가만히 있어."

"칫, 아빠 미워."

"맞아. 나도 삼촌이랑 같이 놀고 싶은데."

진수는 또다시 강동원과 캐치볼을 하고 싶어 했다. 하지만 강세라는 메이저리거인 강동원을 더 이상 힘들게 하고 싶지 않았다.

"아들, 밤이 늦었으니까 일찍 자야지? 그래야 동원이 삼촌이 나중에도 또 같이 놀아주실 거야."

"으응, 엄마."

"그래, 착하지. 우리 아들."

강세라는 진수와 미영이를 차 안으로 데리고 가 재운 뒤 다시 돌아왔다. 그때까지도 박동휘와 강동원의 대화는 끝이 나지 않았다.

50장
2018

1

"아무래도 무슨 일이 생긴 것 같은데요?"

강세라가 강동원의 어머니를 바라봤다.

"아무래도 그런 것 같은데."

어머니도 살짝 걱정스러운 표정을 지었다. 멀찍이서 보더라도 강동원과 박동휘의 분위기가 심상치 않았다.

하지만 두 사람이 생각하는 것처럼 심각한 일이 생긴 건 아니었다.

"형은 어떻게 생각해?"

강동원이 박동휘의 의견을 물었다. 국가대표 차출 문제는 자신이 판단을 내리는 것이지만 에이전트와 무엇이 최선인지에 대해 상의할 필요는 있었다.

"글쎄다. 나도 널 부를 거라 예상은 했지만 갑자기 전화가 오니 난감하네. 무엇보다 시즌 중간일 텐데…… 가능히겠어?"

아시안게임은 8월에 열린다. 그리고 8월은 포스트시즌을 노리는 팀들에게는 가장 중요한 시기였다.

강동원이 8월 한 달을 쉴 경우 최소 5번 이상 로테이션에서 빠져야 했다. 그 5번의 경기에서 자이언츠가 형편없는 성적을 거둘 경우 포스트시즌 진출이 어려워질 수도 있었다.

그러나 강동원은 고민 없이 바로 답했다.

"국가의 부름에 당연히 나가야지. 형도 알잖아. 선수들은 누구라도 가슴에 태극마크 달고 싶어 하는 거 말이야."

"뭐 그렇긴 하지."

"무엇보다 김운식 감독님께서 직접 여기까지 찾아오신다는 어떻게 거절을 해."

"하긴, 그렇지? 그런데 구단 쪽에는 어떻게 말할 거야?"

"내가 잘 말해봐야지. 아마 구단에서 이해해 줄 거야."

"쉽진 않겠지만 나도 적극 도와줄게."

"응, 형."

강동원과 박동휘가 서로를 바라보며 웃었다. 그렇게 2시간이 지나고 나서 캠핑장에 국가대표 감독을 맡은 김운식과 박준태 코치가 나타났다.

"죄송합니다. 가족끼리 오붓하게 휴식을 취하는데, 불청객이 되었습니다."

김운식 감독이 정중하게 사과를 했다. 어머니와 강세라는 곧바로 허리를 굽혔다.

"아니에요. 말씀 나누세요."

혹시 대화에 방해가 될까 봐 어머니와 강세라는 캠핑카 안으로 들어갔다. 덕분에 밖에는 네 사람만 남았다.

"오랜만이구나. 그동안 잘 지냈지?"

"네, 감독님. 그동안 편안하셨습니까?"

"하하. 감독직 맡기 전까진 네 경기 보면서 참 재밌었는데 요즘은 좀 힘들구나……."

김운식 감독은 씁쓸한 표정을 지었다. 그도 그럴 것이 주축이 될 만한 선수들을 모으는 게 생각만큼 쉽지가 않았다.

이번 아시안게임이 시즌 중에 열렸다. 당초 시즌을 잠시 중단하고 아시안게임에 집중하자는 이야기가 나왔지만 10구단 144경기 체제로 페넌트레이스가 길어진 탓에 동의하는 구단이 거의 없었다.

당연하게도 구단에서는 주력 선수들을 아시안게임에 내보내려 하지 않았다. 주로 군 문제가 시급한 선수들이나 유망주들만 언급했다.

"어쨌든 질질 돌려서 말하지 않으마. 너도 알고 있겠지만 내가 이번 아시안게임 야구 대표팀을 맡게 됐다. 시즌 중에 하는 대회지만 목표는 우승이다. 그래서 동원이 네 도움이 절실히 필요하다. 도와줄 수 있겠어?"

강동원은 슬며시 미소를 지었다. 김운식 감독이 오기 전부터 합류할 마음을 먹고 있었다.

"감독님께서 세계 청소년 야구 선수권 대회에 뽑아주셔서 솔직히 여기까지 왔습니다. 전 언제든지 준비가 되어 있습니다. 불러만 주신다면 꼭 나가겠습니다."

강동원은 강한 눈빛으로 고개를 끄덕였다. 김운식 감독의 표정이 한결 밝아졌다.

"고맙다, 동원아."

"아닙니다. 당연한 일인데요."

"하하, 솔직히 네가 별로 내키지 않아 하면 어쩌나 걱정했는데 이제 한시름 놓았다."

"그보다 멀리서 오셨는데 고기라도 좀 드세요, 감독님."

강동원은 불판 위에 다시 고기를 올렸다. 그러자 박준태 코치가 기다렸다는 듯이 젓가락을 집어 들었다.

"그럼 사양 않고 먹으마. 솔직히 급하게 오느라 밥도 못 먹었거든."

"왠지 그러실 것 같았어요."

"오면서도 식사가 다 끝나면 어쩌나 걱정 많이 했다."

"고기 많으니까 걱정 말고 편히 드세요."

"감독님, 들으셨죠?"

"허허허, 거참! 오냐, 오늘 간만에 맘껏 먹어보자. 참, 술은 좀 있니?"

"가, 감독님. 술은 좀……."

순간 박준태 코치가 난감한 얼굴로 시간을 확인했다.

"늦지 않게 다시 서울 가셔야 하는데……."

아시안게임까지는 7개월의 시간이 남아 있지만 김운식 감독과 박준태 코치는 여유를 부릴 상황이 아니었다.

강동원이 대회에 참여하겠다는 뜻을 밝힌 만큼 그 카드를 들고 다른 선수들의 합류를 설득해야 했다.

그러나 김운식 감독은 모처럼 만난 강동원과 이대로 헤어지고 싶지 않았다.

"괜찮아, 내일 가도 늦지 않는다고."

"하지만……."

"거 참. 정 안 되면 대리 불러 가면 되잖아. 안 그래?"

김운식 감독이 고집을 부렸다. 그러자 박준태 코치도 어쩔 수 없다며 종이컵을 빼 들었다.

"오늘은 기분이 좋아서 술 한잔해야겠어?"

"네, 하십시오. 제가 따라 드리겠습니다."

강동원도 소주병을 들어 김운식 감독에게 술을 따랐다. 그 술잔을 본 박준태 코치도 술잔을 들었다.

"에잇, 모르겠다. 나도 한잔 주라, 메이저리거가 따라 주는 술 한번 먹어보자."

"네, 여기 있습니다."

강동원은 박준태 코치에게도 술을 따라 주었다. 음주는 안 된다던 박준태 코치는 더, 더란 말을 연발하며 술잔 가득 소주를 채워 넣었다.

"자, 그럼 아시안게임 우승을 위하여!"

"위하여!"

건배 후 김운식 감독이 술을 단숨에 들이켰다. 가족끼리 여행을 온 자리에 불쑥 나타났는데도 강동원이 싫어하는 표정 없이 따뜻하게 맞아주니 술이 쭉쭉 넘어갔다.

'옛날부터 생각을 했지만 참 바른 녀석이야.'

김운식 감독이 빈 종이컵을 다시 강동원에게 내밀었다.

"감독님, 천천히 드세요."

강동원이 씩 웃으며 빈 종이컵에 술을 따랐다.

"자! 한 잔 더!"

"넵!"

금방 끝날 것 같았던 술자리는 날이 샐 때까지 이어졌다. 덕분에 박동휘는 강세라에게 집에 가는 내내 잔소리를 들어야 했다.

2

가족 여행을 다녀온 다음 날 강동원은 예정대로 창원으로 향했다. 2군 리그 포수로 활약하고 있는 한문혁을 만나기 위함이었다.

강동원은 약 1시간을 달려 창원에 있는 다이노스 2군 구장에 도착을 했다.

"올 때가 됐는데."

주차장에 차를 세워놓고 강동원은 잠시 핸드폰을 보며 기다렸다. 잠시 후 저 멀리서 허겁지겁 뛰어오는 한문혁이 보였다.

강동원은 환한 얼굴로 차에서 내렸다.

"야, 문혁아."

강동원이 손을 흔들었다. 한문혁도 손을 흔들며 소리쳤다.

"어이, 동원아이."

한문혁은 강동원을 보자마자 위아래로 스캔을 쭉 했다.

"이야, 니 뭐꼬. 옷이 삐까번쩍하네."

"그럼, 인마. 이 정도는 기본이지."

"그라믄 쪼매 기다릴래? 내 꼬라지가 영 아인데."

"됐어, 어서 타."

"오야."

강동원은 한문혁의 요구대로 인근 시장으로 향했다. 시장 주차장에 차를 대고 한문혁을 따라 이동했다.

"어디로 가는데?"

강동원은 주위를 두리번거리며 물었다. 그러자 한문혁이 걱정할 것 하나 없다며 큰소리를 쳤다.

"마, 내만 따라오면 된다."

"맛있는 집 맞지?"

"하모, 내가 어데 거짓말하는 거 봤나. 퍼뜩 따라오니라."

한문혁은 신나 하는 얼굴로 강동원을 이끌고 갔다. 그리고 시장터 안에 있는 허름해 보이는 고깃집 안으로 들어갔다. 한문혁은 그 안으로 들어가며 소리 높여 누군가를 불렀다.

"이모! 나 왔으요."

"누꼬? 문혁이가?"

아줌마들의 헤어스타일인 뽀글이 파마를 한 50대 아줌마가 나왔다. 한문혁을 발견하고 곧바로 뛰쳐나왔다.

"왜 이리 오랜만이고. 좀 자주 오지."

"내가 요즘 바빴다 아이가. 참, 내가 지난번에 말한 친구 강동원이. 이모도 알제? 미국 메이저리그에서 잘나간다."

"옴마야, 진짜네. 강동원이네."

주인은 강동원을 알고 있는 듯했다. 강동원은 어색한 얼굴로 인사를 했다.

"안녕하세요."

"어머나, 우짜믄 좋노."

주인은 부끄러운 듯 강동원과 눈을 마주치지 못했다. 그 모습을 본 한문혁이 소리쳤다.

"뭐꼬, 이모! 그 나이에 부끄럼타나?"

"그람 부끄럽지. 대스타가 왔는데."

"대스타는 무슨. 동원이 나랑 동갑이거든?"

"시끄랍고 퍼뜩 앉아라."

"오야, 내 묵던 거 알제? 그걸로 주소."

"알았데이."

한문혁은 강동원을 이끌고 구석으로 갔다.

"앉아라. 여기 고기 맛이 죽인다."

잠시 후 주인이 밑반찬이랑 고기를 가져왔다. 그리고 식탁 구멍에 연탄불을 올렸다.

"니 연탄불에 고기 꾸워 묵어봤나? 이거 쥑인다이."

한문혁은 잔뜩 고무된 얼굴로 자랑했다.

"그래, 맛있겠네."

강동원도 침을 꼴딱 넘기며 웃었다.

잠시 후 술이 나오면서 본격적으로 먹방을 찍기 시작했다.

한문혁은 언제나 그랬듯 음식을 참 맛있게 잘 먹었다. 상추에 고기를 올린 뒤 마늘과 막장, 파절이를 넣고 크게 한 쌈 만들어 입에 가져갔다. 그리고 반쯤 씹어낸 뒤 술 한 잔을 입에 털어 넣으며 만족스러운 표정을 지었다.

그 모습이 어찌나 맛있어 보이던지 강동원은 자신도 모르게 허리띠를 풀었다.

"참, 얘기는 들었다. 이제 신고 선수 딱지 떼고 2군 포수로 있다면서?"

"오야. 인자부터 시작이제. 자 한잔해라."

한문혁이 술병을 들었다. 강동원이 한 잔을 마신 후 잔을 내밀었다. 술잔에 술이 찰랑찰랑 차올랐다. 강동원이 술병을 건네받아 이번에는 한문혁 잔에 술을 채웠다.

"동원아, 내 이 말까진 안 하려고 했는데……."

"……?"

"잘하믄, 이번 시즌에 1군에 올라갈지도 모른다."

한문혁이 무심하게 한 마디 툭 던졌다. 그러자 강동원의 눈이 크게 떠졌다.

"진짜?"

"하모. 내가 어데 거짓말 하드나."

"어떻게 된 거야?"

"그게 말이다."

한문혁은 씁쓸한 표정으로 술 한 모금을 마신 후 입을 열었다.

"1군에 태훈 선배 있잖아. 그 선배가 잔부상이 워낙에 많아가꼬. 백업이 좀 필요하다카네."

강동원은 한문혁의 말을 찬찬히 들었다.

"그래서."

"그래서 뭐 우째. 원래 백업 포수였던 조일창 선배 있잖아. 그 선배가 하는 게 맞는 기제. 근데 있지 않나. 그 선배 사생활이 좀 문란하다."

"문란해?"

강동원이 궁금하다는 얼굴로 되물었다. 그러자 한문혁이 텅 빈 가게를 쓱 한번 확인하고 난 후 낮게 속삭였다.

"그 선배가 여자관계가 좀 복잡하다 안 카나. 있제, 작년에 여지 한 명 잘못 거드리가 구단까지 찾아와서 난리를 부렸다 안 카나. 그때 조일창 선배 개쪽 팔았제."

한문혁의 흥미진진한 말에 강동원의 눈이 반짝였다.

"진짜? 그래서 어떻게 됐어?"

"뭐, 어떻게 돼. 개쪽 팔고! 후배들에게 쪽팔리가, 한동안 나오지도 않았제. 그 상황에 구단에서도 자체 징계를 내렸잖아."

"그래? 그럼 한동안 못 나오겠네."

"어데. 한 2년간 못 나오제."

"징계를 2년 동안 받았어?"

"그게 아이고, 구단에서 이참에 군대라도 다녀오라켔잖아. 그래서 지금 군대 갈 준비한다."

"아하, 그렇구나."

강동원은 고개를 끄덕였다. 조일창이 군대에 다녀온다면 백업 포수 자리는 2년간 공석일 수밖에 없었다. 그렇다면 한문혁이 1군에 올라갈 가능성도 충분해 보였다.

"1군 꼭 올라가라. 그리고 절대 내려오지 말고."

강동원이 씩 웃으며 술잔을 들이켰다.

"자, 또 한잔해라."

한문혁은 벌써 한 쌈 만들어서 준비해 놓은 상태였다. 강동원이 피식 웃으며 술잔을 부딪쳤다.

"크으, 죽인다."

한문혁은 술을 털어 넣은 뒤 고기쌈을 입에 넣고 우걱우걱 씹었다. 한문혁의 얼굴에는 행복한 미소가 가득했다.

"난 인제. 먹을 때가 가장 행복하다."

"후후, 그래 보인다."

강동원도 피식 웃었다. 그러다가 아까 하던 얘기가 끝나지 않았다는 것을 알았다.

"어쨌든 아까 하던 이야기 계속해 봐. 그래서 어떻게 되었는데."

"아, 그래서 뭐 우째. 현재 마땅히 있는 포수가 없는 것이제. 그래서 김영문 감독님이 2군에 있는 포수 한 명을 올릴 생각이더라."

"뭐야, 그럼 아직 확정된 건 아니네."

"그렇지. 하지만 딱 봐라. 나밖에 더 있나. 뭐, 가능성은 조금 낮을지도 몰라도 한번 도전해 볼라고."

"그래, 넌 잘할 수 있을 거야. 힘내라, 짜샤!"

"오야. 고맙데이."

한문혁은 환한 얼굴로 술잔을 들어 부딪쳤다. 강동원도 한문혁의 도전에 박수를 보내주었다.

"참, 니는 언제 미국 가노?"

"다다음 주쯤?"

"금방이네."

"금방은. 한국에 너무 오래 있었다. 빨리 미국 가서 몸 만들어야 할 거 같아."

"맞다. 깜짝했네. 월드시리즈 챔피언된 거 축하한다."

"새끼, 빨리도 얘기하네."

"미안타."

한문혁이 미안한 얼굴이 되었다. 강동원은 그런 한문혁을 보고 웃음만 나왔다.

"니는 벌써 메이저리그에 올라갔는데 나는 뭐하는 건지 모르겠다."

"또, 또. 그러지 말라니까? 너도 충분히 잘하고 있어. 네 말대로 이제 곧 1군에 올라갈 수 있을 거야."

"참말로 그렇게 생각하나?"

"당연하지! 내 친구 한문혁인데!"

"그렇지? 나라고 뭐 1군 못 올라가겠나. 안 그나?"

"당연하지. 1군 갈 수 있을 거야."

"그라제. 근데, 동원아."

"응?"

"월드시리즈 우승하면 반지 준다카던데. 니 받았나?"

"아니, 아직."

"아직이라고? 와? 니는 안 준다카더나?"

"하하하, 아니야. 치수는 맞춰 갔으니까 개막 전에는 주겠지, 뭐."

"이야, 죽이네."

한문혁은 부러움 가득한 얼굴로 강동원을 쳐다보았다. 강동원은 그런 한문혁의 눈빛이 부담스러웠다.

"뭐야? 왜 그렇게 쳐다봐."

"부러버서 그런다. 부러버서! 에잇."

한문혁이 다시 술 한 잔을 입에 털어 넣었다.

강동원이 들고 있던 술잔을 내려놓았다.

"그러니까 이참에 나 따라서 메이저리그 가자니까?"

"크으, 메이저리그가 뉘 집 개 이름이가?"

"왜? 난 네 수비 능력이면 메이저리그에서도 인정받을 거라고 보는데?"

"그래 봐야 반쪽짜리 아이가."

"반쪽이면 뭐 어때? 메이저리그 포수 중에서 비스트 포지처럼 공수에 능한 포수가 몇 명이나 되는 거 같은데?"

"그래도 한 열 명은 넘지 않겠나?"

"거의 없어. 그리고 요즘은 공격이 부족해도 수비 능력 확실한 선수들 선호한다고."

"그래? 참말이가?"

"그럼. 내가 너한테 거짓말할까? 어쨌든 빨리 말해. 올 거야 말 거야?"

"가야지. 하모, 갈끼다. 니 딱 기달려라. 내 해외 진출 자격 얻으면 곧바로 갈 끼니까."

"알았어. 기다리고 있을게. 꼭 와."

"오야, 갈게."

한문혁이 히죽 웃었다. 강동원도 기분 좋게 웃으며 술을 마셨다.

"고기 죽이제."

"응, 진짜 맛있다."

"여기 알아낼라고 내가 얼마나 고생한 줄 아나?"

"그래?"

"진짜 물어 물어 겨우 찾아온 기라. 여기가 아는 사람만 아는 맛집인 기라."

"너 아니었음 나도 못 올 뻔한 거네?"

"하모, 내가 니만 특별히 데리고 왔다. 다른 사람은 데리고 오도 안 했어."

"정말인 거지?"

"당연하지. 야, 니 나 못 믿나?"

"믿어, 믿는다. 그러니까 자, 한잔하자."

강동원과 한문혁은 오랜만에 웃으며 회포를 풀었다. 그러는 동안 고기 계속해서 구워졌고, 소주 한 병이 순식간에 비워졌다.

한문혁이 주방에 있는 주인을 향해 소리쳤다.

"이모, 조은데이 한 병 더!"

"니가 빼 무라!"

그 한마디에 강동원이 쓱 일어나 소주를 세 병 꺼내왔다.

❽

한문혁과 밤늦게까지 회포를 푼 뒤에 강동원은 다시 서울로 올라왔다. 그리고 미리 예정된 스케줄을 소화한 뒤 미국행 비행기에 올랐다.

원래 강동원은 출국 전 기자회견을 할 예정이었다. 하지만 김운식 감독과 몰래 만났다는 소문이 나돌면서 모든 것을 취소하고 비밀리에 출국을 하였다.

강동원은 스프링 캠프에 앞서 한 달 반 동안 부지런히 몸을 만들었다. 한국에 있을 때도 틈틈이 운동을 하긴 했지만 시즌이 코앞으로 다가오니 감히 요령을 피울 수가 없었다.

그렇게 부지런히 컨디션을 끌어올린 뒤 강동원은 시범 경기에 참여하기 위해 애리조나로 움직였다.

자이언츠 선수들이 묵고 있는 숙소에 도착하자 반가운 얼굴들이 보였다.

비스트 포지, 메디슨 범가드너, 쟈니 쿠에토까지 자이언츠의 월드시리즈 우승을 이끈 동료들이 전부 모여 있었다.

"어이, 강! 여기야!"

"포지!"

비스트 포지가 강동원을 반겼다. 강동원도 손을 흔들며 비스트 포지와 반갑게 인사를 나눴다.

"한국 갔다 오니 어때?"

"당연히 좋죠."

"어머니는 잘 계시고?"

"염려해 준 덕분에 잘 계세요. 참, 포지가 준 선물 어머니가 좋아하셨어요."

"하하. 그래? 자이언츠에서 가장 잘생긴 선수가 준 선물이라고 말하는 거 잊지 않았지?"

"그럼요. 그리고 그렇게 말 안 해도 어머니가 포지를 알고 있더라고요."

"하긴, 너와 나는 배터리니까. 그건 그렇고. 선물은? 설마 빈손으로 온 건 아니겠지?"

비스토 포지가 손을 내밀었다. 순간 강동원이 당황했다.

"서, 선물은……."

"뭐야? 한국에 다녀왔는데 아무것도 안 가져왔어? 우와, 실망인데."

"아, 그게요……. 워낙 바빠서……."

"그래도 너무하잖아. 난 네가 한국 과자라도 가져다줄 줄 알고 잔뜩 기대하고 있었는데."

"한국 과자요?"

강동원은 이내 뭔가가 떠올랐다.

"아, 있어요. 있어. 잠시만요."

강동원은 재빨리 숙소로 올라갔다. 그리고 가방을 뒤져서 붉은색으로 된 뭔가를 꺼냈다.

"후후, 이거면 되지. 사람은 역시 정이니까."

강동원이 손에 든 것은 한국에서 챙겨 온 초코파이였다. 초코파이는 외국인들에게는 생소한 것으로 인기가 아주 많았다.

다시 로비로 내려온 강동원은 비스트 포지를 찾았다. 비스트 포지는 메디슨 범가드너와 따로 이야기를 나누고 있었다. 강동원은 잘됐다는 생각으로 그곳으로 갔다.

"자요."

강동원이 초코파이를 내밀었다. 그것을 본 비스트 포지가 고개를 갸웃했다.

"이게 뭐야?"

"뭐긴요, 선물이죠."

"잉?"

비스트 포지가 초코파이를 받아 들었다. 그러자 강동원이 이것을 설명하기 시작했다.

"이것이 한국에서 유명한 파이인데요. 겉은 초콜릿, 속은 파이와 마시멜로로 되어 있어요."

"이거 먹는 거 맞지? 이상한 거 아니지?"

"아, 일단 하나 먹어보라니까요."

강동원이 초코파이 상자를 까서 하나씩 돌렸다. 비스트 포지를 비롯해 다른 선수들은 초코파이를 보고 반신반의했다.

먼저 비스트 포지가 포장지를 뜯어 내용물을 꺼내 입으로 가져갔다. 그리고 한입 가득 베어 물었다.

"어때? 괜찮아?"

"이상하지? 그렇지?"

메디슨 범가드너와 제니 쿠에토가 의심 어린 눈초리로 물었다. 그때 비스트 포지가 갑자기 눈을 똥그랗게 뜨더니 엄지손가락을 들어 올렸다.

"와우! 이게 뭐야. 정말 맛있는데."

"정말?"

"그럼 어디 나도."

다른 선수들도 초코파이를 먹어보았다. 그리고 다들 눈이 커지더니 비스트 포지만큼이나 놀라워했다.

"오오, 이거 장난 아니야!"

"뭐지? 뭐가 이리 맛있는 거야!"

"진짜 맛있는데?"

"강! 나 하나만 더 줘."

"나도 나도!"

"더 가져온 거 없어? 이건 어디서 구할 수 있는 거야?"

선수들은 저마다 극찬을 늘어놓았다. 강동원은 그들의 모습을 보며 흐뭇함을 감추지 못했다.

애리조나 훈련 캠프로 가는 길은 번잡하지 않았다. 비교적 한적한 서프라이즈시의 도로를 가로질러 5분 정도 가다 보면 야구장에 도착을 할 수 있었다.

애리조나가 가장 좋은 것은 바로 날씨였다. 애리조나는 비가 많이 오지 않았다. 건조한 기후로 3월 평균 낮 온도는 25

도에 달할 정도였다. 이 정도면 운동하기 딱 좋은 날씨라고 할 수 있었다.

그렇다고 날이 무덥진 않았다. 바람이 살랑살랑 불어오니 선수들도 다들 만족스럽게 훈련에 임할 수 있었다.

이곳 애리조나 훈련지에는 총 3개의 운동장이 있었다. 모두 천연잔디가 깔려 있는 것이 특징이었다.

훈련 시간이 되고 각 팀으로 나눠 훈련이 시작되었다. 외야수는 외야수끼리, 내야수는 내야수끼리 조를 나눴다. 강동원은 당연히 투수조에 편성되어 투수들과 함께 훈련을 진행했다.

투수들은 각 베이스에 흩어져 한창 라운딩 연습을 시작했다.

1인당 횟수를 정해서 포구 및 송구 훈련을 하는데 선수들 조금이라도 빨리 끝내기 위해서 '라스트, 라스트'라고 외쳐댔다. 그러면서도 뭐가 그리 좋은지 입가에 웃음이 떠나질 않았다.

자이언츠의 에이스인 메디슨 범가드너가 훈련 첫날부터 분위기를 이끌었다. 워낙에 장난스러운 성격이다 보니 새로 올라온 마이너리그 투수들을 가만 놔두지 않았다. 그러다 메디슨 범가드너가 스텝이 엉켜 땅볼을 놓치자 다른 선수들과 코치들이 기다렸다는 듯이 장난기 어린 야유를 보냈다.

"뭐야, 코치. 이건 공이 이상했잖아!"

메디슨 범가드너는 태연하게 두 손을 들어올렸다. 그 모습을 지켜보던 강동원도 실수가 나오자 메디슨 범가드너를 그대로 흉내 냈다.

"뭐야, 강! 너 지금 누굴 따라하는 거야?"

"엇! 메디슨. 눈치챘어요?"

"이 자식이! 너 이리 와!"

"싫어요! 메디슨이라면 오겠어요?"

강동원과 메디슨 범가드너의 쫓고 쫓기는 추격전이 벌어지자 선수들은 다시 한번 웃음을 터뜨렸다.

자이언츠 선수들은 그렇게 착실히 몸을 만들며 컨디션을 끌어올렸다. 강동원도 동료들 속에서 실전 감각을 찾기 위해 노력했다.

시범 경기가 시작되자 브루스 보체 감독은 강동원을 찾았다. 강동원은 훈련을 마치고 더그아웃에서 땀을 닦고 있었다.

"헤이, 강."

"감독님."

강동원이 땀에 젖은 수건을 내려놓으며 브루스 보체 감독을 보았다. 브루스 보체 감독이 씩 웃으며 강동원의 옆자리에 앉았다.

"오늘 공 던지는 거 봤어. 좋던데?"

"그래요? 다행이네요."

"포심 패스트볼도 좋았지만 확실히 커브가 훌륭했어."

"하하. 오늘 들은 칭찬 중에 가장 기분 좋은 말이네요."

"컨디션은 어때?"

"거의 80% 올라온 것 같아요."

"그래? 다행이네. 그래도 무리해서 올리지 마. 부상당하면 큰일이니까."

"그렇지 않아도 잘 조절하고 있어요."

"그래. 정규 시즌까지만 컨디션을 끌어 올리면 되니까. 다시 말하지만 급하게 서둘 필요 없어. 시범 경기 성적은 중요하지 않으니까. 내 말 무슨 소리인지 알지?"

"네, 감독님."

강동원이 해맑게 대답을 했다. 그 모습을 보니 브루스 보체 감독도 안심이 되었다.

"미리 말해두지만 선발진 3명은 이미 확정이야. 메디슨 범가드너, 제니 쿠에토 그리고 자네. 시범 경기에서 난 나머지 두 명의 투수를 찾아야 해. 그리고 그건 엄청 골치 아픈 일이라고. 그러니까 강과 메디슨, 제니는 시즌 끝날 때까지 선발 로테이션을 지켜줘야 해."

브루스 보체 감독은 아직 언론에도 발표하지 않은 이야기를 강동원에게 전했다. 몇몇 언론사에서 강동원이 2년 차 징크스를 겪을 것처럼 떠들어 대고 있는 터라 강동원에게 확신을 줄 필요가 있다고 판단한 것이다.

강동원의 얼굴 표정이 환해졌다. 지난해에는 5선발로 시작했다. 하지만 이번 시즌에는 3선발이었다. 그것도 시범 경기가 끝나기도 전에 선발이 확정됐다. 이건 확실한 주전 선수가 아니고서야 받을 수 없는 특별 대우였다.

"감사합니다, 감독님."

강동원는 곧바로 자리에서 일어나 브루스 보체 감독에게 인사했다.

"감사는 무슨. 당연한 결정인데."

"그래도 신인인 저한테 큰 기회를 주셔서 고맙습니다."

"하하. 그게 다 강이 지난 시즌 열심히 해준 덕분이지. 아무튼, 올해도 부탁하네."

"넵!"

브루스 보체 감독이 흐뭇한 얼굴로 강동원의 어깨를 두드리곤 로커 룸을 나섰다. 멀어지는 브루스 보체 감독을 보며 강동원은 마음이 한결 편안해졌다. 솔직히 신경 쓰지 않으려 해도 지역 일간지들의 기사들을 무시할 수 없었다.

작년에 잘하긴 했지만 메이저리그 3년 차 투수였다. 풀타임을 뛴 건 작년이 전부였다. 자이언츠에 좋은 투수도 많으니 강동원도 경쟁은 불가피하다고 여겼다.

그런데 브루스 보체 감독은 경쟁은 없다고 확답을 해주었다. 시범 경기에서 지나치게 부진하거나 부상을 당하지 않는 이상 올해도 자이언츠의 선발 투수로 뛸 수 있게 된 것이다.

"후우……. 좋았어."

강동원이 다시 수건을 집어 들었다. 이제 다른 건 생각할 필요가 없었다. 오직 컨디션을 올리는 것에 집중할 생각이었다.

다음 날 아침. 브루스 보체 감독은 언론에 3명의 선발은 확정되었다고 발표했다. 그리고 명단을 궁금해하는 기자들에게 강동원의 이름이 포함되어 있다는 사실을 전했다.

상당수의 기자는 강동원의 선발 로테이션 합류를 당연하게 받아들였다. 강동원은 누가 보더라도 자이언츠의 미래였다. 지난해 포스트시즌에서 보여준 놀라운 경기력이라면 제

너 쿠에투를 대신해 메디슨 범가드너와 원투 펀치를 이뤄도 될 것 같았다.

브루스 보체 감독은 남은 선발 두 자리를 이번 시범 경기를 통해 찾겠다고 밝혔다. 수준급 투수가 많긴 하지만 자이언츠에 세대교체가 필요하다고 인정한 것이다.

덕분에 강동원은 시범 경기 초반에 나서지 않았다. 대신 롱토스와 가벼운 불펜 피칭으로 컨디션을 조절했다.

그리고 시범 경기 후반에 들어서서야 강동원의 출전이 확정되었다.

3번의 등판 경기에서 강동원은 모두 승리 투수가 되었다.

첫 경기는 5이닝을 던지고 내려왔다. 투구 수가 60구밖에 되지 않았지만 무리하지 말라는 브루스 보체 감독의 배려를 받아들였다.

그다음 경기부터는 투구 이닝을 한 이닝씩 늘렸다. 그리고 세 번째 경기에서는 7이닝을 꽉 채우고 내려왔다.

투구 수를 90까지 끌어올린 강동원은 새 시즌에 들어갈 준비를 마쳤다.

샌프란시스코 언론도 강동원이 올 시즌 좋은 성적을 낼 거라 기대했다. 시범 경기에서 3승에 평균 자책점 1.50을 기록했다. 무엇보다 고무적인 것은 포심 패스트볼 구속이 벌써부터 98mile/h(≒157.7km/h)까지 나왔다는 점이다.

전문가들은 여름이 되기 전에 강동원이 100mile/h(≒160.9km/h)을 가뿐히 넘길 수 있을 거라고 전망했다. 브루스 보체 감독도 강동원의 성장을 흡족한 얼굴로 지켜보았다.

강동원뿐만 아니라 메디슨 범가드너와 제니 쿠에토도 기

대했던 만큼의 성적을 냈다.

문제는 4, 5선발이었다. 4명의 선발 투수들이 번갈아 가며 테스트를 받고 있지만 브루스 보체 감독의 마음을 빼앗은 선수는 아직까지 나오지 않고 있었다.

"4선발과 5선발이 정해지지 않아 큰일이네요."

"괜찮아, 강. 저러다가도 결국 두 명이 결정될 테니까."

걱정하는 강동원을 비스트 포지가 달랬다. 오히려 쓸 만한 선발 투수가 많다며 경쟁이 더 좋은 결과를 만들어낼 거라고 강동원을 위로했다.

경기가 끝난 후 강동원은 클럽하우스로 이동했다. 그런데 갑자기 한 기자가 인터뷰 요청을 해왔다.

강동원은 가던 걸음을 멈추었다. 출입 카드를 보니 한국 쪽 취재진이었다.

"안녕하세요, 강동원 선수. 인터뷰에 응해주셔서 감사합니다."

"아닙니다."

"자이언츠에서 이미 강동원 선수를 3선발로 낙점한 모양인데 어떻게 준비를 하고 계세요?"

"준비는 거의 다 끝냈고요. 현재 이닝을 늘리는 것과 구속을 올리는 것에 집중하고 있어요."

"올 시즌 목표를 알려주세요."

"올 시즌 목표는 물론 무조건 작년보다 잘하는 것 입니다."

"작년 성적도 대단했는데 작년보다 더 잘하겠다고요?"

"네, 매년 성장하는 선수가 되고 싶습니다."

"알겠습니다. 마지막으로 고국의 팬들에게 인사 부탁드리겠습니다."

"팬 여러분 감사합니다. 올 시즌도 많은 응원 부탁드리겠습니다. 감사합니다."

강동원은 혹시라도 아시안게임 이야기가 나올까 봐 서둘러 인사를 하고 클럽하우스로 들어갔다. 기자도 시즌이 개막되지 않은 시점부터 아시안게임을 들먹일 생각은 없는 듯했다.

시범 경기가 모두 끝나고 메이저리그는 4월 3일부터 정규시즌에 돌입했다.

강동원은 지난해보다 더 잘하겠다는 약속을 지키기 위해 열심히 던졌다. 그 결과가 전반기에 고스란히 나타났다.

강동원은 전반기에 총 18경기에 선발로 등판했다.

11승 5패, 평균 자책점 2.37, 탈삼진 155개를 기록했다. 총 이닝은 110이닝을 던져서 29실점을 하였다.

작년보다는 투구 이닝이 10이닝 정도 줄었지만 체력에 문제가 있는 건 아니었다. 그저 부상 염려 때문에 구단에서 이닝 관리를 해준 결과였다.

하지만 탈삼진 능력은 그대로였다. 경기당 무려 12.7개의 탈삼진을 기록했다.

전반기가 끝난 시점에서 언론은 강동원이 2년 차 징크스를 말끔히 날렸다고 단언했다. 실제로 강동원은 전반기의 성적으로 올스타에 당당히 뽑혔다.

올스타전에서 8회에 모습을 드러낸 강동원은 세 타자를 상대로 삼진 2개를 빼앗으며 내셔널리그 승리에 기여했다.

그리고 작년보다 짧은 올스타 브레이크를 가진 뒤 강동원은 곧바로 후반기 일정에 들어갔다.

언론은 작년에 강동원이 후반기에 부진했다는 점을 언급하며 후반기 첫 경기를 주목할 필요가 있다고 말했다.

하지만 강동원은 후반기 시작과 동시에 또다시 노히트노런을 달성해 미국을 떠들썩하게 만들었다.

호투는 한 경기로 끝나지 않았다. 두 번째 경기에서 완봉승을 거둔 데 이어 세 번째 경기마저 9이닝 무실점 완벽투로 틀어막으며 세 경기 연속 완봉 기록을 세웠다.

자연스럽게 강동원의 주가가 하늘 높이 치솟았다. 강동원의 티셔츠는 날개 돋친 듯 팔려 나갔다. 판매량이 지난 시즌보다 10배 이상 올랐다.

시간이 지나면 지날수록 강동원의 어깨는 더욱더 힘을 발휘했다. 메디슨 범가드너와 제니 쿠에토가 컨디션 난조를 보일 때도 강동원은 꿋꿋이 7이닝 이상을 소화하며 불펜을 쉬게 만들어주었다.

그렇게 7월이 끝나갈 때쯤 KBO에서 자이언츠에게 정식 공문을 보냈다. 아시안게임을 위해 강동원을 대표팀에 보내 달라는 내용이었다.

같은 시각 강동원도 에이전트 박동휘로부터 전화를 받았다.

-동원아, 고생 많다. 한국에서도 너의 활약상이 연일 화제다.

"후후, 당연한 거 아니에요?"

-그래, 당연하지.

"그런데 무슨 일이에요?"

-참! 내 정신 좀 봐. 내일 자이언츠에 정식으로 공문이 접

수될 거야. 이번 아시안게임 대표팀 차출 문제로 말이야.

"벌써 그렇게 됐어요?"

—벌써는. 이제 곧 8월인데 서둘러야지.

"하긴. 벌써 그렇게 됐네요."

—괜찮을까? 지금 한창 주가를 올리고 있는데.

"괜찮아요. 구단에게 충분히 양해를 구할 테니까요. 제 요구를 들어줄 거예요."

—이럴 때 내가 옆에 있어줘야 하는데 한국에 와서 미안하다.

"그런 소리 마세요. 제훈 씨도 있고 저도 혼자 잘할 수 있어요."

—그래, 알았어. 연락 주고.

"네, 형."

강동원은 전화를 끊었다.

"벌써 아시안게임이 왔구나."

태극마크를 달 생각을 하니 벌써부터 가슴이 두근거렸다.

잠시 후.

강동원은 브루스 보체 감독의 부름을 받고 감독실로 향했다.

똑똑똑.

"들어와."

강동원이 감독실 문을 열고 들어갔다. 브루스 보체 감독 옆에는 보비 에반 단장도 있었다.

강동원은 살짝 놀랐지만 이내 내색하지 않고 인사를 했다.

"안녕하세요."

"어서 오게."

보비 에반 단장이 강동원을 맞이했다. 브루스 보체 감독은 강동원에게 맞은편 자리를 권했다.

"이리 와 앉게."

강동원이 자리에 앉았다. 브루스 보체 감독은 내려온 공문을 보며 그것을 책상에 내려놓았다.

"단장님이 가져온 공문을 보았네. 나와 단장님의 생각은 미안한 말이지만 참가하지 않았으면 하는 바람이네."

현재 자이언츠는 서부 지구 1위를 달리고 있었다. 2위 다저스와는 6경기 앞서고 있었다.

하지만 지구 우승을 안심할 수 있는 상황은 아니었다. 3선발인 강동원이 없으면 어찌 될지 몰랐다.

무엇보다 지금 당장 강동원을 대처할 선발도 찾기 힘들었다. 강동원이 아시안게임을 치르고 다시 돌아왔을 때 부상 없이 복귀할지도 의문이었다.

보비 에반 단장도 그것이 걱정이었다. 하지만 강동원은 아시안게임에 꼭 참석하고 싶었다.

"팀의 사정을 모르는 것은 아닙니다. 하지만 전 대한민국 국민입니다. 국가가 부르는데 어떻게 안 갈 수 있습니까? 전 왼쪽 가슴에 태극기를 단다는 것을 큰 영광으로 생각하고 있습니다. 그러니 절 보내주십시오."

"으음."

"크음."

브루스 보체 감독과 보비 에반 단장이 신음을 흘렸다. 어느 정도 예상을 하긴 했지만 강동원이 조금이라도 고민해 주길 바랐다.

하지만 단호한 강동원의 표정을 보고 있자니 더는 설득할 수가 없을 것 같았다.

"알겠네. 그렇다면 조건이 있네."

보비 에반 단장이 말했다.

"협회에 따로 공문을 보내겠지만 미리 말해두겠네."

"네, 말씀하세요."

"절대 다치지 말 것 그리고 예선 1경기와 결선 1경기만 뛸 것. 투구 수는 90개로 제한할 것. 이것을 지켜준다면 보내주겠네."

강동원은 가만히 생각해 보았다. 이 정도면 충분히 들어줄 수 있을 것 같았다.

"네, 알겠습니다."

"좋네, 그럼 협회에 이 같은 사실을 공문으로 보내겠네."

"네."

강동원이 자리에서 일어났다. 그런데 브루스 보체 감독이 강동원을 다시 불렀다.

"강."

"네, 감독님."

"제발 다치지 말아야 하네. 몸 건강히 아무 탈 없이 다녀와야 해."

"걱정 마세요, 감독님."

"그래."

강동원이 환하게 웃으며 감독실을 나갔다. 그리고 한 차례 선발 로테이션을 더 소화한 후 대한민국으로 떠나는 비행기에 몸을 실었다.

강동원은 비즈니스석에 앉아 창가를 바라보았다. 온통 구름밖에 보이지 않았지만 들뜬 가슴은 어쩔 수가 없었다.

'이제야 진짜 국가대표가 되는구나.'

강동원의 손이 자연스럽게 왼쪽 가슴에 올라갔다.

'이 자리에 태극마크가 달리지.'

강동원은 물끄러미 그곳을 바라보았다.

대한민국 국가대표로 뛰는 것은 그 무엇과도 바꿀 수 없는 영광이었다.

강동원의 가슴이 쿵쾅쿵쾅 뛰었다. 그 설렘만큼이나 이번 아시안게임이 좋은 추억으로 남길 간절히 바랐다.

51장
아시안게임

1

    일주일간의 합숙 훈련을 마친 뒤 야구 대표팀은 아시안게임을 치르기 위해 자카르타로 향했다.

    강동원은 비행기 창가 쪽에 앉아 밖을 보고 있었다. 창문에 비친 그의 왼쪽 가슴에는 태극기가 달려 있었다.

    강동원의 시선이 자연스럽게 자신의 왼쪽 가슴으로 향했다. 선명하게 박힌 태극기를 보니 절로 입가에 미소가 지어졌다.

    강동원은 불현듯 대표팀 야구복을 가져왔을 때 어머니가 울면서 기뻐했던 모습이 떠올랐다.

    '우리 아들이 정말 국가대표가 된 거니?'

어머니는 뿌듯한 얼굴로 강동원을 바라보았다. 그 모습이 아직도 눈에 아른거렸다.

"훗."

강동원이 피식 웃었다. 그리고 왼쪽 가슴에 있는 태극기를 두어 번 두드린 후 눈을 감았다.

그때 누군가가 강동원의 팔을 덥썩 붙들었다.

"뭐야?"

강동원이 당황한 얼굴로 고개를 돌렸다. 그곳에는 고소공포증이라도 앓는 것처럼 벌벌 떨고 있는 한문혁이 앉아 있었다.

"동원아, 지금 제대로 가고 있는 거 맞제?"

한문혁은 땀을 흘리며 말했다.

"왜 그래. 비행기 처음 타보는 사람처럼."

강동원이 피식 웃으며 팔꿈치로 한문혁을 쿡 하고 쳤다. 그러자 한문혁이 굳은 얼굴로 중얼거렸다.

"내 첨이다……."

"뭐?"

"비행기 첨이라고."

"……정말?"

"그래, 아직 제주도도 못 가 봤다."

"어, 어쨌든, 인마. 걱정하지 마. 비행기 안 떨어지니까."

"그래도 너무 높이 나는 거 같은데……."

"그럼 비행기가 높이 날지 낮게 날까? 걱정하지 말고 맘 편히 먹어. 너 그래 가지고 국가대표라고 할 수 있겠냐?"

강동원이 일부러 화제를 돌렸다. 하지만 그 주제 또한 한문혁에게 유리할 건 없었다.

"암튼 고맙다, 동원아."

"뭐가 또 고마운데?"

"니 덕분에 내도 태극마크 달았다 아이가."

"그게 왜 내 덕분이야? 네가 잘한 거지."

"내도 내 분수는 안다. 내가 누구 때문에 국가대표가 되었는데. 다 니 덕분 아이가."

"야, 그런 쓸데없는 걱정 말고 열심히 해서 자리 잡아. 나 절대 너 뽑으라고 강요한 적 없다. 아니지, 널 추천하지도 않았어. 충분히 네 실력으로 뽑힌 거니까. 자신감을 가져!"

농담이 아니라 강동원은 한문혁을 아시안게임 포수로 뽑아달라고 말 한 적이 한 번도 없었다. 국가를 위해 헌신하겠다고 참가한 대회였다. 친구랍시고 한문혁을 챙길 생각은 눈곱만큼도 없었다.

물론 한문혁도 그 사실을 잘 알고 있었다. 하지만 강동원이 대표팀에 합류하면서 태극마크를 달게 된 것 또한 부정할 수 없는 사실이었다.

강동원이 국가대표 합숙 훈련에 합류하면서 대표팀 분위기는 상당히 뜨거워졌다. 메이저리그에서도 날아다니는 강동원이 에이스 역할을 해 준다면 아시안게임 우승도 어렵지 않다고 여긴 것이다.

하지만 그 즐거운 분위기는 채 반나절을 가지 못했다. 대표팀 포수 중 누구도 강동원의 커브를 제대로 받아내지 못한 것이다.

스트라이크존으로 떨어지는 커브는 어느 정도 포구가 가

능했다. 그러나 강동원의 주 무기인 홈 플레이트 앞에서 뚝 떨어지거나 바운드가 되는 커브는 포구 확률이 채 30퍼센트도 되지 않았다.

"이래서는 안 되겠는데요."

"후우……. 미치겠군."

코칭스태프는 고민에 빠졌다. 합숙 훈련 시간이 넉넉하다면 강동원의 공을 잡을 수 있을 때까지 기다렸겠지만 대회가 얼마 남지 않은 상황에서 그런 위험을 안고 갈 수는 없었다.

김운식 감독은 차선책으로 청소년 국가대표 시절 주전 포수였던 박성현을 호출했다. 하지만 애석하게도 박성현은 어깨 부상으로 전력에서 이탈한 상태였다.

그다음으로 발목 부상으로 하차했던 오의지가 거론됐지만 그 역시도 강동원의 커브를 받아보더니 고개를 절레절레 흔들었다.

"감독님, 솔직히 말씀드려도 됩니까?"

"편하게 말해봐."

"저 정말 자신 없습니다. 저도 동원이의 공을 받아보고 싶은데 커브는……. 진짜 눈에 안 잡힙니다. 만약 이런 상태로 공을 받으면 팀에 민폐가 될 듯합니다."

믿었던 오의지마저 고개를 절레절레 흔들자 김운식 감독은 깊은 고민에 빠졌다. 그때 코치로 와 있던 김영문 감독이 나섰다.

"감독님, 괜찮다면 저희 팀에 백업 포수로 있는 한문혁을 한번 테스트해 보시는 게 어떻겠습니까?"

"한문혁?"

"네, 공격은 좀 그렇지만……. 동원이와 고등학교 시절 호흡을 맞췄던 해명고 출신입니다. 아마 지금 당장은 동원이의 커브를 유일하게 받을 수 있는 선수이지 않을까 합니다."

"그래? 알았어. 일단 데리고 와봐."

김운식 감독의 허락이 떨어지고 한문혁은 다음 날 곧바로 국가대표팀에 합류하라는 통지를 받았다.

김운식 감독은 한문혁에게 강동원의 공을 받아보라고 했다. 강동원은 친구라고 봐주지 않겠다며 마운드에 서서 있는 힘껏 공을 던졌다.

마운드에 선 강동원은 일부러 까다로운 코스로만 커브를 던져 한문혁을 괴롭혔다. 자신이 한문혁을 밀어줬다는 오해를 사전에 차단하기 위함이었다. 또한 한문혁이 국가대표 포수에 뽑힐 만한 수비 능력이 된다는 걸 모두에게 확인시켜 주고 싶었다.

퍼엉!

퍼엉!

갑작스러운 테스트였지만 한문혁은 강동원의 기대를 배신하지 않았다. 100mile/h에 가까운 포심 패스트볼은 물론, 낙차 큰 커브도 열심히 받아냈다.

거의 1년 만에 강동원의 공을 받아보는 것이라 커브는 10개 중에 8개만 포구할 수 있었지만 그것만으로도 김운식 감독을 미소 짓게 만들기에 충분했다.

그렇게 한문혁은 대표팀의 백업 포수로 태극마크를 달았다.

강동원의 전담 포수로 뽑힌 만큼 많은 경기에 출전하지 못

하겠지만 한문혁은 그깃만으로노 가슴이 두근거렸다. 이대로 아시안게임에서 좋은 모습을 보여준 뒤 강동원을 따라 미국으로 건너가도 나쁘지 않을 것만 같았다.

하지만 비행기라는 걸 처음 타본 이후로 한문혁의 간은 바짝 쪼그라들어 버렸다.

"아무튼 두 번은 대표팀 못하겠다."

"쓸데없는 소리 말고 열심히 해."

"물론 열심히 해야지. 국가대표인데."

"그래, 그래서 같이 군 면제도 받자고."

강동원이 씩 웃었다. 그러자 한문혁이 씁쓸한 표정을 지었다.

"동원아, 솔직히 난 군 면제는 기대도 하지 않고 있다. 그냥 대표팀에 뽑힌 것만으로도 행운이라 생각해."

"뭐야, 그 말은? 설마 우승 못 할 거라고 생각하는 거야?"

"아니, 아니. 네가 있는데 당연히 우승하겠지."

"그럼?"

"정말로 우리나라가 우승해서 군 면제 혜택을 받는다고 해도 사양하고 싶은 심정이야. 내 주제에 여기까지 온 것만으로도 감지덕지 아이가."

"왜? 우승을 해야 한다고 생각하니 부담스러워?"

"그런 거 아이다. 나도 우승이 목표다. 너도 알겠지만 내가 언제 태극마크를 달아보겠나. 마지막일지도 모르는데 최선을 다해야지."

"뭐야, 그 오그라드는 말은."

"오그라들긴. 아무튼 우리 잘해보자."

"그거야 당연한 소리고."

강동원과 한문혁이 환하게 웃으며 서로를 바라보았다. 그때 뒤에서 불쑥 손이 튀어나오더니 강동원의 옆구리를 툭툭 건드렸다.

"뭐야?"

강동원이 고개를 돌렸다. 자신의 뒷자리에는 강동열이 앉아 있었다.

강동원과 시선이 마주치자 강동열은 손가락을 입으로 가져가 댔다.

"쉿!"

강동원은 눈빛으로 '왜?'라고 물었다. 그러자 강동열이 턱 끝으로 옆자리에 앉은 선배들을 가리켰다.

강동원의 시선이 그쪽으로 향했다. 모두는 아니지만 몇몇 선배가 기분 나쁜 얼굴로 강동원 쪽을 쳐다보고 있었다.

"하긴, 여긴 메이저리그가 아니지."

강동원이 멋쩍은 얼굴로 시트에 몸을 묻었다. 메이저리그 같으면 긴장을 풀기 위해 동료들과 웃고 떠드는 건 기본이고 게임도 하고 놀았지만 국가대표팀 안에서는 그럴 수 없을 것 같았다.

"건방진 새끼."

강동원이 앉은 좌석을 노려보며 누군가가 낮게 중얼거렸다.

바로 강동원이 합류하기 전까지 에이스로 평가되던 다이노스의 채금강이었다.

이번 국가대표팀은 마운드가 심각할 정도로 약해져 있었다. 베테랑 투수가 다 빠져 버렸다. 다들 크고 작은 부상에

시달리는 터리 제대로 인원을 재우기도 어려웠다.

구단들도 얌체짓을 하며 한몫 거들었다. 강동원이 합류한다는 소식이 전해지면서 아시안게임 우승이 유력해지자 보란 듯이 군 면제가 필요한 선수들을 들이민 것이다.

상황이 여의치 않자 김운식 감독은 이번 기회에 국가대표팀도 세대교체를 하는 게 낫겠다고 판단했다. 아시안게임이 군 면제 수단으로 활용된다는 비난을 피하기 위해 리빌딩을 전면에 내세운 것이다.

채금강도 그 과정에서 운 좋게 태극마크를 달게 됐다. 개인적인 성적과 기량만 놓고 보자면 후보군에 끼기도 어려웠지만 모든 구단이 합심해 육성 선수들을 밀면서 그나마 나은 게 채금강이라는 말들이 나돌았다.

채금강도 이번 아시안게임에 잔뜩 열을 올렸다. 아시안게임에서 보란 듯이 활약해 몸값도 올리고 장기적으로 메이저리그에 도전하겠다는 야무진 꿈도 세웠다.

하지만 강동원의 합류가 알려지면서 채금강의 계획은 수포로 돌아가 버렸다.

"짜증 나는 자식."

채금강이 다시금 싸늘하게 중얼거렸다. 고작 메이저리그물 좀 먹었다는 이유로 강동원에게 에이스 자리를 줘야 한다는 사실이 여전히 납득이 가질 않았다. 게다가 강동원의 사촌 동생인 강동열까지 치고 올라오면서 짜증이 더해졌다.

그런 줄도 모르고 제 뱍으로 들어온 한문혁과 시시덕거리고 있으니 도저히 좋게 봐 주기가 어려웠다.

"아따. 사람 잡겠네."

채금강 쪽을 힐끔 바라본 한문혁이 혀를 내둘렀다. 같은 대표팀 선수인데도 강동원을 향한 채금강의 눈초리가 심상치 않았다.

"조용히 하자. 괜히 자극하지 말고."

"비행기 안에서 이 정도도 말 못 하나."

"그런 건 아니지만 분위기가 좀 그렇잖아."

"무슨 분위기가? 내야 찌그러져 있어야겠지만 니가 왜?"

한문혁이 제 일처럼 열을 냈다. 자신을 무시하는 건 참겠지만 강동원을 못 살게 구는 건 결코 가만있지 않을 생각이었다.

하지만 강동원은 아시안게임이 시작하기도 전부터 선수들끼리 분란을 일으키는 걸 원치 않았다.

"똥이 무서워서 피하냐."

"아……. 그런 거였냐?"

"그러니까 너도 성질 좀 죽이고 있어. 너 여기서 사고 치면 김영문 감독님 얼굴에 먹칠하는 거다."

"쩝. 그럴 수야 없지."

한문혁이 애써 분을 삭였다. 그러다 슬쩍 강동원의 뒷자리에 앉은 강동열을 바라봤다.

아시안게임에 대표 선수로 참가한다는 게 적잖게 떨릴 텐데도 강동열은 아무렇지도 않은 얼굴로 좌석에 몸을 기대고 있었다. 그 모습이 꼭 국가대표 10년 차 베테랑 투수 같았다.

"암튼 느그 강씨 집안은 뭔가 다른갑다."

"뭐가?"

"니도 그렇지만 동열이도 야구 즉수로 잘하잖아."

한문혁이 부럽다는 투로 말했다.

올해 프로에 데뷔한 강동열은 현재까지 13승을 올렸고, 평균 자책점 2.87을 기록하고 있었다.

언론에서는 벌써부터 신인상은 따 놓은 당상이라며 강동열을 치켜세우고 있었다. 자이언츠에서 신인상을 받은 강동원에 이어 강동열까지 생애 단 한 번밖에 받지 못한다는 신인상을 거머쥘 가능성이 높아진 것이다.

"뭐…… 내 입으로 말하긴 그렇지만 우리 동열이가 좀 하긴 하지."

강동원이 피식 웃었다. 항간에는 강동열의 소속 팀인 베어스에서 강동열을 국가대표로 만들기 위해 로비를 했다는 말들이 나돌긴 하지만 강동원의 생각은 달랐다.

베어스에서 차세대 에이스로 키우고 싶을 만큼 강동열이 잘해주고 있으니 군 면제를 받길 바란다고 여겼다.

"그렇게 자랑스러우면 한마디 해줘라. 바로 뒤에 있잖아."

한문혁이 덩달아 웃으며 강동원을 부추겼다. 과거로 돌아온 이후 많이 좋아졌다곤 하지만 강동원과 강동열은 여전히 서먹서먹한 감이 남아 있었다.

"그럼, 그래 볼까?"

강동원이 기세 좋게 몸을 돌렸다. 그러다 강동열과 눈이 마주치자 전혀 엉뚱한 말이 튀어나왔다.

"야, 작은아버지 잘 계셔?"

"아버지? 잘 있지."

"그래? 우리 엄마가 전화를 했는데도 안 받으셔서 걱정하시던데."

강동원의 말에 강동열이 피식 웃었다.

"우리 아버지 형이 잘나가니까 배 아파서 그래. 그냥 모른 척하시라고 그래."

"그런 거였냐? 그럼 너도 달달 볶이겠다."

강동원도 작은아버지가 강동열과 자신을 비교한다는 것을 알았다. 그것 때문에 강동열이 스트레스 받고 있는 것도 말이다.

하지만 정작 강동열은 대수롭지 않게 생각했다.

"별로."

"자식 쿨하기는……. 아무튼 잘해보자."

"그래."

강동열은 대답을 하고는 이어폰을 귀에 꽂았다. 그러곤 강동원이 몸을 돌리자 기다렸다는 듯이 입가에 미소를 그렸다.

2

2018년 자카르타 아시안게임에서 한국과 금메달을 놓고 경쟁하는 나라는 총 8개국이었다. 아시안게임 조직 위원회는 이들 8개국을 A와 B 두 그룹으로 분류했다.

A조: 일본, 중국, 파키스탄, 몽골.
B조: 대한민국, 중화 타이베이(대만), 태국, 홍콩.

대한민국의 첫 번째 예선 상대는 대만이었다.
대만은 대한민국을 상대로 당연히 에이스 카드를 빼들었

다. 비록 예선이긴 하지만 소 1위로 본선에 올라가느냐 2위로 올라가느냐에 따라 A조의 대진 상대가 달라질 수밖에 없었다.

A조에서는 자칭 아시아 최강이라고 주장하는 일본이 조 1위로 올라올 가능성이 높았다. 비록 프로 선수들이 아닌 아마추어 야구 선수들을 중심으로 팀을 꾸리긴 했지만 그 정도 전력만으로도 중국이나 파키스탄, 몽골보다 앞선다는 평가를 받고 있었다.

대한민국도 대만전 상대로 에이스인 강동원을 언급했다. 대만을 잡은 뒤 전승으로 B조 1위로 본선에 올라가겠다는 게 김운식 감독의 계산이었다.

그렇게 대한민국과 대만의 에이스 맞대결이 성사됐다.

전문가들은 강동원을 내세운 대한민국이 대만을 어렵지 않게 제압할 것이라고 내다봤다.

하지만 대만 대표팀 감독은 자국 언론과의 인터뷰에서 승리를 자신했다.

"강동원을, 아니, 한국 대표팀을 꺾을 비책이 있습니다."

메이저리그 소식통의 정보에 따르면 강동원은 예선전에 5이닝 투구 이닝 제한이 걸려 있다고 했다.

대만 대표팀 코칭스태프는 그것을 바탕으로 작전을 세우기 시작했다. 초반 5회에 적극적으로 방망이를 휘둘러 강동원을 강판시킨 후 남은 4이닝 동안 승부를 보자는 것이었다.

대만 대표팀 타자들은 코칭스태프의 주문대로 초구부터 적극적으로 방망이를 내돌렸다. 헛스윙이 대부분이었지만 가끔씩 변화구가 맞아 나가기도 했다. 하지만 하나같이 내야를 벗어나지 못했다.

그렇다 보니 강동원은 별로 힘들이지 않고 이닝을 끝낼 수 있었다.

"이거 너무 적극적인데?"

마운드를 내려가며 강동원은 이해할 수 없다는 표정을 지었다.

처음에는 포심 패스트볼을 노리나 싶었지만 모든 공에 적극적으로 방망이를 내돌리는 것으로 봐서는 그런 것도 아닌 것 같았다.

게다가 허무하게 아웃되는 대만 대표팀 타자들의 표정이 밝았다. 마치 다른 꿍꿍이라도 있는 것 같은 기분이었다.

"야, 대만 팀 타자들 왜 저러냐? 마치 빨리 경기를 끝내고 싶어서 안달인 거 같은데?"

한문혁도 다가와 한마디 건넸다. 대만 타자들이 지나치게 덤벼들어서 아예 바깥쪽으로 공 몇 개를 빼봤지만 달라지는 건 없었다. 몇몇 타자는 공을 보지도 않고 방망이를 내돌리는 것 같았다.

"그렇지? 나만 그렇게 생각하는 거 아니지?"

"혹시 니가 무서버서 그러는 긴가?"

"그야 모르지. 하지만 왠지 찜찜하다."

강동원이 고개를 갸웃하며 더그아웃으로 들어갔다. 그러다 김운식 감독과 눈이 마주치자 강동원이 활짝 웃으며 말했다.

"감독님, 저 이러다가 완봉하겠는데요."

5회까지 15명의 타자를 상대로 던진 공은 단 33구밖에 되지 않았다. 메이지리그에서노 이닝낭 투구 수가 많은 편은 아니었지만 이 정도까진 아니었다.

그러자 김운식 감독이 멋쩍은 얼굴로 말했다.

"동원아."

"네, 감독님."

"고생했다. 여기까지만 해라."

"네? 감독님. 저 멀쩡해요. 아직 더 던질 수 있어요."

강동원은 팔을 돌리며 자신이 생생하다는 것을 보여주었다.

그러나 김운식 감독은 고개를 가로저었다.

"다른 투수들도 테스트해 봐야 하고, 전력 차이도 있으니 여기까지만 던져."

"솔직히 별로 던진 것 같지도 않은데요."

"괜찮아. 그 정도면 충분히 했어."

김운식 감독은 단호했다. 강동원은 뭔가 이상했지만 감독님이 결정한 일이니 고개를 끄덕였다.

"알겠습니다."

김운식 감독은 한문혁도 쳐다보았다.

"문혁이도 괜찮지?"

"아. 네에. 괜찮습니다."

한문혁이 멋쩍게 웃으며 장비를 벗었다. 그렇게 소문이 무성했던 강동원-한문혁 배터리는 5이닝 만에 교체가 됐다.

6회 초, 대한민국은 포수와 투수가 교체가 되었다. 투수는 박세운으로 바뀌었고 포수 마스크는 오의지가 쓰게 됐다.

그때부터 대만 대표팀 더그아웃의 움직임이 바빠졌다. 타자들도 바뀐 투수를 공략하기 위해 타석에서 신중한 모습을 보였다.

그러나 박세운을 공략하는 것도 만만치가 않았다. 6회 초, 4번 타자부터 타순이 시작됐지만 박세운의 노련한 피칭에 삼자범퇴로 물러나고 말았다.

그리고 6회 말 대만 마운드에 선발 투수 천관싱이 올라왔다.

강동원과 맞대결을 펼친 5이닝 동안 천관싱은 퍼펙트는 아니어도 무실점으로 대한민국 대표팀 타자들을 잘 막아왔다.

투구 수도 나쁘지 않았다. 단순히 기록적인 부분만 놓고 보자면 7이닝까지는 여유롭게 버텨줄 수 있을 것 같았다.

하지만 정작 천관싱의 표정은 좋지 않았다. 대만 대표팀 타자들이 지나치게 빠르게 강동원을 공략하면서 더그아웃에서 제대로 휴식을 취하지 못한 탓이었다.

매 이닝을 힘겹게 막고 내려가 물 한 모금 마시면 곧바로 공수교대가 이루어졌다. 자연스럽게 천관싱도 짜증이 치밀었다.

"진짜 쉴 틈을 주지 않네. 쉴 틈을."

천관싱은 대만 리그에서 신인왕을 수상한 무서운 신예였다. 메이저리그에서도 주목하고 있는 선수이기도 했다.

천관싱의 주 무기는 고속 슬라이더였다. 예리하게 꺾이는 슬라이더에 대한민국 타자들도 좀처럼 타이밍을 맞추지 못했다. 그런데 6회가 되면서 천관싱의 어깨가 무거워졌다. 자연스럽게 예리하게 꺾이던 슬라이더가 밋밋하게 들어왔다.

대한민국 타자들은 그것을 놓치지 않았다. 천관싱의 슬라이더를 공략해 6회에만 5점을 올렸다.

"크으으!"

결국 천관싱은 6회에 이웃 가운터글 하나노 삽지 못하고 강판당하고 말았다.

천관싱을 구원하기 위해 올라온 투수의 사정도 별반 다르지 않았다. 갑작스럽게 천관싱이 무너지면서 제대로 몸을 풀 기회도 없이 올라와 3점을 더 내줬다.

그렇게 경기는 7회 8 대 0 콜드게임으로 끝나 버렸다.

대만팀 감독은 기자회견을 통해 자신의 실수라고 고백했다. 강동원을 너무 의식한 나머지 투수들의 컨디션을 제대로 살피지 못했다고 자책했다.

그러면서도 한국과 다시 만나게 될 본선 무대에서는 같은 실수를 반복하지 않겠다고 선언했다. 강동원을 피한다고 해서 달라질 게 없다는 걸 뒤늦게 깨달은 것이다.

김운식 감독도 다음 날 있을 홍콩전에 앞서 선수들과 미팅을 가졌다. 첫 경기에서 대만을 잡은 만큼 홍콩을 상대로도 깔끔하게 승리를 거두자는 이야기였다.

홍콩전 선발로는 다이노스의 채금강이 낙점됐다.

채금강은 홍콩을 상대로 7이닝을 던졌다. 그런데 첫 국제 무대여서 그랬는지, 아니면 한 수 아래로 보고 설렁설렁 던졌는지 모르지만 홍콩을 상대로 실점을 허용하고 말았다.

그것도 한가운데로 던진 실투가 홈런으로 이어졌다. 채금강은 칠 거면 쳐 보라는 심정으로 한가운데로 던졌다고 이야기했지만 해설진은 아쉬움을 금치 못했다.

―아, 채금강 선수. 지금 뭐 하는 건가요. 왜 저기서 저런 공을 던졌는지 모르겠습니다.

－상대는 펀치력이 있는 4번 타자인데요. 너무 얕잡아 본 것일까요?

－맹수도 사냥을 할 때는 최선을 다하는 법입니다. 그런데 채금강 선수. 너무 안이했어요. 저건 프로의 모습이 아닙니다.

국내 야구팬들도 채금강을 향해 대한민국 투수의 수치라며 비난을 쏟아냈다.

┗저러니까 강동원한테 에이스 자리를 빼앗기는 거지.
┗홍콩에 실점이라니 말이 되냐 진짜?
┗어차피 군 면제 받으려고 간 건데 뭘. 내버려 둬.
┗하아, 진짜 이기고도 찜찜하네.
┗똥 싸고 뒤 안 닦은 기분이다.

2전 전승을 거두었지만 홍콩전 실점으로 대표팀의 분위기는 좋지 않았다. 김운식 감독도 선수들을 다시 한번 불러 모은 뒤 국민들에게 부끄럽지 않은 경기를 치르자고 독려했다.

예선전 마지막 상대는 태국이었다. 한 수 아래인 태국전의 선발은 강동열로 낙점이 되어 있었다.

강동열은 한 수 아래인 태국전을 상대로 5회까지 퍼펙트로 틀어막았다.

강동열은 더 던지고 싶어 했지만 대표팀 타자들이 초반에 맹타를 휘두르면서 경기는 12 대 0, 대한민국의 5회 콜드게임 승리로 끝이 났다.

경기가 끝나고 국내 야구팬들은 강동열에 빗대어 채금강

을 다시 한번 비닌했다. 직어노 국가대표라면 상대가 아무리 한 수 아래라고 해도 강동열처럼 최선을 다해 던져야 한다고 입을 모아 말했다.

태국전에서 대승을 거두며 잠시 어수선했던 대표팀의 분위기도 한결 좋아졌다. 하지만 그 분위기는 예상치 못한 본선 대진표 때문에 다시 한번 흔들렸다.

대한민국의 준결승 상대는 중국이 아닌 일본이었다.

일본이 비록 아마추어 선수들로 팀을 꾸렸다고는 하지만 중국 대표팀보다 전력이 떨어지진 않았다.

그런데 마지막 경기에서 중국이 일본을 2 대 1로 꺾는 파란을 일으켰다. 중국 언론이 자카르타의 기적이라고 대서특필한 이 경기로 인해 일본은 조 1위 자리를 중국에 내줘야만 했다.

덕분에 중국을 잡아내고 대만과의 결승전을 준비하겠다는 대표팀의 계획에 차질이 생겼다.

"흠……."

김운식 감독은 선발 투수를 두고 고민했다.

비교적 여유로운 일정 덕분에 대만전에 뛰었던 강동원과 홍콩전 선발로 나섰던 채금강이 일본전에 나설 수 있었다.

실제 채금강도 자신이 준결승전 선발이 될 것이라고 생각했다.

그러나 김운식 감독의 생각은 달랐다. 홍콩전에서 불안불안한 모습을 보인 채금강보다는 중국전에서 퍼펙트 경기를 보인 강동열이 더 낫다고 판단한 것이다.

비록 휴식일이 사흘에 불과했지만 김운식 감독은 강동열

을 일본전 선발로 올리겠다고 통보했다.

선발을 확신했던 채금강은 또 한 번 자존심에 큰 상처를 입었다. 그래서 괜히 강동열에게 시비를 걸었다.

"사촌 형이 메이저리거라 이거냐? 너는 야구 참 편하게 한다."

"……."

강동열은 가만히 있었다. 여기서 대꾸를 해봤자 득 될 것이 없었다.

"강동열! 한 점이라도 내주면 알지? 너 나랑 교체야."

채금강은 마지막까지 꼴사나운 모습을 보였다. 그러나 강동열은 채금강의 악담을 뒤로하고 일본전에서도 최고의 피칭을 선보였다.

7이닝 2피안타 1사사구 무실점.

오직 3명의 일본 타자만이 1루를 밟을 수 있었다. 심지어 2개의 안타는 전부 빗맞은 것이었다. 강동열의 구위에 일본 타자들이 말 그대로 힘 한번 써보지 못하고 당한 것이다.

강동열의 호투를 앞세워 대한민국은 4강전에서 일본을 5대 0으로 완파하고 결승전에 올랐다.

강동열은 경기를 마치고 기자회견장에 들어섰다. 그러자 기자들이 기다렸다는 듯이 플래시를 터뜨렸다.

회견장에는 일본 측 기자들도 적지 않게 참석해 있었다. 그들은 노골적으로 강동원과 관계된 질문들을 쏟아냈다.

"강동열 선수! 강동원 선수와 사촌지간으로 알려져 있는데 사실인가요?"

"네, 그렇습니다."

"그렇다면 본인이 생각하기에 솔직히 누가 더 잘 던진다고 생각하나요?"

"아무래도 메이저리그에 간 동원이 형이 더 낫다고 생각합니다."

"한 살 차이인데 라이벌 의식을 느끼지는 않나요?"

"선수로서 동원이 형을 목표로 삼고 있긴 합니다."

"강동원 선수의 투구를 보고 자극받은 적은 없나요?"

일본 기자들은 어떻게든 강동원을 자극하려 애를 썼다. 하지만 강동열은 마운드 위에서 공을 던질 때처럼 묵묵하게 대답을 이어 나갔다.

물론 예전에는 강동열도 강동원을 라이벌로 의식하고 있었다. 하지만 지금은 달랐다. 메이저리그 신인상까지 받은 강동원의 모습을 인정하지 않을 수가 없었다.

모든 욕심을 내려놓고 강동원을 받아들이면서 강동열도 마음의 부담에서 벗어날 수 있었다. 그래서 강동열은 쏟아지는 질문에 당당하게 대답했다.

"사촌이기 이전에 같은 투수로서 저는 강동원이라는 선수를 존경하고 좋아합니다. 개인적으로 아직 형을 따라가려면 멀었다고 생각합니다. 하지만 제 꿈도 메이저리그입니다. 한국에서 열심히 노력해서 메이저리그에 진출해 동원이 형과 함께 활약하고 싶습니다."

먼발치에서 강동열의 인터뷰를 전해들은 강동원은 웃음을 감추지 못했다. 한편으로 강동원은 자신과 함께 메이저리그에서 활약하고 싶다는 강동열의 고백에 가슴이 뭉클해지기도 했다.

"무슨 존경씩이나."

과거 자신은 강동열이 잘나갈 때마다 배가 아팠다. 강동열이 등판한 경기를 볼 때마다 패전투수가 되길 바라기도 했다.

하지만 강동열은 공식적인 석상에서 사촌 형인 자신을 추켜세워 주었다. 과거의 자신 못지않게 마음고생이 심했을 텐데도 말이다.

"확실히 네가 나보다는 속이 깊다. 인정!"

강동원이 웃으며 강동열을 보았다. 그리고 강동열이 메이저리그에 온다면 물심양면으로 돕겠다고 다짐했다.

물론 그때까지 강동원도 더 노력할 생각이었다. 강동열에게 계속 존경받는 투수가 될 수 있도록 최선을 다할 생각이었다.

강동원은 기분 좋게 잠자리에 들었다. 그리고 다음 날 아시안게임 야구 결승전이 펼쳐졌다.

대한민국의 결승전 상대는 대만이었다.

'투구 수 90개.'

불펜에서 몸을 풀며 강동원은 투구 전략을 세웠다. 자이언츠 구단은 아시안게임에 참가하는 조건으로 투구 수를 제한하겠다는 뜻을 밝혔다. 그리고 자이언츠가 허락한 결승전 투구 수는 90구가 한계였다.

이번 아시안게임의 이닝당 평균 투구 수는 대략 14.5구. 이 평균 투구 수를 기준으로 한다면 강동원은 6이닝 정도를 던지는 게 가능했다.

하지만 강동원은 지난 예선전 때처럼 중간에 마운드에서 내려오고 싶지 않았다. 가능하다면 90구 이내에 경기를 끝내고 싶었다.

퍼엉!

강동원의 굳은 의지가 담긴 공이 한문혁의 미트 속에 파묻혔다. 그러자 한문혁이 공을 빼 들고는 강동원에게 다가갔다.

"어이, 동원아이."

"왜?"

"좀 쉬었다 하자. 손바닥 아파 죽겠다."

한문혁이 미트를 빼 들며 손바닥을 흔들어 댔다. 농담이 아니라 강동원이 어찌나 전력을 다해 공을 던지는지 장갑을 낀 손바닥이 살짝 부어올라 있었다.

"너, 이렇게 힘 빼도 되나?"

"괜찮아. 이 정도는."

"참, 니 투구 수 90개 제한 걸려 있다메."

"그건 어디서 들었어?"

"어디서 듣긴 인마야. 내가 그것도 모를까 봐?"

"그렇지 않아도 그것 때문에 골치가 아프다. 구단에서 아시안게임에 나가려면 제한을 걸어야 한다고 말해서 받아들이긴 했는데 지금은 왜 그랬나 싶어."

강동원의 이닝당 평균 투구 수는 메이저리그에서도 적은 편에 속했다. 자이언츠 구단도 그 평균 투구 수를 기준으로 강동원이 7이닝 이하로 던지길 바랐다. 그 이상 던지는 건 자이언츠에게도 마이너스가 된다고 여겼다.

하지만 무대가 달라졌다고 해서 강동원의 완투 욕심이 사라지는 것은 아니었다.

"좋겠다. 구단에서 널 관리하고 있는 거네."

"좋기는. 족쇄나 다름없는데."

"그래도 인마, 메이저리그에서 널 인정해 주고 있다는 거 잖아. 부럽구로."

"자식, 이런 게 뭐가 부럽냐? 그리고 너도 열심히 하면 충분히 메이저리그에 올 수 있다니까?"

"니 그거 참말이가?"

"그럼!"

강동원이 단호한 목소리로 말했다. 공격적인 재능은 부족하지만 수비적인 능력만큼은 한문혁도 여느 메이저리그 포수들 못지않을 것 같았다.

그러자 한문혁의 눈빛이 바뀌었다.

"그럼 나도 도전해 볼까?"

"그래. 잘 생각했어. 올 시즌 끝나면 미국으로 넘어와라."

"됐다 마. 그냥 해본 소리다. 그보다 니 오늘 경기 90구로 끝낼 수 있겠나?"

한문혁이 물었다. 강동원이 피식 웃었다.

"못 할 건 없지. 지난 경기처럼 대만 타자들이 적당히 덤벼준다면 가능할 것 같은데."

"그람 오늘도 살살 약 올려볼까?"

"그래, 그게 좋겠다."

"그럼 최대한 맞혀 잡는다?"

"좋아. 나도 삼진 욕심은 최대한 줄일 테니까 마음껏 리드해."

잠시 후 2018년 자카르타 아시안게임 야구 결승전이 시작되었다.

강동원은 내심 완투를 목표로 마운드에 올랐다. 한두 점

내주는 한이 있더라도 오늘 경기만큼은 세 힘으로 끝내고 싶었다.

대만 대표팀도 예선전 때처럼 쉽게 물러서지 않겠다는 각오로 임했다. 그러면서 강동원의 90구 투구 수 제한을 다시 한번 이용하려 들었다.

그러나 강동원은 대만 벤치의 작전에 휘둘릴 생각이 전혀 없었다.

강동원은 1회초 대만 대표팀 1번 타자 창평신을 3구 삼진으로 돌려세우며 기분 좋게 스타트를 끊었다. 초구와 2구 몸쪽 포심 패스트볼을 던진 뒤 3구째 바깥쪽으로 흘러 나가는 커브를 던져 창평신을 꼼짝 못 하게 만들었다.

이후 2번 타자 린하이를 2루수 앞 땅볼로 유도한 뒤 3번 타자 샤우보팅을 역시 3구 삼진으로 잡아내며 첫 이닝을 끝마쳤다.

투구 수는 단 8개. 탈삼진은 2개였다.

강동원에 맞서 대만 대표팀도 또다시 에이스 천관싱 카드를 꺼내들었다.

천관싱은 이번 리턴 매치를 통해 한국 대표팀과 강동원에게 복수를 하겠다고 이를 갈았다. 그래서 초반부터 강력한 슬라이더를 앞세워 대한민국 타선을 잠재웠다.

투구 수 12개. 탈삼진 2개.

강동원 못지않은 압도적인 피칭을 선보인 천관싱은 자신만만한 얼굴로 마운드를 내려갔다.

그러나 강동원은 천관싱의 호투를 신경 쓰지 않았다. 미안한 이야기지만 아직 메이저리그 무대에도 올라오지 못한 천관심을 신경 쓸 이유가 없었다.

2회 초에 마운드에 오른 강동원은 역시 154㎞/h~157㎞/h대의 포심 패스트볼을 앞세워 대만 타자들을 찍어 눌렀다.

시즌 한창 때에 비해 구속이 나오지 않은 편이었지만 대만 타자들은 강동원의 포심 패스트볼에 전혀 타이밍을 맞추지 못했다.

대만 대표팀의 희망이라 불리는 4번 타자 챤핀제는 포심 패스트볼 3개에 3구 삼진으로 물러났고 5번 쨩스셴 역시 포심 패스트볼에 끌려다니다 허를 찌르며 들어온 커브에 스탠딩 삼진을 당하고 말았다. 내친김에 강동원은 6번 웡펑슝도 포심 패스트볼만으로 잡아냈다.

─대단합니다. 한국의 강동원! 메이저리그에서처럼 압도적인 투구를 이어갑니다.

─벌써 4타자 연속 탈삼진인데요. 닥터 강이라는 별명을 제대로 입증하고 있습니다.

중계진의 극찬을 받으며 강동원은 유유히 마운드를 내려갔다. 반면 강동원의 공을 맛본 대만 타자들은 하나같이 고개를 절레절레 흔들어 댔다.

"젠장할. 나도 질 수 없지."

강동원이 홀로 경기 분위기를 대한민국 대표팀 쪽으로 끌고 오자 천관성도 더욱 힘을 냈다. 대한민국 중심타자들이 슬라이더를 걸러내기 시작하면서 잠시 위기를 맞았지만 흔들리지 않고 착실하게 아웃 카운트를 챙겨 나갔다.

-천관싱, 2회 말 대한민국 대표팀 공격을 잘 믹아냈습니나.

-볼넷을 하나 내주긴 했습니다만 후속 타자를 더블플레이로 세웠습니다.

-중요한 순간마다 슬라이더가 빛을 발하는 느낌입니다.

-구종은 다르지만 강동원 선수의 커브만큼이나 타자들의 타이밍을 빼앗고 있는데요.

-하지만 지금까지의 경기 내용만 놓고 보자면 강동원 선수의 압승이라고 봐야 할 것 같습니다.

-강동원 선수는 여섯 타자를 상대하는 동안 5개의 탈삼진을 뽑아냈습니다. 투구 수도 고작 17구에 불과합니다. 반면 천관싱은 2회에 조금 흔들리면서 투구 수가 29구까지 늘어났습니다. 탈삼진도 2개에 그치고 있고요.

-이제 3회 공방이 이어질 텐데요. 하위 타자들을 상대하는 만큼 투수전이 계속될 것이라고 전망됩니다.

-하지만 4회부터는 양상이 달라지겠죠. 한 타순이 돌았으니까요. 과연 어느 팀에서 먼저 선취점을 뽑을지 기대가 됩니다.

중계진의 예상대로 강동원은 3회 초 대만의 공격도 깔끔하게 틀어막았다.

따악!

7번 타자 팡즈핑은 초구에 들어온 바깥쪽 포심 패스트볼을 힘껏 잡아당겼다.

그러나 방망이 끝에 걸린 타구는 투수 앞 땅볼이 되고 말았다. 덕분에 4타자 연속 탈삼진 기록이 끊겼지만 강동원은 신경 쓰지 않고 투구를 이어 나갔다.

그리고 8번 타자 론힌을 스탠딩 삼진으로 처리한 뒤 9번 타자 란그웨이에게 3연속 커브를 던져 헛스윙 삼진을 이끌어 냈다.

이에 질세라 천관성도 대한민국 타자들을 꽁꽁 묶었다. 7번 타자와 8번 타자를 플라이 아웃과 삼진으로 돌려세운 뒤 9번 타자를 2루수 땅볼로 유도하고 이닝을 마쳤다.

3회까지 스코어는 0 대 0. 결과만 놓고 보자면 팽팽한 투수전 양상이 계속됐다.

4회 초 강동원은 다시 1번 타자 창평신을 상대했다. 앞선 타석에서 꼼짝없이 삼진을 당한 창평신은 포심 패스트볼에 초점을 맞추고 방망이를 들어 올렸다.

창평신은 초구 바깥쪽 낮게 깔려 들어온 공을 지켜본 뒤 2구째 몸 쪽으로 포심 패스트볼이 들어오자 망설이지 않고 방망이를 잡아 돌렸다.

따악!

둔탁한 소리와 함께 타구는 마운드 옆쪽으로 굴러갔다. 그대로 내야를 벗어났다면 안타가 됐을지도 모를 방향이었지만 강동원이 반사적으로 글러브를 가져다 대면서 타구의 방향이 유격수 쪽으로 틀어졌다.

"크아아아!"

창평신이 1루를 향해 이를 악물고 내달렸지만 유격수의 송구가 더 빨랐다. 그렇게 첫 번째 아웃 카운트 램프에 불이 들어왔다.

창평신에 이어 타석에 들어선 2번 린하이는 방망이를 짧게 움켜쥐었다. 첫 번째 타석에서 땅볼로 물러났었다. 그래서 공을 신중히 보겠다고 마음먹었다.

하지만 강동원은 한 수 아래로 평가되는 대만 대표팀 타자들을 상대로 많은 공을 던질 생각이 없었다.

"안 친다면 스트라이크를 던지면 그만이지."

강동원의 공격적인 피칭 앞에 린하이는 스윙 한 번 해보지 못하고 3구 삼진으로 물러나고 말았다.

3번 타자 샤우보팅의 타석도 별반 다르지 않았다. 첫 타석 때 삼진으로 물러난 터라 어떻게든 삼진만은 당하지 않겠다고 이를 악물었지만

"스트라이크, 아웃!"

몸 쪽을 매섭게 파고드는 강동원의 포심 패스트볼 앞에 고개를 떨굴 수밖에 없었다.

-강동원 선수, 강하네요.

-4회까지 9개의 탈삼진을 기록 중인데요. 도무지 빈틈이 보이지 않습니다.

마운드를 내려가는 강동원을 향해 중계진이 탄성을 쏟아냈다. 그러면서 천관싱이 강동원과의 기 싸움에서 밀려서는 안 된다고 강조했다.

하지만 4회 말 마운드에 오른 천관싱은 벌써부터 지쳐 있었다. 강동원에게 자극을 받아서 1회부터 전력투구로 던진 게 화근이었다.

반면 대한민국은 타자 일순하며 1번 타자 민병언부터 타

석에 들어섰다.

따악!

민병언은 3구째 밋밋하게 들어오는 슬라이더를 잡아당겨 안타로 출루했다. 뒤이어 2번 타자 손하섭도 1, 2루 간을 꿰 뚫는 안타를 때려냈다.

무사 1, 2루 상황에서 3번 타자 김태윤은 풀카운트까지 승부를 끌고 갔다.

그리고 천관싱이 어쩔 수 없이 던진 몸 쪽 포심 패스트볼을 잡아당겨 2루 주자 민병언을 불러들였다.

김태윤의 안타로 선기를 잡은 대한민국은 곧이어 등장한 4번 타자 이대오의 스리런 홈런으로 승패를 결정지었다.

아웃 카운트 하나 잡지 못하고 4실점을 한 천관싱은 반쯤 넋이 나가 버렸다. 그러다 5번 타자 최형수에게 몸 쪽 높은 공을 던져 또다시 홈런을 맞고 말았다.

대만 팀 감독은 더 이상의 실점은 어렵다고 판단하고 곧바로 불펜을 가동시켰다.

하지만 발동이 걸린 대한민국 타자들을 막지는 못했다. 연속 3안타가 터지면서 결국 2점을 더 내주고서야 이닝을 끝마칠 수 있었다.

7점의 득점 지원을 얻은 강동원은 더욱 힘을 냈다. 대만 중심 타선을 삼진 2개와 땅볼 하나로 솎아내며 승리 투수 여건을 채웠다. 타순이 한 바퀴 돌았지만 대만 타자들은 강동원의 공에 전혀 따라가지 못하고 있었다.

반쯤 전의를 상실한 대만을 상대로 5회 말 대한민국 타자들은 또다시 2점을 더 보탰고, 6회에도 1점을 더 보태 콜드게임을 바라보았다.

강동원도 6회 하위 타선을 맞아 3개의 삼진을 잡아냈다. 그리고 7회 콜드게임을 마무리 짓기 위해 마운드에 올랐다.

대만 타자들은 콜드게임을 막기 위해 기습 번트까지 감행하며 격렬히 저항했다. 그러나 7회에도 155㎞/h 전후를 유지하는 강동원의 강력한 포심 패스트볼 앞에 무릎을 꿇고 말았다.

─삼진! 삼진입니다! 강동원 선수. 한국의 우승을 스스로 결정짓습니다!

─이번 대회부터 준결승전과 결승전에도 콜드게임을 도입하기로 했었는데요. 설마하니 결승전에서 이토록 압도적인 경기가 나올 줄은 몰랐습니다.

"동원아아아!"

심판의 경기 종료 선언과 함께 한문혁은 포수 마스크를 벗으며 마운드로 뛰어가 강동원을 끌어안았다. 다른 선수들도 환호하며 강동원의 주변으로 몰려들었다. 그리고 강동원을 높이 행가래 치며 아시안게임 야구 전승 우승을 자축했다.

❽

대한 건아 강동원! 아시아 무대를 평정하다!
위대한 거인! 강동원! 한국을 우승으로 이끌다!

한국 언론들은 대한민국 야구 대표팀의 아시안게임 금메

달을 대서특필했다. 강동원은 주요 포털은 물론이고 거의 모든 스포츠 신문 1면을 장식했다. 하나같이 강동원의 역동적인 투구 모습을 타이틀로 올렸다.

하지만 모든 언론이 강동원을 극찬한 건 아니었다. 몇몇 언론은 벌써부터 군 면제 이야기를 들먹이며 이간질을 시작했다.

ㄴ강동원 고작 공 몇 개 던지고 군 면제네. 부러운 새끼!
ㄴ솔직히 이건 병역 비리 수준 아니냐? 한 수 아래의 대만을 꺾고 군 면제라니. 해도 너무하잖아.
ㄴ에잇, 난 군대 만기제대했는데 누군 공 잘 던져서 군 면제나 받고, 진짜 부럽네.
ㄴ그러게 말이야. 군 면제하는 거 없애기로 했는데 왜 소식이 없냐?

강동원을 비난해 온 악성 팬들은 기다렸다는 듯이 악플을 늘어놓았다. 하지만 악플 잔치는 오래가지 않았다.

ㄴ이 새끼들이 할 짓거리 없으면 취업 준비나 할 것이지 여기서 헛소리나 써 갈기고 앉았네? 강동원 없었으면 우승도 못 했다. 알고 떠드는 소리냐?
ㄴ그렇게 부러우면 니들도 운동하지 그랬냐? 강동원만큼 던지지 그랬어?
ㄴ자격지심이야, 뭐야. 왜 잘 던진 강동원에게 뭐라고 함?
ㄴ국의 선양한 대표팀을 제발 까지는 맙시다.

└진짜 이 정도면 강동원 10년간 끼임 방지권 줘야 하는 거 아니냐?

강동원을 옹호하는 수많은 야구팬이 몰려들면서 강동원을 향한 비난 여론은 슬그머니 자취를 감춰 버렸다.

강동원만큼이나 한문혁을 향한 칭찬 댓글들도 쏟아졌다.

└그나저나 한문혁 블로킹 쩔던데?
└그러게. 양의지였으면 몇 개 빠뜨렸을 공 전부 잡아내는 거 보고 좀 지렸다.
└강동원도 한문혁 믿고 커브 맘껏 던지더라.
└진짜 그 커브를 국대 경기에서 보게 될 줄이야. 감동이다.
└대박 사건! 방금 SNS에 올라온 글 봤냐? 비스트 포지가 방금 강동원 공 받아낸 포수를 엄청 칭찬했다.
└진짜? 진짜? 그 비스트 포지가? 그럼 완전 대박이네.
└하하. 방금 나도 보고 왔다. 이제 한문혁 강동원 빽으로 대표팀 갔다고 까지 말자. 비스트 포지에게 인정받은 남자다.

"포지가 문혁이를 칭찬했다고?"

기사 댓글을 확인하던 강동원은 냉큼 비스트 포지의 SNS를 확인했다. 농담이 아니라 최상단에 비스트 포지의 축하 인사가 걸려 있었다.

─강, 아시안게임 금메달 축하해! 그런데 그 포수 누구야? 블로킹 실력이 보통이 아니던걸? 네 공을 나보다 잘 잡는 포

수가 있다는 거 처음 알았다.

비스트 포지뿐만이 아니었다. 강동원의 소속 팀 자이언츠
도 홈페이지에 한글로 '강동원의 아시안게임 금메달 달성!'이
란 글과 함께 한문혁과 포옹하며 환호하는 사진을 일면에 올
렸다. 그러면서 한문혁의 견고한 수비가 강동원의 호투를 이
끌었다고 덧붙였다.

메디슨 범가드너도 언론과의 인터뷰를 통해 강동원에게
축하 메시지를 보냈다. 그러면서 한문혁에 대해서 칭찬을 아
끼지 않았다.

강, 축하해. 그런데 말이야. 그 포수 누구야? 올 때 그 포
수도 함께 데려와. 내 공도 잘 받을 것 같으니까 말이야.

비스트 포지로부터 시작한 한문혁에 대한 관심이 야구계
를 뜨겁게 달궈 놓았다. 덕분에 한문혁은 이번 아시안게임
최대 수혜자로 떠올랐다.

4

아시안게임이 끝나기가 무섭게 강동원은 곧바로 샌프란시
스코로 날아왔다. 그리고 곧바로 다저스와의 원정 4연전에
투입됐다.

"강, 미안해. 조금 더 쉽게 해주고 싶었는데 어쩔 수가
없어."

브루스 보체 감독이 미인힘을 진냈나. 낭초 세획은 강농원에게 1주일 이상의 휴식을 주는 것이었지만 다저스가 후반기 15연승을 내달리며 자이언츠를 턱밑까지 추격한 상황이었다.

언론은 이번 4연전을 통해 내셔널리그 서부 지구 우승팀이 가려질 것이라고 전망했다.

여전히 자이언츠가 3경기 앞서 나가고 있지만 다저스가 3승 1패 이상을 거둘 경우 자이언츠의 1위 수성이 힘들어질 거라고 판단한 것이다.

그런 여론의 우려를 불식시키기 위해 브루스 보체 감독은 메디슨 범가드너-제니 쿠에토-제이크 사마자에 이어 강동원의 이름을 선발 명단에 집어넣었다. 선발 순서를 떠나 강동원을 확실한 1승 카드로 활용하기로 마음먹은 것이다.

메디슨 범가드너와 클레이튼 커쇼우의 맞대결은 무승부로 끝이 났다. 두 투수 모두 8이닝 동안 2실점을 하며 호투했지만 경기는 연장 13회에 결판이 났다.

승자는 다저스. 13회 말 터진 작 피터슨의 끝내기 안타로 자이언츠와의 격차를 2경기까지 좁혀 놓았다.

제니 쿠에토와 마에다 켄타로가 맞붙은 2차전은 자이언츠가 웃었다. 마에다 켄타로가 5이닝 6실점으로 부진하면서 브루스 보체 감독을 미소 짓게 만들어주었다. 그러나 이어지는 3차전에서 제이크 사마자가 3이닝 5실점으로 무너지면서 다저스와의 격차는 다시 2경기 차이로 좁혀졌다.

그리고 운명의 4차전이 열렸다.

다저스의 선발은 브랜드 맥카시. 후반기에만 6승을 거두며 다저스의 상승세에 큰 역할을 담당하고 있었다.

브랜든 맥카시는 1회부터 5회까지 단 하나의 안타도 내주지 않은 채 자이언츠 타선을 꽁꽁 묶었다. 반면 강동원은 아시안게임의 피로 때문인지는 몰라도 매 이닝 주자를 내보내며 위기를 맞았다.

하지만 경기는 자이언츠의 3 대 1, 승리로 끝이 났다. 6회 초 주장 비스트 포지가 솔로 홈런을 때려내면서 브랜든 맥카시의 자신감에 금이 간 것이다.

이후 4안타를 집중한 자이언츠는 3점을 선취 득점하며 강동원의 어깨를 가볍게 만들어주었다. 강동원도 7회 솔로 홈런을 허용한 걸 제외하고 다저스 타선을 틀어막으며 팀에 귀중한 1승을 안겨주었다.

그리고 그 승리로 자이언츠는 다저스의 추격을 뿌리치고 내셔널리그 서부 지구 1위를 지킬 수 있었다.

5

전문가들은 자이언츠가 월드시리즈에 진출하긴 어려울 것이라고 전망했다. 전력은 나쁘지 않지만 다저스의 추격 속에 힘겹게 포스트시즌에 진출한 만큼 그 여파가 남아 있을 것이라고 분석했다.

그러나 정작 자이언츠는 와일드카드 결정전을 통해 올라온 다저스를 3 대 0으로 제압한 뒤 챔피언십 시리즈에서 컵스를 4승 2패로 물리치고 다시 한번 월드시리즈에 진출했다. 그리고 레인저스를 상대로 7차전까지 가는 접전 끝에 승리를 기두고 월드시리즈 2연패를 달성했나.

7차전 종료 후 기자들은 만장일치로 강동원을 월드시리즈 MVP로 선정했다. 2차전과 5차전에서 승리를 거두며 팀이 거둔 4승 중 절반을 책임진 강동원 이외에는 MVP를 받을 만한 사람이 없었다.

월드 시리즈 종료 이후 실시된 사이영상 투표에서도 강동원은 클레이튼 커쇼우, 메디슨 범가드너에 이어 3위를 기록했다. 전문가들은 강동원이 아시안게임에 합류하지 않았다면 충분히 사이영상을 노려볼 만했다며 아쉬워했다. 하지만 강동원은 사이영상 수상 실패에 낙담하지 않았다.

"저는 아직 젊고 기회는 얼마든지 있으니까요. 내년에는 제대로 한번 던져 보겠습니다."

겨우내 훈련에 매진한 강동원은 2019시즌 초반부터 치고 나갔다. 4월에 4승을 거두며 4월의 MVP를 수상한 것을 시작으로 5월에 4승, 6월에 5승을 거두며 전반기에만 15승을 챙겨 사이영상 1순위로 떠올랐다.

후반기 들어 승운이 따르지 않았음에도 불구하고 9승을 추가하며 24승 4패, 평균 자책점 1.85라는 압도적인 성적으로 시즌을 마쳤다.

그리고 자이언츠의 월드시리즈 3연패를 이끌며 생에 첫 사이영상과 MVP를 동시에 석권하는 기염을 토해냈다.

"메이저리그 최고의 선수가 된 강에게 진심으로 축하의 말을 건넵니다. 하지만 나는 팬들처럼 기뻐할 수가 없습니다. 이제부터 강과 새로운 계약에 대한 이야기를 나눠야 하기 때문입니다."

보비 에반 단장은 우승 축하연을 통해 강동원과 장기 계약을 맺을 것임을 시사했다. 그리고 한 달 뒤 계약 기간 7년에 2억 4천만 달러라는 메이저리그 투수 역대 최고의 계약을 안기며 강동원을 자이언츠 맨으로 만들었다.

"팬들의 기대를 저버리지 않는 투수가 되겠습니다."

강동원은 초대박 계약에 대한 소감을 짧게 전했다. 그리고 2020년, 생에 두 번째 사이영상과 MVP를 차지하며 자이언츠의 선택이 틀리지 않았음을 입증해 냈다.

The End

온후 퓨전 판타지 장편소설

거신 사냥꾼

최후의 영웅.
500명의 영웅 중 살아남은 건 오한성뿐이었다.

그리고 그마저 모든 것을 놓은 순간.

과거로 돌아왔다.

목숨을 걸어야 한다면 걸겠다.
그것이 이 모든 좌절과 절망을 지워 버리는 길이라면,
더 이상 영웅이 아닌, 승리를 위한 악당이 되겠다!

"준비는 끝났다."

영웅과 악당, 신과 악마, 모든 변화의 중심.
그의 일대기에 주목하라.